BUR
rizzoli

FRANKENSTEIN
o Il Prometeo moderno

Mary Shelley

Introduzione di Mario Praz
Traduzione di Bruno Tasso

i grandi romanzi
BUR
rizzoli

ISBN 978-88-17-15065-1

Titolo originale dell'opera:
Frankenstein or The Modern Prometheus

Prima edizione 1975
Quarta edizione i grandi romanzi BUR giugno 2010

INTRODUZIONE

Oltre al merito di essere uno dei più agghiaccianti « romanzi neri » o « gotici », il *Frankenstein* di Mrs. Mary Shelley ha quello di aver iniziato il tipo di favola fantascientifica che nel nostro secolo, a cominciare dal gran successo dell'*Isola del dottor Moreau* di H. G. Wells (1896), si è talmente diffuso che è divenuta un genere letterario a parte. C'è però un'importante differenza tra il punto di vista di Mrs. Shelley e quello di H. G. Wells e dei suoi innumerevoli epigoni. Sebbene entrambi i romanzi, *Frankenstein* e l'*Isola del dottor Moreau*, si concludano con una catastrofe, nel secondo caso questa è a sfondo sociopolitico, mentre nel primo è a sfondo eticoreligioso. In *Frankenstein* la nemesi appare inevitabile perché l'uomo ha commesso il peccato imperdonabile di proporsi di superare i confini assegnatigli dalla divinità. La concezione che qui predomina è ancora quella dell'*overreacher*, del trasgressore faustiano: « il patto con il demonio e la vendetta del cielo non sono metafore astratte ma hanno una loro concretezza palpabile. Ma nel mondo "laico" della scienza contemporanea non vi è più spazio per la vendetta divina bensì soltanto per la punizione ecologica, proprio come non vi è più spazio per il patto col diavolo bensì soltanto con il potere economico e politico ».[1] Sia Frankenstein che Moreau, con operazioni di vivisezione, innesto e trapianto, creano antropoidi o ominidi, ma l'orrore in Wells non deriva dalla prevaricazione e sfida alle leggi divine, ma dalla

[1] Vedi: Ruggero Bianchi, *La dimensione narrativa (Ipotesi sul romanzo americano)*, Ravenna, Longo Editore, 1974, pp. 180-181.

manipolazione delle masse da parte di chi detiene il potere. L'efficacia di amara satira che ha il romanzo di Wells, come l'episodio dei sapienti di Laputa nei *Viaggi di Gulliver*, sta in un forzamento, fino ai limiti del possibile, di una plausibilità psicologica. Ma il romanzo della Shelley, con tutta la sua capacità di stimolare il nostro senso di orrore, soffre di una debolezza fondamentale che ostacola la « sospensione di credibilità » del lettore. *Frankenstein* non vuole essere una favola come *Vathek* di William Beckford, dove ogni improbabilità può farla franca perché qui impera l'irresponsabile arbitrio del regno delle fate. Non mettiamo in dubbio il potere dell'occhio micidiale del Califfo come non ci passa per la mente di dubitare della capacità degli angeli di volare con uno sterno ridevolmente sproporzionato all'estensione delle loro ali. Ora nel quarto capitolo di *Frankenstein* leggiamo che « dopo giorni e notti di travaglio e fatica incredibili » il narratore è « riuscito a scoprire la causa della generazione e della vita », anzi, che addirittura lui medesimo è divenuto « capace di conferire animazione su materia inanimata ». Indi egli si rivolge all'amico in questi termini:

« Vedo dalla vostra impazienza e dallo stupore e dalla speranza espressi dai vostri occhi, amico mio, che vi aspettate di venire informato del segreto di cui io sono a conoscenza; ma ciò non può essere: ascoltate pazientemente il mio racconto fino alla fine, e comprenderete facilmente perché io sono così riservato a questo proposito. Io non voglio spingervi, incauto e zelante com'io ero allora, alla vostra rovina e immancabile infelicità. Imparate da me, se non dai miei precetti, almeno dal mio esempio, quanto sia pericolosa la conquista del sapere ».

Così il modo per animare la materia inanimata dev'esser tenuto segreto, ma si accontenta il lettore di questa secca dichiarazione? In genere gli autori di romanzi di fantascienza cercano di alzare il velo, sia pure per un momento. Così fa infatti M. P. Shiel nella *Nube purpurea*, un romanzo che fu pubblicato a circa un secolo di distanza da quello di Mrs. Shelley; così fa il suo contemporaneo H. G. Wells, e così faceva Jules Verne. Nel suo studio su *Mary Shelley's Notes on Shelley's Poems and «Frankenstein»*[2], F. D. Fleck ha fatto osservare «la continua insistenza di Mary sull'amore di Shelley per l'astrazione», e il fatto che «*Frankenstein* implica, in forma fantastica, la sua critica di Shelley». Certamente Frankenstein ha molti tratti di Shelley giovane, che pure cercava di carpire il segreto delle leggi della natura. Gli Shelley avevan letto *Vathek* nel 1815 e non potevano non aver colto l'allusione all'«insolente desiderio di Vathek di penetrare i segreti del cielo». I passi paralleli del romanzo di Mary e di *Alastor* (1816), versi 23-29, citati dal Fleck, sono assai significativi:

> «I have made my bed
> In charnels and on coffins, where black death
> Keeps record of the trophies won from thee,
> Hoping to still these obstinate questionings
> Of thee and thine, by forcing some lone ghost
> Thy messenger, to render up the tale
> Of what we are».[3]

Anche Frankenstein frequenta i cimiteri come campo delle sue ricerche (cap. IV):

«La tenebra non aveva alcun effetto sulla mia fantasia; per me un cimitero era solo il ricettacolo di corpi privi di vita, che dall'essere stati sede di bellezza e di forza, eran divenuti alimento del verme. Ed ecco che io fui condotto a esaminare la causa e il progresso della decomposizione, e forzato a passare giorni e notti in sepolcreti e ossari. La mia attenzione era su ogni oggetto più intollerabile alla delicatezza dei sentimenti umani. Io vidi come la bella forma umana veniva degradata e consumata. Osservai la corruzione della morte che succedeva alla fiorente guancia della vita. Vidi come il verme ereditava le meraviglie dell'occhio e del cervello. [...] Inseguii la natura nei suoi nascondigli. Chi potrà farsi

[2] In «Studies in Romanticism», VI, 4, estate 1967.

[3] «Io ho fatto il mio letto in ossari e su bare, dove la nera morte archivia i trofei che ti ha conquistato, sperando di placare quelle ostinate interrogazioni di te e dei tuoi, forzando qualche solitario fantasma, tuo messaggero, a rivelare la storia di quel che siamo.»

un'idea degli orrori del mio lavoro segreto, mentre io m'affaccendavo tra i profanati umidori della tomba o torturavo l'animale vivente ad animare l'insensibile argilla? Le mie membra ora tremano e i miei occhi traboccan di lacrime al ricordo, ma allora un impulso irresistibile e quasi frenetico mi sospingeva, mi pareva d'aver perduto ogni sentimento fuorché per quest'unica ricerca. Invero non si trattò che di un raptus passeggero, che mi fece soltanto sentire con rinnovata intensità, appenaché, cessato lo stimolo innaturale ad operare, fui tornato alle mie antiche abitudini. Raccolsi ossa dagli ossari, e disturbai, con dita profane, i tremendi segreti della struttura umana. In una camera, o piuttosto cella, solitaria, in cima alla casa, e separata da tutti gli altri appartamenti da una galleria e da una scala, io tenni il mio laboratorio d'immonda creazione: gli occhi mi uscivano dalle orbite mentre attendevo ai particolari del mio lavoro ».

Questa non è che un'espansione del passo in versi di Shelley citato, ma per quanto Mrs. Shelley abbia sottolineato l'orrore gotico della ricerca, non ha afferrato in maniera più completa la realtà. Al modo stesso in cui Dickens, malgrado la ricchezza d'aggettivazione di cui disponeva, nel descrivere i bassifondi londinesi non definisce mai con precisione gli oggetti più repellenti, ma ricorre a termini generici (quali: sporcizia, sozzo, impurità, odori nauseabondi, e via dicendo), Mrs. Shelley usa parole che denotano la reazione del narratore ai materiali dei suoi esperimenti (« ogni oggetto più intollerabile alla delicatezza dei sentimenti umani »), ma non descrive mai gli oggetti stessi o la maniera delle sacrileghe operazioni.

La creazione artificiale d'un essere umano era stata il sogno di secoli, ma il problema era particolarmente vivo nel Settecento, e Goethe lo espresse nell'Homunculus nella seconda parte del *Faust*, che, tuttavia, fu cominciata solo nel 1826, mentre *Frankenstein* fu pubblicato nel 1818. Si sono indicate fonti[4] nei romanzi di Godwin, in *Pygmalion et Galatée* di Madame de Genlis, e natu-

[4] Vedi: Burton R. Pollin, *Philosophical and Literary Sources of "Frankenstein"*, in « Comparative Literature », XVII, n. 2, primavera del 1966.

ralmente nel *Paradiso perduto*; Condillac può avere contribuito col suo sensazionalismo psicologico, Locke era stato letto meticolosamente da Mrs. Shelley durante il dicembre 1816 e il gennaio 1817. Nessuno, tuttavia, sembra avere richiamato l'attenzione sul fatto che si era tentato in Francia un famoso esperimento di creazione di un uomo artificiale. Si ritiene che Jacques Vaucanson, che aveva fabbricato tre famosi automi, che erano stati mostrati in tutta Europa ed anche a Londra (nel 1742), un suonatore di flauto, un tamburino, e un'anatra che digeriva (*Canard digérateur*), venisse richiesto da Luigi XV nel 1739 se egli sarebbe stato capace di mostrare nello stesso modo la circolazione del sangue. Egli si applicò allora a « *construire une figure automate qui imitera dans ses mouvements les opérations animales, la circulation du sang, la respiration, la digestion, le jeu des muscles, tendons, nerfs, etc.* »[5] Vaucanson non era il solo a tentare quest'esperimento; allo stesso tempo un fisiocrate, François Quesnay, che aveva un interesse altrettanto acuto al problema della circolazione del sangue quanto a quello della circolazione della ricchezza, un gran ministro, H. Jean-Baptiste Bertin, che aveva la mente aperta a tutte le invenzioni curiose, e un medico, Claude-Nicolas Le Cat, miravano allo stesso scopo. Le Cat parlò del suo progetto alla sessione inaugurale dell'Académie des Sciences et Belles-Lettres di Rouen il 17 novembre 1744. Il titolo della sua comunicazione suona: *Dissertation sur un homme artificiel dans lequel on verrait plusieurs phénomènes de l'homme vivant*. Una relazione contemporanea dice che « *son automate aura respiration, circulation, quasi-digestion, secrétion et chile, cœur, poumons, foye et vessie, et, Dieu nous le pardonne, tout ce qui s'ensuit. Mais il aura la fièvre, on le saignera, on le purgera, et il ressemblera trop à un hom-*

[5] « Fabbricare una figura automata che imiterà nei suoi movimenti le operazioni animali, la circolazione del sangue, la respirazione, la digestione, il gioco dei muscoli, dei tendini, dei nervi, ecc. », *Procès-Verbal* dell'Académie des Beaux-Arts di Lione, 9 agosto 1741, cit. da André Doyon e Lucien Liaigre, *Jacques Vaucanson, mécanicien de génie*, Presses Universitaires de France, 1966, p. 148.

me »[6]. La relazione del segretario dell'Accademia aggiunge che l'automa avrebbe perfino avuto « *la parole même et l'articulation des mots, le tout par le moyen d'un nombre infini de grands et petits ressorts et de contrepoids* »[7]. Jean-Baptiste Rodier, che frequentava il laboratorio di Vaucanson (l'Hôtel de Mortagne) sostiene che nel 1762 vide là un automa che mostrava la circolazione del sangue. Ma sopravvenne un ostacolo per via del materiale dei condotti che imitavano le vene e le arterie; essendosi lo stagno dimostrato insoddisfacente, qualcuno pensò alle proprietà duttili del caucciù recentemente scoperto, e si fece un certo numero di tentativi d'importarlo dalla Guiana in modo che conservasse quelle proprietà; ma si trovò che era necessario usare il caucciù nella sua condizione originaria sul posto, e a tal uopo si progettò di fabbricare l'automa laggiù, ma benché il re stesso avesse dato la sua approvazione e ordinato la spedizione, ci furono taii ritardi che Vaucanson si disgustò e il progetto finì in niente di fatto.

Si fecero anche tentativi di riprodurre la voce umana, un problema che nel Seicento era parso quasi sacrilego. Alla fine di quel secolo si diffuse in tutta la Germania una storia di ebrei capaci di creare Golem, o falsi sosia degli esseri viventi. Il famoso gesuita Athanasius Kircher ed altri sognarono di macchine armoniche capaci di migliore riuscita della testa parlante attribuita ad Alberto Magno (il quale è ricordato tra gli autori letti da Frankenstein). Un filosofo materialista, Julien de La Mettrie, nel suo libro *L'homme machine* (Leida, 1746) esortava Vaucanson a fabbricare un *parleur*, « *machine qui ne peut plus être regardée comme impossible surtout entre les mains d'un nouveau Prométhée* »[8]. E Jean

[6] « Il suo automa avrà respirazione, circolazione, quasi-digestione, secrezione e chilo, cuore, polmoni, fegato e vescica, e, Dio ce lo perdoni, tutto quel che segue. Ma avrà la febbre, sarà salassato, purgato, e rassomiglierà troppo a un uomo. »

[7] « La favella stessa e l'articolazione delle parole, il tutto per mezzo di un numero infinito di molle grandi e piccole e di contrappesi. »

[8] « Macchina che non può più essere considerata impossibile soprattutto tra le mani d'un moderno Prometeo. » Vedi: Doyon e Liaigre, op. cit., p. 164.

Blanchet nei suoi *Principes philosophiques* (1756) si fece ardito a indicare il procedimento da seguire per fabbricare un tale automa, che sarebbe stato capace di « *chanter, non seulement les airs les plus brillants, mais encore les plus beaux vers* »[9]. Concludeva: « *Voilà un phénomène qui demanderait toute l'invention et l'industrie des Archimède, ou bien des Vaucanson, et qui étonnerait toute l'Europe savante* »[10].

Tutti questi tentativi sembrano piuttosto appartenere alla preistoria della cibernetica che alle fonti del romanzo gotico di Mrs. Shelley. Ci si chiede tuttavia se questi precedenti francesi dell'uomo artificiale fossero almeno ricordati nella conversazione a Villa Diodati nel 1816 in cui Polidori e Shelley parlarono dei « princìpi – se l'uomo doveva esser considerato solo uno strumento », della prima sorgente della vita, delle teorie di Erasmus Darwin, e del galvanismo, una discussione che può aver dato a Mrs. Shelley l'idea del suo romanzo. Per non essere avventati , gioverà adottare il punto di vista di Burton R. Pollin, secondo cui « in mancanza di ulteriori prove bisogna presumere che il suo racconto dapprima prese la forma del suo brutto sogno descritto nella prefazione, poco prima che Shelley e Byron partissero pel loro giro del lago di Ginevra, dal 22 giugno al 1° luglio ». Crediamo, ciò nonostante, che l'affinità tra il tema di *Frankenstein* e i tentativi fatti in Francia per creare un uomo artificiale non possa esser dovuta a mera coincidenza; e crediamo pure che la somiglianza del tema della fanciulla innocente accusata di aver ucciso un bimbo, per colpa dell'infernale tranello del mostro, al fato delle donne virtuose del marchese di Sade non possa neppure essere una coincidenza, tanto più che il nome della donna innocente imprigionata, processata e

[9] « Cantare non solo le arie più brillanti, ma anche i più bei versi. »

[10] « Ecco un fenomeno che richiederebbe tutta l'invenzione e l'ingegnosità degli Archimedi, ovvero dei Vaucanson, e che riempirebbe di stupore tutta l'Europa sapiente. »

giustiziata è proprio Justine[11]. Il sogno di Mrs. Shelley era stato ispirato da un passo che aveva letto in Erasmus Darwin il quale, come gli scienziati e i fabbricanti di automi in Francia, faceva esperimenti per creare artificialmente la vita. È poi da ricordare che anche Horace Walpole pretendeva che il suo *Castello di Otranto* fosse stato ispirato da un sogno.

Ci sono in *Frankenstein* echi della *Ballata del Vecchio Marinaro* del Coleridge[12]; tale l'aspetto stesso del narratore (« i suoi occhi luminosi si posano su di me con tutta la loro melanconica dolcezza », dice Walton nella quarta lettera preliminare), tale la regione polare attraverso la quale ha luogo l'ultimo folle inseguimento; e certamente l'immagine del cervo ferito nel capitolo IX venne ispirata dal famoso passo di William Cowper (*The Task*, III, 108-20)[13]. Ci sono pure anticipazioni del Demone della Perversità di Poe (« il caso, o piuttosto il cattivo influsso, l'Angelo dello Sterminio, che impose su di me il suo onnipotente giogo dal momento in cui io volsi i miei passi riluttanti lontano dalla porta di mio padre – mi condusse dapprima a Mr. Kempe, professore di filosofia naturale »), e perfino un'anticipazione della caccia di Achab a Moby Dick nell'implacabile inseguimento del mostro, assegnato dal Cielo. Così per le lontane ripercussioni del tema principale e per il grandioso scenario attraverso il quale si svolge la folle caccia, il romanzo di Mrs. Shelley può considerarsi la più riuscita espressione della scuola gotica, malgrado le frequenti

[11] Tuttavia il tema dell'innocente accusato di un delitto doveva essere familiare nell'ultima parte del Settecento per via dell'intervento di Voltaire nel caso Calas (1761).

[12] A sua volta il Coleridge fu influenzato dai romanzi gotici: c'è un'aria di famiglia tra *Vathek* e *Kubla Khan*, tra *The Castle of Otranto* e *Christabel*.

[13] Echi di motivi contemporanei son presenti anche nell'altro romanzo di Mrs. Shelley, *Valpurga, or the Life and Adventures of Castruccio, Prince of Lucca* (1823): Beatrice finisce i suoi giorni nelle carceri dell'Inquisizione (tema della donzella perseguitata), e Castruccio è conforme al tipo dell'eroe satanico della tradizione di *Vathek* e di Byron: « una figura maestosa e un aspetto bello ma triste, offuscato dall'espressione di orgoglio che l'animava ».

convenzionalità di frase e di situazione, e le disarmanti ingenuità che vi si incontrano talvolta. Perché il modo in cui il mostro acquista un notevole grado d'istruzione, al punto di leggere il *Paradiso perduto*, le *Vite* di Plutarco, e i *Dolori del giovane Werther*, e d'inserire nei suoi discorsi citazioni di Milton (« Da allora il Male divenne il mio Bene », « Offrì a me un rifugio così squisito e divino quale dovette apparire ai demoni dell'Inferno il Pandemonio dopo i loro patimenti nel lago di fuoco », e così via), costituisce un ostacolo non meno serio alla sospensione d'incredulità, della maniera in cui il mostro è messo insieme da membra morte da parte di Frankenstein.

Nel romanzo della Shelley ci son tutti gli elementi d'un buon film, qualunque cosa possa pensarsi di quello che ne fu effettivamente fatto; si veda ad esempio la spettacolosa fine, che suona come il copione di un tipico finale hollywoodiano:

« Mentre diceva questo, egli saltò dalla finestra della cabina sulla lastra di ghiaccio che si trovava accanto alla nave. Fu rapidamente portato via dalle onde e si perse nella tenebra e nella lontananza ».

Di fatto bisognava attendere fino al film dei nostri tempi per realizzare con successo effetti [14] che gli autori di romanzi neri si sforzarono di conseguire, ma rozza-

[14] Così nel film polacco *Suor Giovanna degli Angeli* vediamo completamente realizzata la conclusione, ispirata dalla Radcliffe, di *Suora Scolastica* di Stendhal (*Chroniques italiennes*, II): « Infine egli [il duca di Vargas] arrivò alla sala tenebrosa di cui abbiamo parlato, che era illuminata da quattro ceri collocati su un altare. Due religiose, ancora giovani, erano sdraiate a terra e parevano sul punto di morire tra le convulsioni del veleno; altre tre, una ventina di passi più lontano, stavano inginocchiate dinanzi ai loro confessori. Il canonico Cybo, seduto su una poltrona posta contro l'altare, sembrava impassibile sebbene estremamente pallido; due grandi giovanotti, dietro di lui, tenevano la testa un po' bassa per cercare di non vedere le due monache che erano ai piedi dell'altare, le cui lunghe vesti di seta verdecupa erano agitate da moti convulsi ». Il romanzo nero, non meno della pittura storica quale era praticata nell'Ottocento, ha trovato nel film il suo modo ideale di realizzarsi.

mente, tanto rozzamente da offrire facile esca alle satire di Jane Austen e di Thomas Love Peacock.

Quanto all'autrice di Frankenstein, ne scrisse nel 1938 una brillante biografia R. Glynn Grylls (Oxford University Press); un altro libro su di lei è stato scritto da E. Bigland (Londra 1959), e sono state pubblicate le sue *Letters* (a cura di F. L. Jones, University of Oklahoma Press, 1944) e il suo diario (*Journal*, a cura dello stesso presso lo stesso editore, 1947). Per una conoscenza dell'ambiente va letta l'opera *Shelley and his Circle, 1773-1822*, a cura di Kenneth Neill Cameron (Harvard University Press, 1961, due volumi).

Prodigiosa com'è la vita di Shelley, non sorprende che dovesse aver qualcosa di prodigioso anche quella di colei che era destinata ad essere la sua seconda e veramente eletta sposa. Grandi cose si attendevano gli amici dall'unione del filosofo rivoluzionario William Godwin e dalla bella e intellettuale Mary Wollstonecraft che aveva osato vivere con quella libertà che il Godwin predicava nei suoi scritti. Quasi avevan pronosticato «Secol si rinnova» da quell'unione dei «due più grandi uomini del loro tempo» che «non avrebbe avuto pari nella generazione presente»: matrimonio a cui il filosofo antimatrimoniale e comunista aveva cercato di dare un carattere *sui generis* seguitando a vivere sotto un tetto diverso da quello della moglie, sicché quell'intervallo di venti porte che separava le due case bastava a tener tranquilla la sua coscienza di apostolo del libero amore. La nova progenie risultante dal «più puro e raffinato stile d'amore», come il filosofo definiva il suo affetto per la Wollstonecraft, avrebbe dovuto essere un piccolo William, e invece fu una piccola Mary: assisté al parto (30 agosto 1797) un dottore dal nome sinistro, Poignard, e infatti la povera madre soccombette. Non passarono tre settimane che fu chiamato a studiare il cranio della bambina un frenologo, perché alla fine del Settecento le teorie di Lavater erano in gran voga, come ai nostri tempi quelle di Freud, e il grave scienziato osservò che la fronte e l'arco sopracciliare rivelavano segni di acuta sensibilità e d'irritabilità (non però d'irascibilità!) e che la bocca aveva i contorni dell'intelligenza, sebbene « essa era troppo affaccendata per poterla osservare a dovere ».

Lasciamo così Mary poppante e ritroviamola quindicenne in seno alla nuova famiglia Godwin, ché il filosofo nel 1801 non aveva esitato a sacrificare di nuovo i suoi princìpi sull'altare d'Imene, tanto la sua vanità era stata lusingata dall'esclamazione di Mrs. Clairmont sua vicina, che dal balcone l'aveva così salutato: « È mai possibile che colui che io contemplo sia l'immortale Godwin? ». Questa nuova unione produsse una confusione considerevole in quelli che il filosofo chiamava « i giovani rami della nostra famiglia ». Ché oltre a Mary c'erano: Fanny Imlay, frutto di un primo amore della Wollstonecraft, Charles e Jane (poi nota come Claire) Clairmont, figli del primo matrimonio di Mrs. Clairmont, e infine il tanto desiderato William, nato dalle seconde nozze di Godwin. Si giudichi se, nonostante le difficoltà finanziarie, il filosofo non compisse lodevoli sforzi per « migliorare l'animo e il carattere » di quei « giovani rami »: ecco William che da un piccolo pulpito appositamente eretto legge un saggio di Mary su « l'influsso dei governi sul carattere del popolo ».

Così istruita, Mary fu scoperta da Shelley, che a quel tempo era intento a far insorgere contro il tiranno il popolo d'Irlanda: impresa che egli giudicava facile appenaché gl'Irlandesi fossero giunti a « una reale conoscenza della Virtù e della Saggezza » – una piccola premessa che egli confidava di attuare lanciando opuscoli da un balcone di Dublino ai passanti il cui aspetto paresse promettente. Nel 1814 Shelley e Mary si sentirono anime sorelle. « Una voce vibrante chiamò: Shelley! Una voce vibrante rispose: Mary! Ed egli scattò fuori della stanza, come freccia da un arco. » Così racconta Hogg nella sua *Vita di Shelley*. Il 28 di luglio di quell'anno Shelley fuggiva dall'Inghilterra con Mary accompagnata da Claire Clairmont. Costei s'era messa alle costole di Mary, e non doveva più lasciarla in pace. Per comprendere tutto il peso di quest'attaccamento di sanguisuga, occorre scendere al 1850, quando Mary (doveva morire il 21 febbraio 1851), alla nuora che voleva lasciarla sola con Claire, credendo che le due donne avessero molto da dirsi dopo un periodo di lontananza, si raccomandava: «Non mi lasciar sola con lei, è stata il veleno della mia vita fin da quando avevo tre anni!».

Singolare luna di miele di Shelley! Al mercato di Parigi il poeta acquista un somarello che avrebbe dovuto portarli sul suo dorso in Svizzera; ma il somarello, che non conosceva Virtù e Saggezza più degl'Irlandesi, era così debole che voleva esser portato lui, sicché fu cambiato con un mulo, e su questo cavalcò Shelley che s'era dato una storta alla caviglia, e dietro a lui marciavano le due donne vestite di seta nera.

Ma la storia delle vicende coniugali di Shelley con Harriet e con Mary è così nota che poco han da aggiungervi i moderni biografi. Certo, checché ne dicesse il frenologo, Mary doveva possedere ben poca irritabilità se poté diventare la compagna ideale di colui che si definiva «il Cavalier Folletto» (*Elfin Knight*), l'occhicerulo acchiappanuvole che, quando non scriveva le sue divine poesie, s'occupava di palloni e di telescopi, o pietosamente andava per le strade di campagna a raddrizzare i poveri maggiolini rovesciati sul dorso, o concepiva platoniche passioni per fanciulle oppresse (Teresa Viviani), o per le donne dei suoi amici (Jane Williams), o s'ostinava su fragili barche ad affidarsi all'acqua, che tante volte l'ammonì delle sue cattive intenzioni, finché un giorno l'uccise. Pochi momenti di gioia e molte pene dette a Mary il Cavalier Folletto che si nutriva di tè e di limonate; dovette sentirsi, la fragile donna, come Psiche accanto ad Amore; di lui, come d'Amore, poteva dirsi che il suo divino spirito «col suo lume se medesmo cela». Lui viveva coi suoi sogni e le sue visioni (vere e proprie allucinazioni, a volte); lei portò i suoi figli, se li vide morire in tenera età, visse sotto la continua impressione d'una catastrofe imminente, finché un giorno, dopo una settimana d'angoscia, il mare restituì il cadavere dello sposo.

Questo fu il breve periodo epico della vita di Mary Shelley, periodo che cade sotto la stella del romanticismo. Ma il resto dei suoi anni trascorre sotto più mite astro, l'astro, pallido di ferma e tranquilla luce, dell'età vittoriana. Bruciato sulla pira il cadavere del divino Alessandro, i suoi seguaci discendono dalle vette dell'epopea ai pascoli delle pedestri pianure. Mary s'acquistò rinomanza come autrice di romanzi sensazionali nei quali, a eccezione del più noto, *Frankenstein*, non cessò di rievocare il carattere di Byron (questo aveva orribili difetti, *but still he was very nice*), e attese all'educazione dell'unico figlio sopravvissuto, Percy Florence. Claire, l'isterica Claire, finì per calmare i propri bollori in una monotona esistenza d'istitutrice; suo fratello Charles abbandonò le pazze speculazioni finanziarie per l'onorifica posizione di precettore di Francesco Giuseppe a Vienna; Leigh Hunt ebbe sempre fiori presso la finestra, ma la finestra non era più quella della prigione – come nella sua scapigliata gioventù – bensì quella di una più o meno ordinata casa borghese; perfino il randagio lupo di mare Trelawny, dopo avere invano aspirato alla mano di Mary, diventò sedentario padre di famiglia. Infine sir Timothy, l'implacabile padre di Shelley, muore, e c'è denaro per tutti. E nulla potrebbe essere più vittoriano del quieto Percy Florence, gentiluomo preciso e assestato, che si diletta di teatro e di pittura, ama, come il padre, gli animali e gli esperimenti scientifici, adora lo sport della vela, è un pioniere del velocipedismo, e in una specie di sacrario domestico raccoglie i cimeli dei genitori. Tra questi, un ritratto di Mary Shelley giovane, del Rothwell (ora alla National Portrait Gallery), quando fu restaurato, alla fine del secolo, rivelò nello sfondo l'immagine d'una fiamma, ed era forse quella della pira sul lido di Viareggio, a cui la vedova s'era, con lo spirito, devota.

MARIO PRAZ

CRONOLOGIA DELLA VITA E DELLE OPERE

1797 Mary Wollstonecraft Godwin nasce a Londra il 30 agosto, figlia unica di William Godwin, affermato romanziere, filosofo progressista, seguace degli Enciclopedisti, e di Mary Wollstonecraft, nota letterata, accesa femminista e autrice di *A Vindication of the Rights of Woman*, trattato in difesa del diritto femminile all'educazione e alla cultura pubblicato nel 1792. La madre muore pochi giorni dopo il parto, lasciando una seconda figlia, Fanny, nata da una precedente relazione con l'americano Gilbert Imlay.

1801 Il padre sposa una vicina di casa, Mary Jane Clairmont, vedova e già madre di due figli, con la quale Mary si scontrerà per tutta la vita. Dall'unione con Godwin nascerà un altro bambino, William.

1802-1813 Nella casa paterna, frequentata da numerosi intellettuali come Coleridge e Lamb, Mary compie letture vaste, composite, da autodidatta.
Si accosta presto alla scrittura, e nel 1808 pubblica, presso la casa editrice di libri per bambini fondata dal padre, il breve racconto *Mounseer Nongtongpaw or The Discoveries of John Bull in a Trip to Paris*. Nel 1812 a casa Godwin comincia a comparire il giovane poeta Percy B. Shelley, sposato con la sedicenne Harriet Westbrook, che gli darà un figlio nel 1813, e fervente sostenitore delle idee libertarie del padre di Mary.

1814 Fugge in Francia con Shelley e la sorellastra Claire Clairmont; da lì i tre si spostano in Svizzera, poi in Olanda e infine fanno ritorno a Londra, assediati dai creditori e osteggiati dalle famiglie. Mary, Shelley e Claire vanno a vivere a Somers Town, grazie anche al sostegno economico di alcuni amici che condividono i loro ideali, tra i quali Peacock e Hogg.

1815 Mary e Shelley vanno ad abitare, senza Claire, a Bishopgate, grazie anche all'eredità lasciata dal nonno di Percy. Leggono, e studiano insieme, Rousseau, Locke, Condillac. Nel febbraio 1815 nasce e muore dopo pochi giorni il primo figlio della coppia; a novembre dello stesso anno nasce il secondo figlio di Shelley e Harriet Westbrook.

1816 Nasce William, il primogenito di Mary e Shelley. Claire conosce al Drury Lane Theatre Lord Byron, dal quale viene sedotta, messa incinta e abbandonata.
Convinta dalla sorella, Mary, accompagnata da Shelley e William, acconsente ad affittare un piccolo alloggio in Svizzera, accanto a Villa Diodati, sul lago di Ginevra, dove Byron risiede, esule, con il medico Polidori. Tra Byron e Shelley nasce una profonda amicizia intellettuale. Ed è in una sera di discussioni tra i due che Byron lancia la sfida di scrivere un racconto dell'orrore; Mary partecipa alla gara, aggiudicandosi la vittoria con *Frankenstein*. Ritornati in Inghilterra, Mary e Shelley apprendono la notizia del suicidio di Fanny, la sorellastra di Mary. Due mesi dopo si toglie la vita, gettandosi in un canale, anche la prima moglie di Shelley. Il 30 dicembre Mary e Shelley si sposano.

1817 Gli Shelley si trasferiscono a Marlow, sul Tamigi, insieme a Claire, che nel frattempo ha dato alla luce Allegra. Stringono amicizia con Keats.
Mary pubblica presso Hookham & Ollier *History of a Six Weeks' Tour through a Part of France, Switzerland, Germany and Holland, with Letters Descriptive of a Sail round the Lake of Geneva, and of the Glaciers of Chamouni*. Nasce Clara.

1818 Esce *Frankenstein or The Modern Prometheus*, anonimo, con la prefazione di Shelley, per i tipi Lackington, Hughes, Harding, Mavor & Jones. Mary, Shelley, Claire e I bambini partono per l'Italia, sia per far fronte ai problemi di salute di Shelley, sia per convincere Byron, esule a Venezia, ad occuparsi della figlia Allegra. Durante il viaggio, Clara muore. Si stabiliscono a Roma. Byron accetta di occuparsi della figlia, purchè la madre rinunci ad ogni diritto su di lei e acconsenta a rinchiuderla in un convento a Ravenna.

1819 Mary lavora al romanzo breve *Matilda*, che verrà pubblicato postumo nel 1959, e il racconto *Valperga*. Dopo un breve soggiorno a Livorno, gli Shelley si trasferiscono a Firenze dove nasce Percy Florence.

1820-1821 Gli Shelley si trasferiscono a Pisa, dove conoscono Edward e Jane Williams e dove li raggiunge anche Byron. Keats muore. Mary scrive *Maurice or the Fisher's Coat*.

1822 La figlia di Claire, Allegra, muore in convento di febbre tifoidea. Tutta la famiglia, accompagnata dagli Williams, si trasferisce in un villaggio di pescatori nel Golfo di Lerici.
L'8 luglio, Shelley e Williams, usciti in barca per andare incontro a degli amici a Genova, vengono sorpresi da una tempesta e muoiono in mare.

1823-1824 Dopo una breve permanenza a Genova, dove inizia a lavorare ai manoscritti di Shelley e a collaborare con «The Liberal», Mary fa ritorno in Inghilterra. La famiglia Shelley la sostiene economicamente affinché il figlio Percy Florence possa studiare. Pubblica *Valperga*, *The Last Man* e, soprattutto, la famosa edizione dei poemi del marito, *Posthumous Poems of Percy Bysshe Shelley*. Byron muore a Missolungi. Mary conosce John Howard Payne e Washington Irving.

1825-1830 Scrive instancabilmente, pubblicando diversi racconti e articoli, soprattutto su «The Westminster Review» e «The Keepsake». È di questi anni anche il romanzo storico *Perking Warbeck*, probabilmente ispiratole dalla lettura di Walter Scott. Collabora con passione alla «Cabinet Cyclopaedia» di Dionysius Lardner, scrivendo saggi biografici di eminenti eruditi italiani, francesi e spagnoli. Durante un breve viaggio a Parigi, conosce Prosper Mérimée che si innamora di lei e, pur rifiutato, le resterà amico fino alla fine.

1831-1837 Esce la nuova edizione di *Frankenstein* con il suo nome e una breve prefazione. Pubblica *Lodore*, trasposizione letteraria della sua fuga con Shelley e del loro primo anno di vita insieme, e il suo ultimo romanzo, di carattere autobiografico, *Falkner*. Iscrive il figlio Percy, con grandi sforzi economici, alla prestigiosa scuola di Harrow, seguendolo per aiutarlo negli studi e coltivando la speranza che questo possa suscitare in lui velleità artistiche che, in realtà, il giovane non manifesterà mai.

1838-1840 Vengono pubblicate dall'editore Edward Moxon le opere complete di Shelley: *The Poetical Works of Percy Bysshe Shelley* in 5 volumi e *Essays, Letters from Abroad, Translations and Fragments by P.B. Shelley* in 2 volumi. L'edizione è corredata da note e giudizi critici di Mary, talmente accurati da costituire il nucleo fondamentale anche dell'edizione definitiva dell'opera di Shelley edita da Oxford.

1841-1844 Per festeggiare la laurea di Percy Florence a Cambridge, Mary organizza con il figlio un viaggio in Svizzera, Germania e Italia. Al ritorno scrive *Rambles in Germany and Italy*. Muore Sir Timothy e Percy Florence ne eredita titolo e beni.

1845 G. Byron, spacciandosi per il figlio di Lord Byron e sostenendo di possedere alcune lettere di Shelley a lei indirizzate, estorce a Mary ingenti somme di denaro e, soprattutto, danneggia irreparabilmente buona parte dei manoscritti del marito, in particolare quella che documenta i rapporti tra Shelley, Byron e Keats.

1846-1850 Intraprende un ultimo viaggio in Francia in compagnia di Percy e della nuora Jane St John, con i quali soggiorna per qualche tempo a Nizza. Rientrata a Londra, si stabilisce presso di loro a Field Place.

1851 Mary Shelley muore il 1° febbraio, dopo una serie di attacchi apoplettici che l'avevano lasciata semiparalizzata. Viene sepolta a Bournemouth nella tomba di famiglia.

BIBLIOGRAFIA

Il testo di riferimento di *Frankenstein* è *Frankenstein or the Modern Prometheus*, London 1818 (3 voll.), al quale fa seguito (London 1831) un'edizione rivista in un unico volume con prefazione di P.B. Shelley.

Principali traduzioni italiane di Frankenstein

–, traduzione di E. Butzeberger, Milano 1966.
–, traduzione di C. Zanolli e L. Caretti, Milano 1982.
–, traduzione di M.P. Saci e F. Troncarelli, Milano 1991.
–, traduzione di S. Censi, Roma 1991.
–, traduzione di F. Bussagli, Roma 1994.
–, traduzione di S. Fefè, Milano 1995.
–, traduzione di A.E. Spandri, Pordenone 1995.

Biografie e saggi critici

Barrett, D., *Romanticismo e antiromanticismo nella narrativa femminile*, in *Storia della civiltà letteraria inglese*, 4 voll., Torino 1996, s.v. «Mary Shelley», II, pp. 509-513.
Bloom, H. (a cura di), *Mary Shelley*, New York 1985.
Blunden, E., *Shelley: A Life Story*, London 1946.
Church, R., *Mary Shelley*, London 1928.
Crook, N., *Mary Shelley's Literary Lives and Other Writings*, London 2000.
Dunn, J., *Moon in Eclipse: A Life of Mary Shelley*, London 1978.
Fusini, N., *Mary Shelley: il dolore*, in *Nomi*, Milano 1986.

Grylis, R.G., *Mary Shelley: A Biography*, London 1938.
Lyles, W.H., *Mary Shelley: An Annotated Bibliography*, New York-London 1975.
Mellor, A., *Mary Shelley: Her Life, Her Fiction, Her Monsters*, New York 1988.
Neumann, B.R., *The Lonely Muse. A Critical Biography of M. Wollestonecraft Shelley*, Salzburg 1979.
Nichie, E., *Mary Shelley, Author of Frankenstein*, New Brunswick 1953.
Poovey, M., *The Proper Lady and the Woman Writer: Ideology and Style in the Works of Mary Wollstonecraft, Mary Shelley and Jane Austen*, Chicago 1984.
Praz, M., *Mary Shelley*, in *La carne, la morte e il diavolo nella letteratura romantica*, Firenze 1976.
Punter, D., *Mary Shelley*, in *Storia della letteratura del terrore*, Roma 1985.
Seymour, M., *Mary Shelley*, London 2000.
Spark, M., *Mary Shelley*, London 1988.
Sunstein, E.W., *Mary Shelley: Romance and Reality*, Baltimore 1991.

Su Frankenstein

Baldwick, C., *In Frankenstein's Shadow*, Oxford 1987.
Bloom, H., *Mary Shelley's Frankenstein*, New York 1987.
Harris, J., *The Woman Who Created Frankenstein: a Portrait of Mary Shelley*, New York 1979.
Leclercle, J.-J., *Frankenstein: mithe et philosophie*, Paris 1988.
Small, C., *Ariel like a Harpy: Mary Shelley and Frankenstein*, London 1972.
Smith, J.M. (a cura di), *Frankenstein*, Boston 1992.
Tropp, M., *Mary Shelley's Monster*, Boston 1976.
Veeder, W., *Mary Shelley & Frankenstein: the Fate of Androgyny*, Chicago 1986.

FRANKENSTEIN
ovvero
il Prometeo moderno

Chiuso entro la mia creta,
t'ho forse io chiesto,
Fattore, di diventar uomo?
T'ho forse chiesto io
di suscitarmi dalle tenebre?

Il Paradiso perduto

PREFAZIONE DELL'AUTRICE

Il caso di cui tratta questo romanzo è stato giudicato possibile dal dottor Darwin e da altri fisiologi tedeschi. Non si supponga, però, che io presti seriamente un minimo di fede a tale ipotesi; pure, accettandola come base di un lavoro di fantasia, ho cercato di far qualcosa di più che non collegare insieme una serie di fatti terrificanti: l'evento su cui poggia l'interesse della mia storia non presenta i difetti del solito racconto di spettri o di incantesimi; esso si raccomanda per la novità delle situazioni che ne scaturiscono, e, per quanto irreale - in un dominio puramente fisico - offre all'immaginazione un panorama più ampio e aperto di quello concesso da normali rapporti di eventi reali.

Ho cercato quindi di conservare la veridicità nei riguardi dei principi elementari della natura umana, mentre non ho avuto scrupolo di rinnovare le loro combinazioni. *L'Iliade*, il poema tragico della Grecia, Shakespeare nella *Tempesta* e nel *Sogno di una notte d'estate*, e soprattutto Milton nel *Paradiso perduto* si attengono a questa norma; e il più umile romanziere, il quale cerchi di interessare o di trarre diletto dalle sue fatiche, può, senza presunzione, applicare alla composizione in prosa una licenza, o meglio una regola, dalla cui adozione sono scaturite tante squisite combinazioni di sentimenti umani nei più alti esempi di poesia.

Le circostanze su cui si basa il racconto furono suggerite da una conversazione casuale. Il libro iniziò in parte come passatempo, in parte come esercizio per quelle risorse mentali che non si erano ancora messe alla prova. Via via che il lavoro procedeva, altri motivi si aggiunsero a questi. Non sono affatto indifferente alla impressione che faranno sul lettore le tendenze morali insite nei sentimenti e nei personaggi del libro: pure, mia cura principale a questo riguardo è stata quella di evitare gli effetti deprimenti dei romanzi moderni e di esaltare la bellezza degli affetti domestici e l'eccellenza della virtù. Le opinioni che scaturiscono necessariamente dal carattere e dai casi del protagonista non devono per nulla essere considerate come mie, né dalle pagine seguenti si debbono trarre conclusioni che vogliano polemizzare con dottrine filosofiche di qualsiasi genere.

Rappresenta, per chi scrive, ulteriore motivo di interesse il fatto che la storia sia stata ideata nella maestosa regione dove si svolgono gli avvenimenti principali del racconto, ed in una compagnia che non potrà mai essere sufficientemente rimpianta. Passai l'estate del 1816 nei dintorni di Ginevra. Il tempo era freddo e piovoso; la sera ci raccoglievamo attorno ad un gran fuoco di legna e ci divertivamo a leggere storie tedesche di fantasmi, che ci erano capitate per caso fra le mani. Queste letture destarono in noi un burlesco desiderio di emulazione. Due altri amici (una storia dei quali riuscirebbe al pubblico di gran lunga più gradita di tutto quello che io potrò mai dare alle stampe) ed io decidemmo di scrivere ognuno un racconto che si fondasse su qualche evento soprannaturale.

Ma il tempo si fece improvvisamente sereno; i miei due amici mi lasciarono per un'escursione sulle Alpi e, fra gli splendidi panorami che si presentarono ai loro occhi, perdettero ogni ricordo delle loro macabre fantasie. Il racconto che segue è il solo che sia stato condotto a termine.

Marlow, settembre 1817.

PRIMA LETTERA

ALLA SIGNORA SAVILLE, INGHILTERRA

Pietroburgo, 11 dicembre 17...

SARAI LIETA di sapere che la mia impresa, per la quale tu hai sempre previsto tante sciagure, si è iniziata senza incidenti. Sono arrivato qui ieri, e la mia prima preoccupazione è di rassicurare la mia diletta sorella sullo stato della mia salute e del mio morale, sempre più fiducioso nel buon esito della mia spedizione.

Sono già molto a nord di Londra, e mentre passeggio per le strade di Pietroburgo sento sulle guance la gelida brezza del nord, che mi stende i nervi e mi riempie di gioia. Comprendi tale mio sentimento? Questa brezza, che giunge dalle regioni verso le quali io sono diretto, è per me come un preannuncio di quei climi glaciali. Ispirati da questo vento carico di promesse, i miei sogni a occhi aperti si fanno più evidenti e più arditi. Cerco invano di persuadermi che il polo è il regno del gelo e della desolazione: sempre esso si presenta alla mia immaginazione come un luogo di bellezza e di delizie. Là, Margherita, il sole è sempre visibile, e il suo enorme disco, che sfiora la linea dell'orizzonte, diffonde un perpetuo splendore. Là - perché con il tuo permesso, sorella cara, concederò qualche credito ai navigatori che mi hanno preceduto - là neve e gelo sono al bando; e, navigando su un mare calmo, potremo forse giungere a una terra che, per meraviglia e bellezza, superi ogni regione finora scoperta nel globo abitato. I suoi prodotti e le sue caratteristiche saranno forse senza esempio, come lo sono certamente i fenomeni dei corpi celesti in queste solitudini ancora inesplorate. Che cosa non ci possiamo aspettare in un paese dove la luce regna eterna? Forse là potrò scoprire il meraviglioso potere che attira l'ago magnetico, potrò dare forma di regola a centinaia di fenomeni celesti, che attendono solo questo viaggio per fornire la chiave del loro significato apparentemente enigmatico. Sazierò la mia ardente curiosità con la visione di una parte del mondo che mai prima è stata visitata, e forse potrò mettere piede su una terra che non conosce ancora impronta umana. Questo mi attira, e ciò è sufficiente a vincere ogni timore di pericolo o di morte, a spingermi a dare inizio a questo laborioso viaggio con la stessa gioia che prova un bimbo quando, assieme ai suoi compagni di vacanza, sale su una piccola barca per partire alla scoperta del suo fiume natale. Ma, ammettendo che tutte queste mie congetture siano errate, non puoi contestare l'inestimabile vantaggio che, per opera mia, trarrebbe l'umanità fino all'ultima generazione dalla scoperta di un passaggio al polo, che conducesse a quei paesi per raggiungere i quali occorrono oggi tanti e tanti mesi di navigazione; o dalla spiegazione del segreto della calamita che, se pure possibile, può essere data solo da una spedizione come la mia.

Queste considerazioni hanno dissipato l'agitazione con cui ho incominciato la mia lettera, e sento il cuore accendermisi di un entusiasmo che mi innalza fino al Cielo, perché nulla contribuisce tanto a tranquillizzare il mio spirito quanto uno scopo preciso, un punto su cui l'anima possa fissare il suo occhio intelligente. Questa spedizione è stata il sogno prediletto dei miei anni giovanili. Ho letto con ardore i resoconti di tutti quei viaggi che miravano a raggiungere l'Oceano Pacifico del Nord attraverso i mari che circondano il polo. Ricordi certo che la biblioteca del nostro buon zio Tomaso era costituita di una storia di tutti i viaggi di esplorazione. La mia educazione fu trascurata, ma pure io ebbi sempre una passione grandissima per la lettura. Quei volumi furono il mio studio, giorno e notte, e più li conoscevo più aumentava in me quel rammarico che, fanciullo, avevo provato nell'apprendere che le ultime volontà di mio padre vietavano a mio zio di concedermi il permesso di dedicarmi alla vita del mare.

Queste visioni scomparvero quando, per la prima volta, conobbi quei poeti che, con le loro effusioni, stregarono la mia anima e la sollevarono fino al cielo. Divenni poeta anch'io, e per un anno vissi in un paradiso di mia creazione; immaginavo di poter ottenere una nicchia nel tempio in cui sono consacrati i nomi di Omero e di Shakespeare. Tu conosci il mio fallimento e sai quanto mi sia riuscita greve la delusione. Ma proprio allora ereditai la fortuna di mio cugino, ed i miei pensieri tornarono a battere il sentiero della loro primitiva inclinazione.

Sei anni sono trascorsi da quando mi sono deciso a questa mia spedizione. Ricordo ancor oggi il momento a partire dal quale mi dedicai alla grande impresa. Incominciai a temprare il corpo alle fatiche. Accompagnai i balenieri in molte delle loro spedizioni nel Mare del Nord; sopportai volontariamente il freddo, la fame, la sete, il sonno. Spesso lavoravo più duramente di un marinaio comune durante il giorno e trascorrevo la notte immerso nello studio della matematica, della medicina teorica e di quei rami della fisica da cui chi si avventura per mare può trarre il maggior vantaggio pratico. Due volte mi arruolai come semplice uomo di coperta su una baleniera groenlandese, ed adempii a tutti i miei compiti fra l'ammirazione generale. Debbo riconoscere che mi sentii un poco orgoglioso quando il capitano mi offrì il posto di secondo e, con la più grande serietà, mi pregò di rimanere, tanto preziosi considerava i miei servigi.

Ed ora, cara Margherita, non merito forse di portare a termine qualche grande impresa? Avrei potuto passare la vita fra gli agi e il lusso; ma ho preferito la gloria a tutte le seduzioni che la ricchezza ha posto sul mio cammino. Oh, se qualche voce di incoraggiamento mi rispondesse di sì! Fermi sono il mio coraggio e la mia decisione; ma la mia speranza è incerta e il mio animo è sovente depresso. Sto per intraprendere un viaggio lungo e difficile, gli imprevisti del quale richiederanno tutta la mia forza: sta a me non solo sollevare lo spirito degli altri, ma sostenere qualche volta anche il mio, quando il loro è abbattuto.

È questo il periodo più favorevole per viaggiare in Russia. Gli abitanti volano rapidi sulla neve con le loro slitte; questo genere di moto è piacevole, e, a mio giudizio, meno stancante di quello di una diligenza inglese. Il freddo non è eccessivo se ti avvolgi di pellicce; indumenti, questi, che ho già adottato, poiché è molto diverso camminare sul ponte di una nave e rimanere seduto immobile per ore e ore, quando nessun esercizio impedisce al sangue di letteralmente gelarsi nelle vene. Non ho la minima intenzione di perdere la vita sulla strada di posta fra Pietroburgo e Arcangelo.

Partirò alla volta di quest'ultima città fra quindici giorni o tre settimane; ed è mia intenzione noleggiare là una nave, cosa facile ad ottenersi pagando l'assicurazione per conto del proprietario, ed arruolare, fra coloro che sono abituati alla pesca delle balene, tutti i marinai che reputo necessari. Non intendo salpare fino a giugno; e quando tornerò? Ah, sorella cara, come posso rispondere a questa domanda? Se avrò successo, molti, molti mesi, anni forse, passeranno prima che tu ed io possiamo incontrarci. Se fallirò il mio scopo, mi rivedrai presto, o mai più.

Arrivederci, mia cara, mia ottima Margherita. Il Cielo faccia piovere su di te le sue benedizioni, e mi protegga, così che io possa ancora a lungo testimoniarti la mia gratitudine per tutto il tuo amore e la tua tenerezza.

Tuo affezionatissimo fratello

R. Walton.

SECONDA LETTERA

ALLA SIGNORA SAVILLE, INGHILTERRA

Arcangelo, 28 marzo 17...

Come scorre lentamente il tempo qui, attorniato come sono dal gelo e dalla neve; pure un secondo passo è stato compiuto verso l'attuazione del mio progetto. Ho noleggiato una nave, ed ora mi sto occupando della scelta dei marinai; quelli che ho già ingaggiato mi sembrano uomini su cui posso contare, e sono certo dotati di un coraggio indomabile.

Ma c'è un desiderio che non sono ancora riuscito a soddisfare e il cui mancato adempimento mi affligge ora come il più crudele dei mali. Non ho un amico, Margherita: quando mi accenderò d'entusiasmo per un successo, non ci sarà nessuno a partecipare alla mia gioia; se sarò assalito dallo sconforto, nessuno cercherà di sorreggermi nel mio avvilimento. Affiderò i miei pensieri alla carta, è vero, ma si tratta di un ben povero mezzo per comunicare i propri sentimenti. Desidero la compagnia di un uomo che possa simpatizzare con me, i cui occhi possano rispondere ai miei. Giudicami pure romantico, sorella mia cara, ma io sento terribilmente la mancanza di un amico. Non ho nessuno al mio fianco che, gentile e coraggioso, colto e capace, di gusti simili ai miei, approvi o corregga i miei progetti. Davvero un simile amico potrebbe ovviare agli errori del tuo povero fratello! Io sono troppo ardente nell'azione, troppo impaziente nelle difficoltà. Ma un danno ancor maggiore per me sta nel fatto che sono un autodidatta; per i primi quattordici anni della mia vita non ho fatto che inselvatichirmi sui prati, e non ho letto altro che i libri di viaggi di nostro zio Tomaso. A quell'età ho conosciuto i celebri poeti del nostro paese; ma solo quando non era più in mio potere di trarre i più importanti benefici da una simile constatazione mi accorsi della necessità di apprendere altre lingue oltre quella della mia patria. Ora ho ventotto anni, e sono in realtà più ignorante di molti di quindici anni. Ho pensato di più, è vero, e i miei sogni sono arditi e magnifici; ma essi hanno bisogno di « fissaggio » (come dicono i pittori), ed io sento molto la necessità di un amico che abbia tanto buon senso da non disprezzarmi come romantico e che mi sia affezionato abbastanza da cercare di mettere ordine nel mio cervello.

Bene, questi sono rimpianti inutili; non troverò certo un amico nel vasto oceano, e nemmeno qui ad Arcangelo, fra mercanti e marinai. Pure alcuni sentimenti, che appartengono al meglio della natura umana, battono anche in quei rozzi petti. Il mio comandante, per esempio, è un uomo di coraggio e iniziativa meravigliosi; è follemente avido di gloria. È inglese, e, fra i pregiudizi nazionali e professionali che la cultura non è riuscita a mitigare, possiede alcune fra le più nobili doti dell'umanità. Lo avevo conosciuto a bordo di una baleniera; come seppi che si trovava in questa città senza lavoro, non ebbi difficoltà a ingaggiarlo perché mi accompagnasse nella mia impresa.

Il nostromo è una persona di temperamento eccellente, e si fa notare fra tutti, a bordo, per la sua gentilezza e per la dolcezza con cui fa osservare la disciplina. È di animo così buono che non va mai a caccia (il passatempo qui favorito e, si può dire, unico) perché non può sopportare di spargere sangue. Pure è generoso fino all'eroismo. Qualche anno fa amava una ragazza russa di una certa ricchezza; come gli riuscì di accumulare una notevole somma di danaro, il padre della ragazza consentì al matrimonio. Vide la promessa sposa una volta ancora prima della cerimonia ormai fissata; ma ella scoppiò in lacrime e, lasciandosi cadere ai suoi piedi, lo scongiurò di risparmiarla e gli confessò nello stesso tempo che amava un altro, ma che costui era troppo povero e che suo padre non avrebbe mai consentito a una simile unione. Il mio generoso amico rassicurò la supplice, e, dopo essersi informato del nome dell'innamorato, rinunciò subito a ogni pretesa. Con il suo danaro aveva comperato una fattoria nella quale aveva stabilito di passare il resto della sua vita; ma donò tutto al suo rivale, assieme al danaro che gli era rimasto, perché acquistasse bestiame, poi sollecitò personalmente il padre della ragazza perché consentisse al matrimonio della figlia con l'innamorato. Ma il vecchio rifiutò nettamente, ritenendosi legato da una parola d'onore al mio amico; questi allora, come si accorse che il padre era inesorabile, lasciò il paese per tornarvi solo quando seppe che la sua ex fidanzata si era sposata secondo le sue inclinazioni. « Che nobile uomo! », dirai tu. E lo è davvero; ma poi ha passato tutta la sua vita a bordo di una nave, e i suoi interessi non vanno, si può dire, oltre una fune e una sartia.

Ma non credere che, per il fatto che mi lamento un poco o sogno per le mie fatiche una consolazione che forse non avrò mai, mi sia fatto incerto nella mia decisione. Essa è fissa come il destino, e il mio viaggio è rimandato solo fino al momento in cui le condizioni atmosferiche mi permetteranno di salpare. L'inverno è stato terribilmente duro, ma la primavera promette bene, e qui si prevede che giungerà in anticipo; così, forse, potrò partire più presto di quanto non mi aspetti. Non farò nulla avventatamente; mi conosci abbastanza per avere fiducia nella mia prudenza e nella mia ponderatezza ogni volta che l'incolumità altrui dipenda da me.

Non posso descriverti le mie sensazioni alla prospettiva ormai imminente della mia impresa. È impossibile darti un'idea del senso di trepidazione, quasi di timore, con cui mi preparo alla partenza. Sto per recarmi in regioni inesplorate, nella « terra di nebbia e neve », ma non ucciderò l'albatro [1], e non allarmarti quindi per la mia salvezza.

Potrò un giorno rivederti dopo aver attraversato oceani immensi e dopo aver doppiato il capo più meridionale dell'Africa o dell'America? Non oso sperare in tanto successo, pure mi è intollerabile prendere in considerazione il rovescio della medaglia. Continua a scrivermi ad ogni occasione: può darsi che riceva le tue lettere (per quanto tale possibilità sia molto dubbia) proprio quando siano più necessarie per sollevare il mio spirito. Nutro per te una tenerezza profonda. Ricordami con affetto, se non dovessi più avere mie notizie.

Tuo affezionato fratello

Robert Walton.

TERZA LETTERA

ALLA SIGNORA SAVILLE, INGHILTERRA

7 luglio 17...

Mia cara sorella,

ti scrivo poche righe in fretta, per dirti che sono in buona salute e che il mio viaggio procede bene. Questa lettera ti sarà recapitata in Inghilterra da un mercante che ora torna in patria da Arcangelo, più fortunato di me che forse non rivedrò la mia terra natale per molti anni. Ma il mio morale è alto: i miei uomini sono coraggiosi e decisi; né sembrano scoraggiarli i blocchi di ghiaccio galleggiante che continuamente ci circondano, prodromi dei pericoli della regione verso cui stiamo avanzando. Abbiamo già raggiunto una latitudine molto alta; ma l'estate è al suo colmo, e, anche se il clima non è quello dell'Inghilterra, i venti del sud, che ci spingono velocemente verso quelle spiagge che io desidero tanto raggiungere, recano un tepore vivificante che non mi ero certo atteso.

[1] Si allude alla celebre *Ballata del vecchio marinaio* di Coleridge.

Finora non abbiamo avuto incidenti degni di nota. Un paio di violente bufere e la rottura di un albero sono peripezie che i naviganti esperti non si prendono la briga di registrare, e sarei contento se, nel corso del nostro viaggio, non ci capitasse nulla di peggio.

Adieu, mia cara Margherita. Sta' pur sicura che, tanto per la mia tranquillità quanto per la tua, non mi metterò storditamente in situazioni pericolose. Sarò calmo, perseverante e prudente.

Ricordami a tutti i miei amici inglesi.

Tuo affezionatissimo

R. W.

QUARTA LETTERA

ALLA SIGNORA SAVILLE, INGHILTERRA

5 agosto 17...

L'incidente che ci è capitato è così strano che non posso a meno di registrarlo, anche se, con ogni probabilità, ti rivedrò prima che queste carte possano giungere fra le tue mani.

Lunedì scorso, 31 luglio, eravamo quasi completamente circondati dal ghiaccio, che stringeva la nave da ogni parte, lasciandole a stento un tratto di mare dove galleggiare. La nostra situazione era piuttosto critica, tanto più che eravamo immersi in una nebbia fittissima. Gettammo quindi l'àncora, nella speranza che si verificasse qualche mutamento di tempo e di visibilità.

Verso le due la nebbia si sollevò, e noi scorgemmo, in ogni direzione, vaste e irregolari pianure di ghiaccio, che sembravano sconfinate. Alcuni dei miei compagni presero a gemere, e anche nel mio animo cominciavano a far folla pensieri inquietanti, quando uno strano spettacolo attirò a un tratto gli sguardi di tutti, distraendoci dalla precarietà della situazione. Vedemmo un carro basso, attaccato a una slitta e trascinato da cani, passare verso nord, a mezzo miglio circa di distanza: un essere di forma umana ma, apparentemente, di statura gigantesca, sedeva sulla slitta e guidava i cani.

Seguimmo con i nostri cannocchiali la rapida corsa del viaggiatore, fino a quando egli non scomparve fra le lontane anfrattuosità del ghiaccio.

Questa apparizione suscitò in noi una profonda meraviglia. Pensavamo di essere molte centinaia di miglia distanti da terra; ma questo incontro sembrava dimostrare che non eravamo così lontani dalla terraferma come avevamo immaginato. Pure, chiusi come eravamo fra i ghiacci, ci riusciva impossibile seguire le sue tracce, che avevamo osservato con la massima attenzione.

Due ore circa dopo questo incidente avvertimmo il movimento del mare, e prima di sera il ghiaccio si spezzò, liberando la nave. Restammo tuttavia all'àncora fino al mattino, pel timore di incontrare, nelle tenebre, quegli enormi massi vaganti che vanno alla deriva dopo l'infrangersi di una superficie ghiacciata. Approfittai di questa pausa per concedermi qualche ora di riposo.

Al mattino, appena fu chiaro, salii sul ponte e vidi tutti i marinai affaccendarsi su un lato della nave, all'apparenza intenti a parlare con qualcuno in mare. Infatti una slitta, simile a quella che avevamo già visto, era stata trascinata verso di noi, nel corso della notte, su un grosso banco di ghiaccio. Un solo cane era rimasto vivo, ma nella slitta c'era un essere umano, che i marinai cercavano di persuadere a salire a bordo. Costui non era, come ci era apparso l'altro viaggiatore, un selvaggio abitante di qualche isola non ancora scoperta, ma un europeo. Quando comparvi sul ponte, il nostromo disse: — Ecco il nostro capitano, che non vi lascerà certo morire in mare aperto.

Vedendomi, lo sconosciuto si rivolse a me in inglese, anche se con accento straniero. — Prima che salga a bordo della vostra nave, — disse, — volete avere la cortesia di informarmi dove siete diretto?

Puoi immaginare il mio stupore nel sentirmi rivolgere una simile domanda da un uomo sull'orlo della tomba, da un uomo per il quale, secondo tutte le apparenze, la mia nave avrebbe dovuto rappresentare una risorsa da non barattarsi con ciò che di più prezioso la terra può offrire. Risposi tuttavia che eravamo in viaggio di esplorazione verso il polo nord.

Apparentemente soddisfatto della mia spiegazione, acconsentì a salire a bordo. Mio Dio! Margherita, se avessi visto l'uomo che contrattava a questo modo per la sua salvezza, il tuo stupore non avrebbe avuto limiti. Le sue membra erano quasi congelate, il suo corpo spaventosamente emaciato per la fatica e per le sofferenze. Tentammo di trasportarlo in cabina, ma, non appena fu lungi dall'aria gelida, egli svenne. Lo riportammo allora sul ponte e lo richiamammo a conoscenza frizionandolo con acquavite e costringendolo a inghiottirne qualche sorso. Appena diede segni di vita, lo avvolgemmo in coperte e lo adagiammo accanto alla stufa della cucina. A poco a poco si riprese, e mangiò qualche cucchiaio di minestra, il che gli giovò in misura stupefacente.

Passarono due giorni a questo modo prima che fosse in grado di parlare, e spesso ebbi il timore che le sofferenze lo avessero privato della ragione. Non appena si fu riavuto a sufficienza, lo feci trasportare nella mia cabina e mi presi cura di lui, per quanto i miei doveri me lo permettevano. Non ho mai visto una creatura più interessante: i suoi occhi hanno un'espressione selvaggia, folle addirittura, ma, se si ha qualche gentilezza nei suoi riguardi o se gli si rende il più insignificante dei servigi, il suo viso si illumina come di un raggio di benevolenza e di dolcezza, quale non ho mai visto l'eguale. Ma di solito è melanconico e disperato, e qualche volta stringe i denti, come se non riuscisse a sopportare il peso dei dolori che lo opprimono.

Quando il mio ospite si fu un poco ripreso, durai molta fatica a tener lontani gli uomini che volevano porgli centinaia di domande; ma non potevo esporlo al tormento della loro futile curiosità, in condizioni di corpo e di spirito cui solo il riposo più assoluto poteva recare giovamento. Ma una volta il comandante gli chiese come mai si fosse avventurato così lontano sul ghiaccio con un veicolo tanto strano.

Il suo volto prese istantaneamente un'espressione di profonda tristezza, ed egli rispose: — Per cercare qualcuno che mi era fuggito.

— E l'uomo cui davate la caccia viaggiava come voi?

— Sì, — rispose.

— Allora credo che l'abbiamo visto; il giorno prima di raccogliervi, infatti, abbiamo avvistato sul ghiaccio alcuni cani che trascinavano una slitta guidata da un uomo.

Ciò suscitò l'attenzione dello straniero, il quale fece moltissime domande a proposito della direzione che il demone, come lo chiamava, aveva preso. Poco dopo, quando rimase solo con me, disse: — Ho risvegliato senza dubbio la vostra curiosità come quella di questa brava gente, ma voi avete troppo tatto per chiedermi qualcosa.

— Certo; sarebbe impertinente e inumano da parte mia turbarvi con domande dettate dalla curiosità.

— Pure mi avete salvato da una situazione strana e pericolosa, e molto caritatevolmente restituito alla vita.

Poco dopo mi chiese se, a mio giudizio, la rottura del ghiaccio avesse provocato la distruzione dell'altra slitta. Replicai che non potevo rispondere neppure con approssimazione, perché il ghiaccio si era spaccato solo verso mezzanotte e, a quell'ora, il viaggiatore poteva aver raggiunto un luogo sicuro, anche se non avevo elementi per affermarlo.

Da allora mi è parso che lo straniero cercasse spesso di salire sul ponte, nella speranza di vedere la slitta che già ci era apparsa; ma io l'ho persuaso a restare in cabina, perché è troppo debole per reggere ai rigori della temperatura. E gli ho promesso che qualcuno vigilerà per lui e lo informerà subito se dovesse apparire qualcosa di nuovo.

Tale è il mio diario per quanto si riferisce, fino ad oggi, a questo strano episodio. Lo straniero va gradualmente migliorando in salute, ma è silenzioso, e sembra a disagio quando entra in cabina qualcuno che non sia io. Pure i suoi modi sono così affabili e gentili, che tutti i marinai si interessano a lui, per quanto abbiano pochissime occasioni di parlargli. Per parte mia, comincio ad amarlo come un fratello, e il suo dolore costante e profondo mi riempie di simpatia e di compassione. Deve essere stato una nobile creatura nei suoi giorni migliori se ora, nella disgrazia, sa restare così attraente ed amabile.

In una delle mie lettere, cara Margherita, ebbi a dirti che non avrei certo trovato un amico nel selvaggio oceano; pure ho trovato un uomo il quale, prima che il suo spirito fosse prostrato dalla sciagura, avrebbe potuto essere, con mia grande gioia, il fratello del mio cuore.

Continuerò a intervalli il mio diario nei riguardi dello straniero, ogni volta che vi sarà da registrare qualche incidente degno di nota.

13 agosto 17...

Il mio affetto nei riguardi dell'ospite aumenta ogni giorno. Egli suscita in me la massima ammirazione e pietà. Come posso vedere, senza soffrirne, una creatura così nobile abbattuta dalla sventura? È affabile e saggio, ha una cultura vastissima, e quando parla, le sue parole, anche se sottoposte a una scelta raffinata, fluiscono con una scioltezza ed una eloquenza impareggiabili.

Si è ormai quasi rimesso dalla sua malattia, e sta di continuo sul ponte, cercando con gli occhi, secondo ogni apparenza, la slitta che precedeva la sua. Per quanto infelice, non si abbandona completamente al proprio dolore, ma si interessa molto a ciò che gli altri fanno. Mi ha rivolto numerose domande circa i miei piani, ed io gli ho narrato con molta franchezza la mia piccola storia. Si è mostrato lieto della confidenza, e mi ha suggerito alcuni emendamenti che mi riusciranno della massima utilità. Non vi è ombra di pedanteria nei suoi modi, ma tutto ciò che egli fa sembra sorgere unicamente dall'interesse che prova per istinto al benessere di tutti coloro che gli sono vicini. Spesso si lascia dominare dalla disperazione, e allora siede appartato e cerca di vincere tutto ciò che vi è di cupo e di scostante nel suo umore. Questi parossismi passano in lui come una nube davanti al sole, anche se la melanconia non lo abbandona mai. Ho cercato di guadagnarmi la sua confidenza, e sono certo di esserci riuscito. Un giorno gli ho accennato al desiderio che ho sempre avuto di trovare un amico che potesse avere simpatia per me e indirizzarmi con i suoi consigli. Ho detto di non appartenere a quella categoria di persone che si offendono a ogni osservazione. Sono un autodidatta, e non posso fidarmi eccessivamente di me stesso. Vorrei quindi che il mio compagno fosse più saggio e più esperto di me, che mi desse forza e mi sostenesse; né mai ho creduto impossibile trovare un vero amico.

— Sono d'accordo con voi, — rispose lo straniero, — nel giudicare l'amicizia un acquisto non solo desiderabile, ma possibile. Ho avuto un amico, una volta, la più nobile delle creature umane, e sono quindi in grado di dare un giudizio sull'amicizia. La speranza e il mondo si aprono dinanzi a voi: non avete motivo alcuno di scoraggiamento. Ma io... io ho perso tutto, e non posso ricominciare la vita.

Mentre pronunciava queste parole, il suo viso assunse un'espressione di dolore profondo che mi strinse il cuore. Ma egli rimase in silenzio, e poco dopo si ritirò nella sua cabina.

Sebbene il suo spirito sia affranto, nessuno sa gustare più profondamente di lui le bellezze della natura. Il cielo stellato, il mare, ogni panorama offerto da queste regioni meravigliose sembrano avere ancora il potere di elevare il suo animo al disopra delle cose terrene. Un uomo simile ha una duplice esistenza: può essere vittima del dolore, può essere travolto dalle sciagure, ma quando si chiude in se stesso è come uno spirito celeste chiuso in un alone, nel cui cerchio né scoraggiamento né follia possono penetrare.

Ridi dell'entusiasmo che esprimo nei riguardi di questo divino vagabondo? Se lo fai, hai certo perduto quella semplicità che rappresentava una volta il tuo fascino particolare. Ma, se vuoi, sorridi pure al calore delle mie espressioni, perché ogni giorno trovo qualche motivo per rinnovarle.

19 agosto 17...

Ieri lo straniero mi ha detto: — Non vi sarà stato difficile accorgervi, capitano Walton, che io sono stato vittima di tremende e inaudite sciagure. Avevo deciso, un tempo, che il ricordo di tali sciagure morisse con me, ma voi mi avete convinto a mutare la mia determinazione. Voi cercate conoscenza e saggezza, come facevo io una volta, e spero ardentemente che l'adempimento dei vostri desideri non sia un serpe che vi ferisca, come è capitato a me. Non so se il racconto delle mie sciagure potrà tornarvi utile; pure, se vi interessa, ascoltatelo. Credo che gli strani avvenimenti che vi si ricollegano daranno un quadro della natura tale, da allargare i vostri orizzonti ed il vostro intelletto. Sentirete parlare di forze e di fenomeni che siete stato abituato a giudicare impossibili, ma non dubito che la mia storia abbia in sé prove sufficienti della verità degli eventi di cui è composta.

Puoi facilmente immaginare quanto mi lusingasse questa sua offerta; pure non potevo sopportare che egli rinnovasse il proprio dolore con il racconto delle sue sciagure. Sentivo un profondo desiderio di ascoltare la narrazione promessa, in parte per curiosità, in parte per la brama di migliorare il suo destino, se appena ciò fosse stato in mio potere. Espressi tali sentimenti nella mia risposta.

— Vi ringrazio per la vostra simpatia, — rispose, — ma purtroppo essa è inutile: il mio destino è pressoché compiuto. Un solo evento attendo ormai, e poi potrò riposare in pace. Comprendo il vostro sentimento, — continuò, accorgendosi che volevo interromperlo, — ma vi ingannate, amico mio, se mi permettete di chiamarvi così: nulla può cambiare il mio destino. Ascoltate la mia storia e vi accorgerete che esso è irrevocabilmente segnato.

Mi disse poi che avrebbe iniziato il suo racconto il giorno seguente, quando mi sarebbe stato più comodo. Tale promessa provocò da parte mia i ringraziamenti più caldi. Ho deciso di registrare ogni notte, per quanto è possibile con le sue parole, ciò che egli mi narrerà durante il giorno. Se sarò occupato, prenderò almeno qualche appunto. Questo manoscritto sarà per te senza dubbio fonte di grandissimo piacere; ma con quanto interesse e con quanta simpatia lo leggerò io, in qualche giorno futuro, io che conosco lui, e che l'ho raccolto dalle sue stesse labbra!

CAPITOLO I

Sono nato a Ginevra, e la mia famiglia è una delle più note di quella repubblica. I miei antenati sono stati per molti anni consiglieri e sindaci, e mio padre ha ricoperto con onore e fama varie cariche amministrative. Era rispettato da tutti coloro che lo conoscevano per la sua integrità e per la sua solerzia nei pubblici affari. Aveva passato i suoi anni giovanili continuamente assorbito dalle faccende del suo paese, e solo sul declino della vita aveva pensato di sposarsi e di dare allo stato figli che potessero tramandare ai posteri le sue virtù e il suo nome.

Non posso a meno di riferire le circostanze del suo matrimonio, dato che esse valgono a illustrare il suo carattere.

Uno dei suoi amici più intimi era un mercante che, da uno stato di ricchezza, era stato ridotto in povertà da una serie di errori. Quest'uomo, Beaufort, aveva un carattere orgoglioso ed inflessibile, e non poteva sopportare di restare povero e dimenticato nello stesso paese dove si era un tempo distinto per il suo rango e la sua magnificenza. Dopo aver pagato, quindi, nel modo più onorevole, tutti i suoi debiti, si ritirò con la figlia nella città di Lucerna, dove visse misero e sconosciuto. Mio padre, che era legato a Beaufort da una sincera amicizia, si addolorò profondamente per il suo ritiro in circostanze così disgraziate. Gli riusciva insopportabile anche la perdita della sua compagnia, e decise di andarlo a cercare e di fare quanto gli era possibile per persuaderlo ad affrontare di nuovo il mondo con il suo credito e il suo appoggio.

Beaufort aveva preso misure efficaci per far perdere le proprie tracce, e passarono dieci mesi prima che mio padre scoprisse il suo nascondiglio. Lieto oltre ogni dire per il successo delle sue ricerche, si affrettò alla casa che era situata in un vicolo nei pressi del Reuss. Ma come entrò, miseria e disperazione lo accolsero. Beaufort aveva salvato dal crollo della sua fortuna solo una modestissima somma, sufficiente però ad assicurargli di che vivere per qualche mese; egli sperava di procurarsi nel frattempo un posto decoroso in qualche casa di commercio. Di conseguenza trascorse questo periodo di tempo senza far nulla. Come egli ebbe agio di riflettere, il suo dolore si fece solo più acuto e cocente, ed alla fine si impadronì con tanta tenacia del suo spirito, che in capo a tre mesi egli si ammalò e fu costretto a mettersi a letto, incapace di qualsiasi attività.

La figlia lo curava con la più grande tenerezza, ma si accorse con disperazione che il loro piccolo capitale si andava assottigliando rapidamente e che, terminato quello, non vi sarebbero stati altri mezzi di sussistenza. Ma Carolina Beaufort aveva un carattere di tempra insolita, e il suo coraggio la sostenne nelle avversità. Si procurò lavori semplici, intrecciò paglia e, con vari espedienti, riuscì a guadagnare quanto bastava almeno al sostentamento.

In questo modo passarono diversi mesi. Il padre peggiorò; ella dovette occupare quasi tutto il tempo a curarlo; i mezzi di sussistenza diminuirono, e nel corso del decimo mese il padre le morì fra le braccia, lasciandola orfana. Quest'ultimo colpo la sconvolse, ed ella era inginocciata accanto alla bara di Beaufort quando mio padre entrò nella stanza. Egli divenne come uno spirito protettore per la povera ragazza, che si affidò a lui; dopo i funerali dell'amico, la condusse a Ginevra e la mise sotto la tutela di un parente. Due anni dopo Carolina divenne sua moglie.

Come fu marito e genitore, mio padre si accorse che i doveri della sua nuova situazione richiedevano una larghissima parte del suo tempo ed abbandonò di conseguenza alcune delle cariche pubbliche per dedicarsi all'educazione dei figli. Di questi figli io ero il maggiore, quello destinato a continuare il suo genere di attività. Nessuno al mondo avrebbe potuto avere genitori più teneri dei miei. I miei progressi e la mia salute erano oggetto delle loro cure costanti, tanto più che, per alcuni anni, rimasi figlio unico. Ma prima di continuare il mio racconto devo ricordare un incidente che si verificò quando avevo quattro anni.

Mio padre aveva una sorella che amava teneramente e che, giovanissima, aveva sposato un gentiluomo italiano. Subito dopo il matrimonio, ella aveva accompagnato in patria il marito, e per molti anni mio padre ebbe con lei soltanto una corrispondenza saltuaria. All'epoca circa che ho ricordato, ella morì, e qualche mese dopo mio padre ricevette una lettera nella quale il cognato lo informava della propria intenzione di sposare una signora italiana e lo pregava di prendersi cura della piccola Elisabetta, bimba unica della defunta sorella. « È mio desiderio », egli scriveva, « che voi la consideriate come figlia e che la educhiate di conseguenza. Le è assicurata la fortuna della madre, ed io ve ne affiderò i documenti. Riflettete su tale proposta e decidete se preferite che vostra nipote sia educata da voi o affidata alle cure di una matrigna ».

Mio padre non ebbe un momento di esitazione e si recò subito in Italia per condurre la piccola Elisabetta alla sua futura casa. Ho sentito spesso dire da mia madre che ella era a quel tempo la più bella bambina che fosse dato di vedere e che già allora dava prove evidenti di un'indole buona e affettuosa. Questi segni, e il desiderio di stringere quanto più possibile i legami di fraterno affetto che già ci univano, indussero mia madre a considerare Elisabetta come la mia futura moglie, disegno, questo, di cui non ebbe mai motivo di pentirsi.

Da allora Elisabetta Lavenza fu la mia compagna di giochi e, con il trascorrere degli anni, la mia amica. Era docile e di buon carattere, ma, allo stesso tempo, gaia e vivace come un insetto estivo. Per quanto fosse esuberante ed irrequieta, i suoi sentimenti erano forti e profondi, e la sua indole straordinariamente affettuosa. Nessuno sapeva godere come lei la libertà, eppure nessuno si sottometteva con maggior grazia alle imposizioni ed ai capricci altrui. La sua immaginazione era fertilissima, ma grande era la sua capacità di applicazione. La sua persona era l'immagine del suo spirito; i suoi occhi color nocciola, anche se vivaci come quelli di un uccello, avevano una dolcezza che stregava. La sua figura era luminosa e aerea; per quanto fosse in grado di reggere a dure fatiche, sembrava la creatura più fragile di questo mondo. Pur ammirando la sua intelligenza e la sua fantasia, mi piaceva prendermi cura di lei come se fosse il mio animale preferito, né mai ho visto tanta grazia di corpo e di spirito unite ad una maggiore modestia.

Tutti adoravano Elisabetta. Se i domestici avevano qualche richiesta da fare, ciò avveniva sempre per sua intercessione. Evitavamo ogni forma di dissapori o di litigio, perché, se i nostri caratteri erano molto diversi, c'era pur sempre un'armonia in questa diversità. Io ero più calmo e riflessivo della mia compagna, ma il mio carattere non era eccessivamente malleabile. Sapevo applicarmi con grandissima costanza, ma senza entusiasmo. Io mi dilettavo a studiare i fatti relativi al mondo in cui viviamo, ella si interessava alle astratte creazioni dei poeti. Il mondo era per me un segreto che desideravo scoprire, per lei un vuoto da popolare con le immagini della sua fantasia.

I miei fratelli erano molto più giovani di me, ma io avevo fra i miei compagni di scuola un amico che mi compensava di questa lacuna. Enrico Clerval era figlio di un mercante di Ginevra, intimo amico di mio padre. Era un ragazzo d'ingegno e fantasia insoliti. Ricordo come a nove anni scrisse un racconto di fate che fece la gioia e la meraviglia di tutti i suoi compagni. Sua lettura favorita erano i libri di avventure cavalleresche, e ricordo che, giovanissimi, recitavamo sempre commedie che egli ricavava da questi libri, i protagonisti delle quali erano Orlando, Robin Hood, Amadigi e San Giorgio.

Nessuno può aver avuto una gioventù più felice della mia. I miei genitori erano indulgenti, i miei compagni simpaticissimi. Non eravamo forzati allo studio, ma, in un modo o nell'altro, avevamo sempre dinanzi agli occhi qualche meta che ci spingeva ad applicarci con ardore. Ed era questo metodo a indurci alla diligenza, non il desiderio di emulazione. Elisabetta veniva spinta a dedicarsi al disegno non dal timore di essere superata dai suoi compagni, ma dal desiderio di rendere lieta la zia riproducendo di sua mano qualche soggetto da lei favorito. Imparammo il latino e l'inglese per poter leggere ciò che era stato scritto in queste lingue, e tanto poco lo studio ci veniva reso odioso dalle punizioni, che amavamo applicarci e che per noi era divertimento quello che per gli altri ragazzi era fatica. Forse non leggevamo tanti libri e non imparavamo le lingue con la stessa rapidità di coloro che venivano educati secondo i metodi ordinari; ma quello che imparavamo si imprimeva più profondamente nella nostra memoria.

In questa descrizione del nostro ambiente domestico includo Enrico Clerval, perché egli era quasi sempre con noi. Veniva a scuola con me, e di solito passava il pomeriggio a casa nostra: era figlio unico, a casa non aveva compagnia e suo padre era ben lieto che avesse stretto vincoli d'affetto con noi. Per parte nostra, non eravamo mai completamente felici quando Clerval era assente.

Mi è dolce indugiare su questi ricordi d'infanzia, quando la sventura non mi aveva ancora sconvolto la mente, trasformando il fulgido sogno di un benessere comune in tristi e meschine riflessioni su me stesso. Ma, nel tracciare il quadro dei miei giorni giovanili, non devo omettere quegli eventi che, per gradi insensibili, mi condussero al tragico stato in cui mi trovo; perché, quando cerco l'origine di quella passione che doveva in seguito governare il mio destino, trovo che essa sgorgò, come un torrente di montagna, da sorgenti insignificanti e quasi inavvertite, ma che, ingrossandosi via via, travolse nel suo corso tutte le mie speranze e le mie gioie.

La filosofia naturale è il genio che ha regolato il mio destino; desidero quindi, nel mio racconto, illustrare i fatti che mi hanno condotto a prediligere questa scienza. Quando avevo tredici anni, andammo tutti in gita ai bagni nei dintorni di Thonon; l'inclemenza del tempo ci costrinse a rimanere un giorno intero confinati in una locanda. Lì, trovai per caso un volume delle opere di Cornelio Agrippa. Lo aprii svogliatamente; la teoria che egli cerca di dimostrare ed i fatti meravigliosi che cita trasformarono presto in entusiasmo il mio disinteresse. Parve che una nuova luce si accendesse nella mia mente, e, trepidante di gioia, comunicai la scoperta a mio padre. Non posso qui a meno di notare quante occasioni hanno gli istitutori di indirizzare l'attenzione dei loro allievi a utili conoscenze, che essi trascurano nella maniera più completa. Mio padre lesse con aria noncurante il titolo del libro e disse: — Ah, Cornelio Agrippa! Mio caro Vittorio, non perdere il tuo tempo con cose simili: sono sciocchezze!

Se, invece di limitarsi a questa osservazione, mio padre si fosse preso la briga di spiegarmi che i princìpi di Agrippa erano ormai superati e che ad essi era subentrato un moderno sistema scientifico molto più valido dell'antico, perché le risultanze dell'uno erano chimeriche mentre quelle dell'altro erano reali e pratiche, certamente avrei messo da un canto Agrippa e con ogni probabilità, dato che mi ero lasciato accendere la fantasia, mi sarei dedicato allo studio delle più razionali teorie chimiche risultanti dalle più recenti scoperte. È anche possibile che il corso delle mie idee non avrebbe ricevuto il fatale impulso che doveva condurmi alla rovina. Ma lo sguardo distratto che mio padre aveva dato al volume non era valso a persuadermi che egli ne conoscesse il contenuto; continuai quindi a leggere con la più grande avidità.

Quando tornammo a casa, mia prima cura fu di procurarmi tutte le opere di questo autore, poi quelle di Paracelso e di Alberto Magno. Lessi e studiai con diletto le folli fantasie di questi autori; mi sembrarono tesori che ben pochi conoscevano al pari di me; spesso provai il desiderio di far note a mio padre queste segrete fonti di piacere, ma sempre mi trattenne la sua vaga ostilità per il mio diletto Agrippa. Rivelai le mie scoperte a Elisabetta, dietro promessa del più assoluto silenzio, ma ella non manifestò interesse alcuno per l'argomento, ed io rimasi solo a continuare i miei studi.

Può apparire strano che un discepolo di Alberto Magno potesse nascere nel diciottesimo secolo, ma la nostra famiglia non aveva tradizioni scientifiche ed io non avevo mai frequentato le lezioni che si tenevano alle scuole pubbliche di Ginevra. I miei sogni non erano turbati dalla realtà, ed io mi dedicai con la massima diligenza alla ricerca della pietra filosofale e dell'elisir di lunga vita. E fu su quest'ultimo che concentrai principalmente la mia attenzione: la ricchezza era qualcosa di inferiore, ma la gloria avrebbe coronato la mia scoperta se fossi riuscito a bandire la malattia dalla nostra specie ed a rendere l'uomo invulnerabile da ogni morte che non fosse quella violenta!

Né a questo si limitavano le mie fantasie. La possibilità di suscitare spiriti o demoni, proclamata dai miei autori preferiti, era un miraggio che io mi affannavo di raggiungere; e se i miei incantesimi non venivano mai coronati da successo, io attribuivo il mio fallimento più a inesperienza ed a errori che a mancanza di abilità o di precisione nei miei maestri.

Non sfuggivano al mio esame i fenomeni naturali che ogni giorno avvengono sotto i nostri occhi. La distillazione e i meravigliosi effetti del vapore, procedimento, questo, che i miei autori favoriti ignoravano nella maniera più assoluta, destavano la mia meraviglia, ma a portare al colmo il mio stupore furono gli esperimenti con una pompa ad aria che vidi condurre a termine da un signore dal quale ci recavamo spesso in visita.

L'ignoranza dei primi filosofi su questi e numerosi altri punti valse a diminuire ai miei occhi il loro credito, ma non potevo metterli completamente da un canto prima che qualche altra teoria venisse a occupare, nella mia mente, il loro posto.

Avevo circa quindici anni e ci eravamo ritirati nella nostra casa nei dintorni di Belrive, quando fummo testimoni di un temporale di una violenza inaudita. Venne dalle montagne del Giura, e il tuono rimbombò subito con spaventoso fragore da varie zone del cielo. Fino a che la bufera durò, rimasi ad osservarne le fasi con curiosità e piacere. Mentre ero sulla porta, vidi a un tratto un torrente di fuoco sgorgare da una vecchia e splendida quercia che si drizzava a una ventina di metri dalla nostra casa; come la luce abbagliante svanì, trovammo che la quercia era scomparsa, ed al suo posto c'era soltanto un tronco bruciacchiato. Quando, l'indomani mattina, andammo a osservarlo, trovammo l'albero stranamente contorto. La scarica non l'aveva spezzato, ma ridotto a un sottile involucro di legno. Mai avevo visto cosa distrutta in maniera così totale.

La rovina di quell'albero suscitò in me una grandissima meraviglia, ed io interrogai subito mio padre a proposito della natura del tuono e del fulmine. — Elettricità, — mi rispose, e mi illustrò allo stesso tempo i vari effetti di questa energia. Costruì una piccola macchina elettrica e mi fece assistere ad alcuni esperimenti; apprestò anche un aquilone, con filo metallico e molla, che attirava dalle nubi questo fluido.

Quest'ultimo colpo decretò la disfatta di Cornelio Agrippa, di Alberto Magno e di Paracelso, che avevano regnato a lungo nella mia immaginazione. Ma, per una fatalità, non mi sentivo incline ad intraprendere lo studio di qualche sistema più moderno, e questa riluttanza fu influenzata dalla circostanza seguente.

Mio padre espresse il desiderio che seguissi un corso di lezioni sulla filosofia naturale, ed io accondiscesi di buon grado. Alcuni contrattempi mi permisero di frequentare queste lezioni solo quando il corso era quasi al suo termine. La lezione cui intervenni era una delle ultime del corso, e mi riuscì del tutto incomprensibile. Il professore parlò con molta eloquenza di potassio e di boro, di solfati e di ossidi, termini, questi, che non si collegavano per me ad idea alcuna. Ciò valse a disgustarmi con la filosofia naturale, sebbene continuassi a leggere con diletto Pliny e Buffon, autori, a mio giudizio, tanto utili quanto interessanti.

A quell'età mi occupavo principalmente di matematica e delle branche da essa derivate. Cercavo di perfezionare la mia conoscenza delle lingue: il latino mi era già familiare, e incominciavo a leggere senza l'aiuto del vocabolario qualcuno fra i più facili autori greci. Comprendevo perfettamente l'inglese e il tedesco. Tali erano le mie occupazioni a quell'età, e vi è facile immaginare come le mie ore fossero completamente dedicate ad acquistare e a mantenere la conoscenza di questa varia letteratura.

Un altro compito mi fu affidato quando divenni istitutore dei miei fratelli. Ernesto, di sei anni minore di me, era il mio allievo di maggior impegno. Fin dall'infanzia era stato cagionevole di salute, malgrado le cure che Elisabetta ed io gli avevamo prodigato; buono di carattere, era assolutamente incapace di ogni seria applicazione. Guglielmo, il più giovane della famiglia, era ancora un bimbo, il più bel piccino del mondo; i suoi vivaci occhi azzurri, le sue guance a fossette e i suoi modi amabili ispiravano l'affetto più tenero.

Tale era la nostra cerchia domestica, da cui affanno e dolore sembravano per sempre banditi. Mio padre dirigeva i nostri studi, e mia madre partecipava ai nostri divertimenti. Nessuno aveva la minima preminenza sugli altri; mai fra noi si udiva voce di comando, ma il mutuo affetto ci spingeva ad accondiscendere e ad obbedire al più piccolo desiderio che qualcuno degli altri esprimesse.

CAPITOLO II

Quando raggiunsi l'età di diciassette anni, i miei genitori decisero che mi iscrivessi all'università di Ingolstad. Avevo fino allora frequentato le scuole di Ginevra, ma, per completare la mia educazione, mio padre stimò necessario che io conoscessi costumi diversi da quelli del mio paese natale. La mia partenza fu quindi fissata a breve scadenza; ma, prima che arrivasse il giorno stabilito, avvenne la prima sciagura della mia vita, quasi un presagio delle future.

Elisabetta era stata colpita dalla scarlattina; ma la sua malattia non era stata grave, ed ella si era presto rimessa. Durante il suo isolamento, avevamo cercato in tutti i modi di dissuadere mia madre dal curarla. Dapprima ella aveva ceduto alle nostre preghiere, ma, non appena aveva saputo che la sua prediletta andava migliorando, non aveva potuto rimanere lontana da lei ed era entrata nella sua stanza molto tempo prima che il pericolo di contagio fosse scomparso. Le conseguenze di questa imprudenza furono fatali. Dopo tre giorni mia madre si ammalò di una forma maligna, e l'espressione dei medici curanti fece prevedere il peggio. Nemmeno sul letto di morte vennero a mancare a quella donna ammirevole coraggio e dolcezza. Congiunse la mano di Elisabetta alla mia e disse: — Figli miei, le mie più salde speranze di futura felicità si fondavano sull'idea della vostra unione. Tale certezza sarà ora la consolazione di vostro padre. Elisabetta, amor mio, tu devi prendere il mio posto ed aver cura dei tuoi più giovani cugini. Ahimè, rimpiango di venir separata da voi! Felice ed amata come sono stata, non è forse duro lasciarvi? Ma questi sono pensieri indegni di me: cercherò di rassegnarmi serenamente alla morte, nella speranza di incontrarvi in un altro mondo.

Spirò dolcemente; anche nella morte il suo volto esprimeva affetto. Inutile che descriva i sentimenti di coloro che si vedono troncare i vincoli più cari dalla più irreparabile delle sciagure, il vuoto che si crea nell'anima, la disperazione che traspare dal viso. Occorre molto tempo per persuadersi che colei che vedevamo ogni giorno, colei la cui esistenza sembrava parte della nostra, può essere partita per sempre, che il balenio di un occhio amato può essersi spento, che il suono di una voce così familiare e cara all'orecchio può essersi taciuto per non farsi sentire mai più. Queste sono le riflessioni dei primi giorni, ma quando il passare del tempo rende più evidente la realtà della sciagura, allora inizia il dolore in tutta la sua amarezza. Ma a chi questa mano crudele non ha strappato qualche persona amata? Perché descrivere un affanno che tutti abbiamo provato e dobbiamo provare? Ma viene poi il momento in cui il dolore, più che una necessità, è un lusso, e il sorriso che gioca sulle labbra non viene bandito, anche se può essere considerato sacrilego. Mia madre era morta, ma noi avevamo ancora doveri cui attendere: dovevamo continuare a vivere con quanto ci rimaneva, e imparare a considerarci fortunati di avere ancora degli esseri che la predatrice non aveva afferrato.

Si fissò ancora la data del mio viaggio a Ingolstad, che era stata differita in seguito a questi avvenimenti. Ottenni da mio padre una dilazione di qualche settimana. Fu un periodo triste: la morte di mia madre e la mia partenza imminente deprimevano i nostri spiriti; ma Elisabetta si sforzò di far tornare un poco di coraggio nella nostra piccola cerchia. Dopo la morte della zia, il suo animo acquistò fermezza e vigore nuovi. Decise di adempiere ai propri compiti con la più grande sollecitudine e sentì che il dovere più imperioso per lei era quello di rendere felici lo zio e i cugini. Consolò me, distrasse lo zio, istruì i miei fratelli, mai io la trovai incantevole come allora, quando, dimentica di sé, si sforzava incessantemente di contribuire alla felicità degli altri.

Giunse alla fine il giorno della mia partenza. Mi ero accomiatato da tutti gli amici salvo che da Clerval, il quale aveva trascorso con noi l'ultima sera. Egli si lamentò amaramente di non potermi accompagnare, ma suo padre non si era lasciato persuadere a separarsi da lui, perché intendeva farselo socio negli affari, in omaggio alla sua teoria favorita che la cultura era superflua nelle contingenze della vita ordinaria. Enrico era uno spirito raffinato: non era sua intenzione rimanersene in ozio, ed era lieto di diventare socio del padre, ma credeva che un uomo potesse essere un ottimo commerciante anche con un buon grado di cultura.

Sedemmo fino a tarda ora, ascoltando le sue appassionate proteste e facendo qualche piano per il futuro. La mattina dopo mi accomiatai di buon'ora. Gli occhi di Elisabetta erano pieni di lacrime, dovute in parte al dolore per la mia partenza, in parte al pensiero che quello stesso viaggio avrebbe dovuto aver luogo tre mesi prima, quando avrebbe potuto accompagnarmi la benedizione di mia madre.

Mi lasciai cadere sulla diligenza che doveva condurmi tanto lontano e m'abbandonai alle più melanconiche riflessioni. Io, che ero sempre stato circondato di compagni affettuosi, sempre in gara per compiacersi a vicenda, ero ormai solo. All'università avrei dovuto trovarmi degli amici e imparare a proteggermi da me. La mia vita era stata fino allora ritirata e casalinga, e ciò mi aveva ispirato un'invincibile repugnanza per i volti nuovi. Amavo i miei fratelli, Elisabetta e Clerval; questi erano vecchi visi familiari; ma mi credevo totalmente avverso alla compagnia di sconosciuti. Tali erano le mie riflessioni all'inizio del viaggio; ma, via via che esso procedeva, il mio coraggio e le mie speranze ripresero vigore. Desideravo ardentemente allargare il mio sapere. Spesso, a casa, avevo trovato duro trascorrere la giovinezza confinato sempre nello stesso luogo, ed avevo sentito il desiderio di entrare nel mondo e di occupare il mio posto fra gli altri esseri umani. Ora che i miei voti si avveravano, sarebbe stata una pazzia pentirsene.

Durante il viaggio fino a Ingolstad, che fu lungo e faticoso, ebbi agio di riflettere su queste e molte altre cose. Alla fine i miei occhi scorsero il campanile alto e candido della città. Scesi dalla diligenza e fui accompagnato alla mia camera solitaria perché trascorressi la sera come meglio mi piaceva.

Il mattino seguente, munito delle mie lettere di presentazione, feci visita ad alcuni fra i professori più importanti, fra cui il signor Krempe, di filosofia naturale. Egli mi ricevette con molta gentilezza e mi fece delle domande circa i miei progressi nelle diverse discipline che si ricollegavano alla filosofia naturale. Menzionai, con un certo timore, a dir la verità, i soli autori che avessi mai letto sull'argomento. Il professore parve sbalordito. — Davvero avete perso tempo a studiare quelle sciocchezze? — chiese.

Risposi affermativamente. — Ogni minuto, — continuò il signor Krempe con calore, — ogni istante che avete sciupato su quei libri, è interamente ed irrimediabilmente perduto. Avete oberato la vostra memoria di storie superate e di nomenclature inutili. Buon Dio! In quale deserto siete vissuto perché non vi fosse nessuno ad informarvi che le fantasie, di cui vi siete così avidamente pasciuto, hanno mille anni e sono tanto ammuffite quanto vecchie? Mai mi sarei aspettato di trovare un discepolo di Paracelso e di Alberto Magno nella nostra epoca illuminata e scientifica. Caro signore, dovete cominciare da capo i vostri studi.

Così dicendo, si allontanò, scrisse un elenco di libri sulla filosofia naturale che desiderava mi procurassi, e mi accomiatò dopo avermi comunicato che la settimana seguente avrebbe dato inizio a un corso di filosofia naturale e che il signor Waldman, suo collega, ci avrebbe tenuto lezioni di chimica nei giorni in cui egli sarebbe stato assente.

Tornando a casa, non mi sentivo deluso, perché da lungo tempo consideravo inutili quegli autori che il professore aveva così violentemente stigmatizzato; pure, non avevo la minima voglia di studiare i libri che mi ero procurato dietro suo consiglio. Il signor Krempe era un ometto grasso, dalla voce aspra e l'aspetto ripugnante; il maestro, dunque, non mi predisponeva a favore della dottrina. Inoltre disprezzavo gli scopi della filosofia naturale moderna. Una cosa era quando i maestri della scienza miravano all'immortalità e al potere; tali intendimenti, per quanto folli, erano grandiosi; ma ora l'ambizione del ricercatore sembrava limitarsi all'annientamento di quei miraggi sui quali principalmente si fondava il mio interesse per la scienza. Mi si richiedeva di scambiare chimere di sconfinata grandezza con realtà di poco valore.

Tali furono le mie riflessioni durante i primi due o tre giorni trascorsi in solitudine quasi completa. Ma all'inizio della settimana seguente pensai all'informazione che il signor Krempe mi aveva dato circa le lezioni. E per quanto non avessi la minima voglia di sentire quell'omino vanitoso dettare sentenze da una cattedra, ricordai quello che mi aveva detto del signor Waldman, che non avevo visto perché assente dalla città.

In parte per curiosità, in parte per occupare il tempo, mi recai nell'aula, dove poco dopo fece il suo ingresso il signor Waldman. Questo professore era molto diverso dal suo collega. Dimostrava una cinquantina di anni, e il suo volto esprimeva una grandissima bonomia; i pochi capelli che gli coprivano le tempie erano grigi, mentre quelli sulla nuca erano quasi neri. Piccolo di persona ma ben diritto, aveva la voce più dolce che avessi mai udito. Iniziò la lezione con un breve accenno alla storia della chimica ed ai molti progressi fatti ad opera di scienziati, i più importanti dei quali citò con fervore. Diede poi una rapida scorsa allo stato attuale della scienza e spiegò molti dei suoi princìpi più elementari. Dopo aver eseguito alcuni esperimenti introduttivi, concluse con un elogio della chimica moderna, che non potrò mai dimenticare.

— Gli antichi maestri di questa scienza, — disse, — promettevano cose inattuabili, senza mai giungere a nulla. I ricercatori moderni promettono poco; sanno che i metalli non possono trasformarsi, che l'elisir di lunga vita è una chimera. Ma questi filosofi, le cui mani sembrano fatte unicamente per rimestare nel sudiciume ed i cui occhi sembrano destinati ad affaticarsi sul microscopio o sul crogiuolo, hanno davvero compiuto miracoli. Sono penetrati nei recessi della natura ed hanno reso noto il suo intimo lavorio. Salgono nei cieli: hanno scoperto come il sangue circola ed hanno individuato la natura dell'aria che respiriamo. Hanno conquistato poteri nuovi e quasi illimitati: possono comandare ai fulmini del cielo, imitare il terremoto e persino prendersi gioco del mondo invisibile con tutte le sue ombre.

Mi allontanai colmo d'entusiasmo per il professore e la sua lezione, e quella stessa mattina gli feci visita. Nell'intimità, i suoi modi erano ancora più gentili ed attraenti che in pubblico, perché, se nel suo contegno durante la lezione c'era una certa dignità, in casa vi subentravano affabilità e cortesia. Egli ascoltò con attenzione il breve riepilogo dei miei studi, e sorrise ai nomi di Cornelio Agrippa e di Paracelso, ma senza il disprezzo di cui aveva dato prova il signor Krempe. Disse che « si trattava di uomini al cui infaticabile zelo i moderni filosofi andavano debitori di quasi tutte le basi del loro sapere. Ci avevano lasciato il compito più facile, di dare nomi nuovi e di disporre in sistematiche classificazioni i fatti, che, in gran parte, essi erano riusciti a portare alla luce. Le fatiche degli uomini di genio, anche se battono una strada sbagliata, non mancano mai di recare, in ultima analisi, sostanziali vantaggi all'umanità ». Ascoltai attentamente tali parole, che egli pronunziò senza presunzione né ostentazione, poi aggiunsi che la sua lezione aveva vinto i miei pregiudizi sulla chimica moderna, e nello stesso tempo gli chiesi consiglio circa i libri che avrei dovuto procurarmi.

— Sono lieto, — disse il signor Waldman, — di essermi guadagnato un discepolo, e se la vostra applicazione è pari alla vostra intelligenza, non dubito della vostra riuscita. La chimica è quella branca della filosofia naturale in cui sono stati fatti e sono tuttora possibili i più grandi progressi; per questo mi sono dedicato particolarmente al suo studio, senza tuttavia trascurare gli altri rami della scienza. Un uomo diventerebbe un ben misero chimico se si limitasse unicamente a questo campo del sapere umano. Se desiderate essere davvero un uomo di scienza e non un meschino sperimentatore, vi consiglio di applicarvi a ogni ramo della filosofia naturale, compresa la matematica .

Mi condusse poi nel laboratorio e mi spiegò l'uso dei vari apparecchi, mostrandomi quali avrei dovuto procurarmi e promettendomi che mi avrebbe lasciato adoperare i suoi, quando fossi stato abbastanza avanti nella scienza da non guastarne i meccanismi. Mi diede anche l'elenco dei libri che gli avevo richiesto, dopo di che mi accomiatai.

Così terminò una giornata per me memorabile, una giornata che decise del mio avvenire.

CAPITOLO III

Da quel giorno la filosofia naturale, e in particolar modo la chimica nel senso più lato del termine, divenne, si può dire, la mia unica occupazione. Lessi con ardore le opere, così acute e geniali, che i ricercatori moderni hanno scritto in proposito. Frequentai le lezioni degli uomini di scienza dell'università e ne coltivai l'amicizia, e persino nel signor Krempe trovai molto buon senso e vera dottrina, combinati, è vero, con fisionomia e modi scostanti, ma non per questo meno degni di attenzione. Nel signor Waldman trovai un vero amico. La sua gentilezza era assolutamente aliena da ogni forma di dogmatismo, e i suoi consigli venivano dati con un'aria di franchezza e di bontà che escludeva ogni idea di pedanteria. Forse, più che un intrinseco amore per la scienza stessa, fu il carattere amabile di quest'uomo a farmi provare una maggiore inclinazione per quel ramo della filosofia naturale che egli professava. Ma un simile stato d'animo si manifesta solo nei primi passi verso il sapere: più mi inoltravo nel cammino della scienza, più essa diventava per me un fine per se stessa. Quell'applicazione, frutto dapprima di senso del dovere e di forza di volontà, si fece poi così ardente e appassionata, che spesso mi affaccendavo ancora in laboratorio quando le stelle scomparivano nella luce dell'alba.

È facile immaginare come, applicandomi con tanta costanza, facessi rapidi progressi. La mia operosità era motivo di stupore per gli studenti, mentre il mio profitto lo era per i maestri. Il professor Krempe mi chiedeva spesso con un sorriso appena abbozzato a che punto fosse Cornelio Agrippa, mentre il signor Waldman si mostrava profondamente compiaciuto per i miei progressi. In questo modo passarono due anni, nel corso dei quali non mi recai mai in visita a Ginevra, ma mi dedicai corpo e anima ad esperimenti, che speravo mi conducessero a qualche scoperta. Solo coloro che le hanno sperimentate, possono farsi un'idea delle seduzioni della scienza. Negli altri studi si può arrivare là dove gli altri sono arrivati prima di noi, e poi non v'è più nulla da sapere; ma nella ricerca scientifica c'è sempre materia di scoperta e di meraviglia. Una mente di modesta capacità che si dedichi con costanza a un unico studio, deve infallibilmente giungere, in questo studio, a un alto grado di competenza; ed io, che miravo continuamente a un unico oggetto di ricerca e che solo a questo mi interessavo, feci progressi così rapidi, da ideare, in capo a due anni, miglioramenti negli apparecchi chimici, che mi valsero all'università grande stima e ammirazione. Come arrivai a questo punto e teoria e pratica della filosofia naturale mi furono così familiari da rendermi inutili le lezioni di qualsiasi professore di Ingolstad, pensai che nessun vantaggio scientifico avrei potuto ricavare a star lì; e già avevo deciso di far ritorno alla mia famiglia e alla mia città natale, quando si verificò un incidente che protrasse il mio soggiorno.

Uno dei fenomeni che maggiormente aveva attirato la mia attenzione era la struttura del corpo umano, o meglio, di ogni essere vivente. « Da dove procede il principio di vita? », mi chiedevo spesso. Era una domanda ardita, una domanda che è sempre stata considerata senza risposta possibile; pure, quante cose potremmo conoscere, se viltà e trascuratezza non avessero impedito le nostre ricerche. Riflettei su tale argomento e infine decisi di dedicarmi particolarmente a quelle branche della filosofia naturale che si ricollegano alla fisiologia. Se non fossi stato spinto da un entusiasmo quasi sovrumano, lo studio di queste materie sarebbe stato noioso fino all'intollerabile. Per indagare le cause della vita, dobbiamo prima fare ricorso alla morte. Mi familiarizzai con la scienza dell'anatomia, ma non era sufficiente: bisognava che osservassi anche il naturale scadere e corrompersi del corpo umano. Educandomi, mio padre aveva badato a che la mia mente non si lasciasse impressionare da terrori soprannaturali. Non ricordo di aver tremato a un racconto di streghe o di aver paventato l'apparizione di uno spirito. Le tenebre non avevano effetto alcuno sulla mia fantasia, e il cimitero era per me semplicemente il ricettacolo di corpi privi di vita, di corpi che, dopo essere stati sede di forza e di bellezza, erano diventati pasto per i vermi. Ora dovevo studiare le cause ed il processo di questa decomposizione, ed ero costretto a passare giorni e notti in cripte ed ossari. La mia attenzione si fissava sugli oggetti che più ripugnano alla delicatezza dei sentimenti umani. Vidi come la bella forma dell'uomo degenera e si dissolve, vidi la corruzione della morte prender posto su guance già fiorenti di vita, vidi come il verme rode le meraviglie dell'occhio e del cervello. Indugiai ad esaminare ed analizzare tutte le minime relazioni di causa ed effetto, quali vengono esemplificate nel passaggio da vita a morte e da morte a vita, fino a che dal buio in cui brancolavo balenò su di me una luce improvvisa: una luce così vivida e meravigliosa eppure così semplice che, pur colto da vertigini per le sconfinate prospettive che mi apriva, fui sorpreso come, fra tanti uomini di genio che avevan dedicato le loro ricerche alla stessa scienza, proprio a me fosse riservato di scoprire un segreto così stupefacente.

Non sto rievocando la visione di un pazzo, badate. Ciò che affermo è vero, come è vero il sole. Poteva trattarsi di un miracolo; ma le tappe della scoperta erano chiare ed evidenti. Dopo giorni e notti di lavoro e fatica incredibili, riuscii a scoprire le cause della generazione e della vita; anzi, c'è di più, fui in grado di infondere vita alla materia inanimata.

Lo sbalordimento che dapprima provai a questa scoperta si trasformò presto in gioia delirante. Dopo un lavoro così lungo e accanito, giungere subito al sommo dei miei desideri rappresentava il miglior premio delle mie fatiche. Ma questa scoperta era così grande e meravigliosa da farmi trascurare tutti i passi che progressivamente mi avevano condotto ad essa e da farmi considerare soltanto il risultato. Stringevo ora in pugno quello che era stato il fine e il sogno degli uomini più saggi dall'epoca della creazione. Non che tutto si fosse svelato improvvisamente dinanzi ai miei occhi, come una scena magica; il risultato che avevo ottenuto era tale da spingermi a dirigere i miei sforzi, non appena lo avessi potuto, verso l'oggetto della mia ricerca, piuttosto che alla sua perfetta attuazione. Ero come l'arabo che, sepolto con un morto, riuscì a ritornare alla vita aiutato solo da una luce incerta ed apparentemente inefficace.

Dalla vostra ansia, dalla meraviglia e dalla speranza che i vostri occhi esprimono, amico mio, vedo che vi aspettate di conoscere il segreto che vi ho svelato. È impossibile: ascoltatemi con pazienza fino al termine del mio racconto e comprenderete facilmente perché sono riservato su questo punto. Non voglio condurvi, inesperto ed ardente come ero io allora, a una sicura rovina. Imparate da me - se non dai miei consigli, dal mio esempio - quanto pericoloso sia l'acquisto della scienza, quanto più felice sia chi crede mondo la sua città, di chi aspira ad elevarsi più di quanto la sua natura consenta.

Come mi trovai fra le mani un potere così sbalorditivo, esitai a lungo circa il modo di utilizzarlo. Per quanto possedessi la capacità di suscitare la vita, pure la creazione di una forma atta a riceverla, con tutti i suoi intrichi di fibre, di muscoli e di vene, restava sempre un'impresa di difficoltà e di fatica inconcepibili. Fui incerto dapprima se tentare la creazione di un essere come me o quella di organismo più semplice, ma la mia immaginazione era troppo esaltata dal successo conseguito, per permettermi di dubitare della mia capacità di dar vita ad un animale complesso e meraviglioso come l'uomo. I materiali cui potevo in quel momento ricorrere apparivano inadeguati ad un'impresa così ardua. Mi preparai a una serie di insuccessi: forse i miei sforzi sarebbero stati continuamente delusi, e forse alla fine la mia opera sarebbe riuscita imperfetta; pure, quando consideravo i quotidiani progressi della scienza e della meccanica, ero incoraggiato a sperare che i miei tentativi avrebbero almeno gettato le basi di una futura vittoria. Né la grandezza e la complessità del mio piano mi apparivano come indici della sua pratica inattuabilità. Così mi accinsi alla creazione di un essere umano. Poiché la piccolezza degli organi rappresentava un grande ostacolo alla mia fretta, decisi, contrariamente alla mia intenzione, di costruire una creatura gigantesca, alta otto piedi circa e robusta in proporzione. Presa questa risoluzione, impiegai proficuamente alcuni mesi a raccogliere e ad apprestare ciò che mi era necessario, poi mi misi all'opera.

Nessuno può immaginare la complessità dei sentimenti che, come un uragano, mi travolsero nel primo entusiasmo del successo. Vita e morte mi apparivano legami ideali che io per primo avrei potuto spezzare, rovesciando sul nostro buio mondo un torrente di luce. Una nuova specie mi avrebbe benedetto come sua origine e creatore; molti esseri eccellenti e felici avrebbero dovuta a me la loro esistenza. Nessun padre avrebbe avuto diritto alla gratitudine dei figli così completamente come io mi sarei meritata la loro. Seguendo il corso di tali riflessioni, pensai che, se potevo animare materia inerte, avrei potuto con l'andare del tempo (anche se ciò mi era per il momento impossibile), rinnovare la vita là dove la morte sembrava aver votato il corpo alla distruzione.

Tali pensieri valsero a sostenere il mio spirito mentre continuavo nella mia impresa con ardore instancabile. Le mie guance si erano fatte pallide per lo studio, il mio corpo emaciato per l'isolamento. Spesso, sull'orlo della certezza, fallivo; pure mi abbarbicavo alla speranza che il giorno o l'ora seguente potessero segnare il mio successo. Io solo possedevo il segreto della mia attività, e la luna era spettatrice delle mie fatiche notturne mentre, con costanza incrollabile e ansiosa, penetravo nei misteri della natura. Chi può immaginare gli orrori del mio lavoro segreto, quando mi calavo nelle umide profondità di una tomba, o torturavo gli animali vivi per animare la creta inerte? Al ricordo, le ginocchia mi tremano e tutto mi ondeggia davanti agli occhi, ma allora un impulso irresistibile e quasi frenetico mi spingeva innanzi; sembrava che anima e sensi mi fossero rimasti per quest'unico scopo. Ma fu solo una esaltazione passeggera, che valse unicamente ad acuire la mia sensibilità quando, scomparso lo stimolo innaturale, mi riuscì di tornare alle vecchie abitudini. Raccolsi ossa da cripte e profanai i segreti del corpo umano. Attrezzai il mio misterioso laboratorio in una camera solitaria, o meglio in una soffitta, separata dagli appartamenti mediante un corridoio e una rampa di scale. Gli occhi quasi mi schizzavano dalle orbite mentre seguivo i particolari del mio lavoro. Sala anatomica e mattatoio mi fornivano buona parte di ciò che mi occorreva; spesso la mia natura si ritraeva disgustata da quello di cui mi stavo occupando, mentre, spinto da un'ansia sempre crescente, progredivo nel mio lavoro e lo avviavo alla conclusione.

I mesi estivi passarono mentre mi dedicavo corpo e anima a questo solo scopo. Fu una stagione splendida: mai i campi diedero messe più abbondante, mai le viti fornirono più ricca vendemmia: ma i miei occhi erano insensibili alle grazie della natura. E gli stessi sentimenti che mi facevano trascurare il mondo circostante, mi spinsero a dimenticare gli amici lontani che non vedevo da tanto tempo.

Sapevo che il mio silenzio li inquietava, e ricordavo perfettamente le parole di mio padre: « So che, fino a quando sarai contento di te stesso, ci penserai con affetto e noi avremo costantemente tue notizie. Devi perdonarmi se considero ogni interruzione nella tua corrispondenza come la prova che gli altri tuoi doveri sono del pari trascurati ».

Sapevo, quindi, quale poteva essere lo stato d'animo di mio padre, ma non potevo distogliere i miei pensieri dal lavoro che, repugnante in se stesso, si era impadronito irresistibilmente della mia immaginazione. Desideravo rimandare ogni manifestazione di affetto al giorno in cui avessi raggiunto l'obiettivo che teneva occupata ogni fibra del mio essere.

Pensavo che mio padre sarebbe stato ingiusto se avesse attribuito a colpa o a negligenza la mia trascuratezza; oggi invece sono convinto che aveva ragione a immaginare che io non fossi esente dà colpa. Un essere umano perfetto deve sempre conservare equilibrio e serenità, senza permettere a passione o a desiderio transitori di turbar la sua quiete. Non credo che la ricerca del sapere rappresenti un'eccezione a questa regola. Se lo studio cui vi dedicate tende a indebolire i vostri affetti e a distruggere la vostra inclinazione per le gioie più semplici e più pure, quello studio è certo illecito, cioè non si adatta alla mente umana. Se questa legge fosse stata sempre osservata, se l'uomo non avesse mai permesso che una meta qualsiasi interferisse con la tranquillità dei suoi affetti domestici, la Grècia non sarebbe caduta in schiavitù, Cesare avrebbe risparmiato il suo paese, l'America sarebbe stata scoperta in maniera più graduale e gli imperi del Messico e del Perù non sarebbero stati distrutti.

Ma dimentico che sto facendo della morale nel punto più interessante del mio racconto, e la vostra espressione mi incita a continuare.

Mio padre non mi rivolse mai alcun rimprovero, né rilevò il mio silenzio che informandosi più di prima delle mie occupazioni. Passarono così inverno, primavera ed estate; ma io non seguii il graduale fiorire delle piante spettacolo che sempre mi aveva colmato di gioia - tanto profondamente ero occupato nei miei studi. Le foglie, quell'anno, si disseccarono prima che il mio lavoro s'avvicinasse alla meta, ma ogni giorno più mi vedevo vicino al successo. Pure il mio entusiasmo era ottenebrato dall'ansia, ed io, più che un artista che si dedichi alla sua occupazione favorita, sembravo uno schiavo condannato a faticare nelle miniere o a qualche altro triste commercio. Ogni notte ero tormentato da una febbre leggera, e inoltre mi ero fatto nervosissimo: disturbi, questi, che tanto più temevo in quanto avevo fino allora goduto ottima salute e sempre avevo giurato sulla solidità dei miei nervi. Ma pensavo che moto e svaghi avrebbero presto fatto scomparire tali sintomi, e mi ripromisi l'uno e gli altri, quando la mia creazione fosse stata compiuta.

CAPITOLO IV

Era una cupa notte di novembre quando vidi il coronamento delle mie fatiche. Con un'ansia che assomigliava all'angoscia, raccolsi attorno a me gli strumenti atti ad infondere la scintilla di vita nell'essere inanimato che giaceva ai miei piedi. Era quasi l'una del mattino; la pioggia batteva monotona contro le imposte e la candela avrebbe presto dato i suoi ultimi guizzi quando, alla luce che stava per spegnersi, vidi aprirsi i foschi occhi gialli della creatura; respirò a fatica, e un moto convulso le agitò le membra.

Come descrivere le mie emozioni dinanzi a questa catastrofe, o come dare un'idea dell'infelice che, con cura e pena infinite, mi ero sforzato di creare? Le sue membra erano proporzionate, ed avevo scelto i suoi lineamenti in modo che risultassero belli. Belli! Gran Dio! La sua pelle giallastra nascondeva a malapena il lavorio sottostante dei muscoli e delle arterie; i suoi capelli erano folti e di un nero lucido, i suoi denti di un bianco perlaceo; ma tutti questi particolari non facevano che rendere più orribile il contrasto con i suoi occhi acquosi, i quali apparivano quasi dello stesso colore delle orbite, di un pallore terreo, in cui erano collocati, con la sua pelle grinzosa e con le sue labbra nere e diritte.

I casi della vita non sono così mutevoli come i sentimenti della natura umana. Avevo lavorato duramente per quasi due anni al solo scopo di infondere la vita a un corpo inanimato. Per questo mi ero negato riposo e salute. Avevo desiderato il successo con un ardore che trascendeva ogni moderazione; ma ora che vi ero giunto, la bellezza del sogno svaniva, e il mio cuore era pieno di un orrore e di un disgusto indicibili. Incapace di sopportare la vista dell'essere che avevo creato, mi precipitai fuori del laboratorio e passeggiai a lungo su e giù per la mia camera da letto, senza decidermi a prender sonno. Alla fine la stanchezza subentrò al tumulto che prima mi aveva scosso, e mi gettai sul letto, vestito com'ero, sforzandomi di trovare qualche istante d'oblio. Invano: dormii, sì, ma il mio sonno fu disturbato dagli incubi più spaventosi. Mi pareva di vedere

Elisabetta che, nel fiore della salute, passeggiava per le strade di Ingolstad. La abbracciavo con gioiosa sorpresa, ma le labbra, che le sfioravo nel primo bacio, assumevano il pallore livido della morte, i suoi lineamenti mutavano, ed ecco che io stringevo fra le braccia il cadavere di mia madre; un sudario ne ricopriva le forme, ed io potevo vedere i vermi che strisciavano sotto i lembi della stoffa. Inorridito, mi scossi dal sonno; un sudore gelido mi copriva la fronte, i denti mi battevano, tremavo convulso in tutte le membra; poi, al chiarore incerto e giallo della luna che filtrava attraverso le imposte, scorsi lo sciagurato, il miserabile mostro che io avevo creato. Sollevò le cortine del letto, ed i suoi occhi, se occhi possono chiamarsi, si fissarono su di me. Dischiuse le mascelle e mormorò qualche suono inarticolato, mentre una smorfia gli contraeva le guance.

Forse parlò, ma io non lo sentii; aveva una mano tesa in avanti, forse per trattenermi, ma fuggii e mi precipitai giù per le scale. Mi rifugiai nel cortile della casa dove abitavo, e lì rimasi per il resto della notte, camminando in su e in giù agitatissimo, tendendo ansiosamente l'orecchio e sussultando di paura ad ogni rumore, quasi esso mi annunciasse l'avvicinarsi dell'essere demoniaco cui così follemente avevo dato la vita.

Oh, nessun mortale avrebbe potuto reggere all'orrore di quel volto! Una mummia ritornata a vita non avrebbe potuto essere più spaventosa. Lo avevo osservato quando era incompiuto: era già brutto allora; ma quando muscoli e giunture erano stati resi capaci di moto, era diventato qualcosa che neppure Dante avrebbe saputo concepire.

Passai una notte terribile. In certi momenti il mio polso batteva così in fretta e così forte che sentivo palpitare ogni arteria; in altri momenti quasi mi accasciavo a terra per il languore e l'estrema debolezza. Assieme all'orrore avvertivo l'amarezza della delusione: quei sogni che per tanto tempo erano stati il mio cibo e il mio conforto erano diventati un inferno per me; e il mutamento era stato repentino, lo sconvolgimento completo.

Giunse alla fine il mattino, triste ed umido, e scoprì ai miei occhi insonni e affaticati la chiesa di Ingolstad con il suo campanile bianco e l'orologio che segnava le sei. Il custode aprì i cancelli del cortile che era stato il mio asilo notturno, ed io uscii nelle strade e le percorsi a passi rapidi, quasi a sfuggire il mostro che a ogni angolo temevo si presentasse al mio sguardo. Non osavo ritornare nel mio appartamento, ma mi sentivo sospinto innanzi, anche se ero fradicio per la pioggia che cadeva da un cielo nero e ostile.

Camminai così per qualche tempo, nel tentativo di alleviare con la fatica materiale il peso che gravava sulla mia anima. Vagai per le strade senza sapere con precisione dove fossi né che cosa facessi. Il mio cuore era in preda a una paura morbosa ed io mi affrettavo con passi irregolari, senza osare guardarmi attorno:

> Come colui che su una solitaria
> strada incede guardingo ed impaurito;
> e, dopo aver guardato indietro, affretta,
> né più ardisce di volgere la testa,
> poiché conosce che un orrendo mostro
> lo minaccia da presso... [1]

Continuando così, giunsi alla fine dinanzi alla locanda dove si fermavano di solito diligenze e carri. Lì mi fermai, non so perché, e rimasi per qualche minuto con gli occhi fissi a una vettura che avanzava alla mia volta dall'altra estremità della strada. Come fu vicina, vidi che si trattava di una diligenza svizzera. Si fermò proprio dove mi trovavo, e, non appena lo sportello si aprì, ecco Enrico Clerval che, scorgendomi, si affrettò a scendere. — Mio caro Frankenstein, — esclamò, — come sono lieto di vederti. Un caso davvero fortunato che tu fossi qui proprio nel momento del mio arrivo!

Nulla avrebbe potuto rallegrarmi di più della vista di Clerval: la sua presenza mi richiamò alla mente mio padre, Elisabetta e l'ambiente familiare così caro al mio ricordo. Gli strinsi la mano, e in un momento dimenticai il mio orrore e la mia sciagura; improvvisamente, e per la prima volta dopo molti mesi, provai una gioia calma e serena. Salutai dunque il mio amico nel modo più cordiale, ed assieme ci dirigemmo verso la mia pensione. Clerval continuò a parlare per qualche tempo dei nostri amici comuni e della fortuna che aveva avuto ottenendo il permesso di venire a Ingolstad. — Puoi facilmente immaginare, — disse, — quanto sia stato difficile persuadere mio padre che non era assolutamente

[1] Da *La ballata del vecchio marinaio* di Coleridge.

indispensabile per un mercante intendersi solo di registri; credo, anzi, che sia rimasto incerto fino alla fine, perché la sua eterna risposta alle mie instancabili richieste era quella del maestro di scuola olandese nel *Vicario di Wakefield*: « Ho diecimila fiorini all'anno senza il greco, e mangio di ottimo appetito senza il greco ». Ma l'affetto che nutre per me ha avuto alla fine la meglio sul suo disprezzo per il sapere, e mi ha permesso di intraprendere una spedizione nel regno della scienza.

— Sapessi come sono felice di vederti; ma, dimmi: come hai lasciato mio padre, i miei fratelli ed Elisabetta?

— In ottima salute e lietissimi, solo un poco inquieti per le scarse notizie che ricevono da te. Ora che sono qui, è mia intenzione ricordarteli di tanto in tanto. Ma, mio caro Frankenstein, — continuò, fermandosi improvvisamente e fissandomi in viso, — non mi ero accorto prima che tu avessi un aspetto tanto stanco; sei magro e pallido come se avessi vegliato per molte notti.

— La tua supposizione è esatta; in questi ultimi tempi mi sono dedicato a una certa occupazione al punto che, come vedi, non ho potuto concedermi riposo sufficiente; ma ora spero, spero sinceramente di aver terminato il mio lavoro e di essere finalmente libero.

Ero tutto un tremito; non potevo sopportare di pensare, e tanto meno di alludere, agli avvenimenti della notte precedente. Camminai a passo rapido, ed arrivammo presto alla mia pensione. Allora riflettei, e l'idea che la creatura che avevo lasciato nella mia camera potesse essere ancora là, viva, a passeggiare, mi fece fremere. Temevo di vedere quel mostro, ma temevo ancor più che potesse vederlo Enrico. Dopo averlo pregato quindi di aspettare qualche minuto in fondo alle scale, mi precipitai verso la mia stanza. Prima che me ne rendessi conto, avevo già la mano sulla maniglia della porta. Allora mi arrestai, e un freddo brivido mi corse per le ossa. Aprii l'uscio violentemente, come fanno i bambini quando si immaginano che uno spettro li attenda dall'altra parte; ma nulla apparve. Entrai con passo incerto: l'appartamento era vuoto, e neppure nella mia stanza da letto v'era traccia dell'ospite orribile. Stentavo a credere che mi fosse toccata una così grande fortuna, ma quando fui ben sicuro che il mio nemico era davvero fuggito, giunsi le mani per la gioia e corsi abbasso da Clerval.

Salimmo nella mia stanza, e poco dopo il domestico ci portò la colazione; ma non mi riusciva di contenermi. Non era soltanto la gioia a invadermi: sentivo i miei nervi fremere per eccesso di sensibilità e il polso battermi rapido. Ero incapace di restare un solo istante nello stesso posto: balzavo sulle sedie, battevo le mani e ridevo fragorosamente. Clerval attribuì sulle prime il mio insolito stato d'animo alla gioia provocata dal suo arrivo; ma quando mi osservò più attentamente, notò nei miei occhi un'espressione folle che non poteva spiegarsi; e le mie risa fragorose, sfrenate, senza allegria lo spaventarono e sbalordirono.

— Mio caro Vittorio, — esclamò, — che c'è, in nome di Dio? Non ridere a quel modo. Sei terribilmente sconvolto. Qual è la causa di tutto ciò?

— Non chiedermelo, — gridai, portandomi le mani sugli occhi, perché mi pareva di vedere lo spaventoso spettro strisciare nella stanza; — te lo può dire *lui*. Oh, salvami! Salvami! — Ebbi l'impressione che il mostro mi afferrasse, mi dibattei furiosamente e caddi svenuto. Povero Clerval! Quali devono essere stati i suoi sentimenti? Un incontro che aveva atteso con tanta gioia si tramutava così stranamente in qualcosa di amaro. Ma non fui testimone del suo dolore, perché ero privo di sensi e non li ripresi per molto, molto tempo.

Fu questo l'inizio di una febbre nervosa che mi tenne segregato per diversi mesi. Durante tutto questo tempo Enrico fu il mio solo infermiere. Seppi poi che, conoscendo l'età avanzata di mio padre e l'impossibilità da parte sua di affrontare un viaggio così lungo, e sapendo pure quanto avrebbe addolorato Elisabetta la mia malattia, egli risparmiò loro questo cruccio, tenendo celata la gravità del mio disturbo. Sapeva che non avrei potuto trovare infermiere più gentile ed attento di lui, e, saldo nella speranza di una mia guarigione, non dubitò di compiere nei loro riguardi non una mala azione, ma un atto di bontà.

Ma io ero davvero molto ammalato, e certo nulla avrebbe potuto restituirmi alla vita meglio delle premure commoventi ed instancabili del mio amico. Sempre avevo davanti agli occhi la figura del mostro cui avevo dato l'esistenza, ed incessantemente vaneggiavo su di lui. Senza dubbio le mie parole sorpresero Enrico; sulle prime le credette divagazioni della mia mente turbata, ma la pertinacia con cui tornavo di continuo sullo stesso argomento lo persuase che il mio disturbo doveva la sua origine a qualche evento strano e terribile.

A poco a poco, e con frequenti ricadute che allarmavano ed addoloravano il mio amico, mi ripresi. Ricordo come, la prima volta che mi riuscì di osservare oggetti esterni con una specie di piacere, notai che le foglie morte erano sparite e che giovani gemme stavano sbocciando sugli alberi che ombreggiavano la mia finestra. Fu una primavera divina, e la stagione contribuì molto alla mia convalescenza. Sentii rinascere dentro di me sentimenti di gioia e di affetto; la tristezza scomparve, e in breve ritrovai l'allegria che avevo conosciuto prima di essere colto dalla mia fatale passione.

— Carissimo Clerval, — esclamai, — quanto sei stato gentile e buono con me. Invece di studiare, come ti eri ripromesso, hai trascorso tutto questo inverno al mio capezzale. Come potrò mai ripagarti? Provo un grandissimo rimorso per la delusione di cui sono stato causa; ma tu mi perdonerai.

— Mi ripagherai completamente se ti manterrai calmo e guarirai al più presto. E, dato che appari in così buone condizioni di spirito, posso parlarti di un certo argomento?

Tremai. Un certo argomento! Che cosa poteva essere? Voleva forse alludere a una cosa cui non osavo nemmeno pensare?

— Càlmati, — disse Clerval, il quale si era accorto come io avessi mutato colore, — non ne parlerò, se ti agiti, ma tuo padre e tua cugina sarebbero felici se ricevessero una lettera scritta di tua mano. Non sanno quanto tu sia stato malato, e il tuo lungo silenzio li rende inquieti.

— Si tratta solo di questo, mio caro Enrico? E come hai potuto supporre che il mio primo pensiero non sarebbe volato verso quei cari, carissimi amici che amo e che sono così degni del mio amore?

— Se tale è il tuo stato d'animo, amico mio, sarai forse lieto di vedere una lettera che ti aspetta da diversi giorni: è di tua cugina, credo.

CAPITOLO V

Allora Clerval mi diede la seguente lettera:

A V. FRANKESTEIN

Ginevra, 18 marzo 17...

« Mio caro cugino,

« non so descriverti quanto tutti siamo stati inquieti per la tua salute. Non possiamo a meno di immaginare che il tuo amico Clerval ci nasconda la gravità del tuo male; sono molti mesi, infatti, che non vediamo la tua calligrafia, e in tutto questo tempo sei stato costretto a dettare le tue lettere a Enrico. Certo, Vittorio, devi essere stato molto ammalato, e ciò ci rende tristi quanto non lo siamo più stati dopo la morte della tua cara madre. Lo zio era convinto che tu fossi in pericolo di vita, e a stento gli abbiamo impedito di intraprendere un viaggio fino a Ingolstad. Clerval scrive sempre che tu vai migliorando, ed io spero ardentemente che tu possa presto confermarci di tuo pugno questa notizia, perché, Vittorio, siamo davvero tutti molto desolati a questo proposito. Liberaci da questo timore, e saremo le creature più felici di questo mondo. La salute di tuo padre è ora così buona che egli sembra di dieci anni più giovane rispetto all'inverno scorso. Anche Ernesto è tanto migliorato che faresti fatica a riconoscerlo. Ha quasi sedici anni ormai, ed ha perduto il suo aspetto malaticcio di qualche anno fa: si è fatto robusto e attivo.

« Lo zio ed io abbiamo conversato a lungo, ieri sera, sulla professione che Ernesto dovrebbe seguire. Le indisposizioni continue che hanno accompagnato la sua infanzia non gli hanno permesso di abituarsi alla concentrazione, ed ora che gode di buona salute è sempre all'aria aperta, ad arrampicarsi su per le colline o a remare sul lago. Ho proposto quindi che diventasse un proprietario di campagna, e tu sai, cugino, che questo è uno dei miei progetti favoriti. Quella del proprietario di campagna è una vita sana e felice, è la professione meno nociva, o meglio la più benefica. Lo zio accarezzava l'idea di fargli studiare avvocatura perché poi, mediante il suo appoggio, potesse diventare giudice. Ma, trascurando il fatto che egli non si sente certo portato a una simile occupazione, coltivare la terra per il sostentamento di tutti è certo più lodevole che essere il confidente, e qualche volta il complice, dei vizi umani, perché tale è la professione di un leguleio. Ho detto che i lavori di un ricco possidente, se non più onorevoli, sono almeno più felici di quelli di un giudice, il quale sempre deve aver a che fare con il lato peggiore della natura umana. Lo zio ha sorriso ed ha risposto che avrei dovuto diventare avvocato io, il che ha posto fine alla conversazione su questo argomento.

« Ed ora voglio raccontarti una piccola storia che ti farà piacere e forse ti divertirà. Ricordi Giustina Moritz? Probabilmente no, e ti dirò quindi di lei in poche parole. Madame Moritz, sua madre, era una vedova con quattro bimbi, di cui Giustina era la terza. La ragazza era sempre stata la prediletta del padre, ma, per una strana perversità, sua madre non la poteva sopportare, e dopo la morte del signor Moritz prese a trattarla malissimo. La zia notò la cosa, e quando Giustina ebbe dodici anni, indusse la madre a permettere che la ragazza venisse a vivere in casa nostra. Le istituzioni repubblicane del nostro paese hanno dato origine a maniere più semplici e più felici di quelle predominanti nelle grandi monarchie che lo circondano. Esistono quindi minori distinzioni fra le diverse classi dei suoi abitanti, perché le classi più basse, non essendo né povere né disprezzate, hanno modi più civili e morali. Una domestica a Ginevra non è la stessa cosa di una domestica in Francia o in Inghilterra. Giustina, accolta in questo modo nella nostra famiglia, imparò i suoi doveri di domestica, situazione, questa, che nel nostro fortunato paese non implica idea di ignoranza e sacrificio di dignità da parte di un essere umano.

« Dopo quanto ho detto, credo che tu ricorderai bene l'eroina del mio piccolo racconto, perché Giustina era una delle tue favorite, e rammento come un giorno tu hai affermato che, se eri di malumore, un'occhiata a Giustina bastava a rasserenarti, per la stessa spiegazione che l'Ariosto ci dà della bellezza di Angelica: perché ella appariva cordiale e felice. La zia concepì per lei tanto affetto da indursi ad impartirle un'educazione superiore a quella che si era dapprima ripromessa. Questo beneficio fu pienamente ripagato, perché Giustina era la ragazza più riconoscente del mondo: non voglio dire con questo che ne facesse professione, perché mai ho udito qualcosa di simile dalle sue labbra; ma si vedeva dai suoi occhi che ella quasi adorava la sua protettrice. Sebbene fosse d'indole gaia e sotto molti aspetti spensierata, pure prestava la massima attenzione a ogni gesto della zia. La giudicava il modello di ogni virtù e si sforzava di imitare la sua fraseologia e i suoi modi, tanto che ancor oggi spesso me la ricorda.

« Quando la carissima zia morì, tutti erano troppo assorti nel proprio dolore per accorgersi della povera Giustina, la quale l'aveva assistita con il più vigile affetto durante la malattia. La povera Giustina era davvero disperata, ma altre prove l'aspettavano.

« A uno a uno i suoi fratelli e sua sorella morirono, ed alla madre rimase soltanto la figlia negletta. La coscienza della donna si turbò; ella cominciò a pensare che la morte dei suoi prediletti era un giudizio del cielo per castigare la sua parzialità. Era cattolica romana, e credo che il suo confessore la confermasse in tale idea. Di conseguenza, pochi mesi dopo la tua partenza per Ingolstad, Giustina fu richiamata dalla madre pentita. Povera ragazza! Piangeva, lasciando la nostra casa: era molto mutata dopo la morte della zia, il dolore aveva conferito una composta e commovente dolcezza alle sue maniere già tanto vivaci. Né il soggiorno a casa della madre fu tale da far rinascere in lei l'allegria. La povera donna non era troppo salda nel suo pentimento. Qualche volta pregava Giustina di perdonare la sua rudezza, ma più spesso l'accusava di essere la causa della morte dei fratelli e della sorella. Il continuo tormento minò la salute della signora Moritz, il che sulle prime valse ad aumentarne l'irritabilità; ma ora ella è in pace per sempre. Morì all'approssimarsi della stagione fredda, all'inizio dell'inverno scorso. Giustina è ritornata con noi, e ti assicuro che io nutro per lei una grande tenerezza. È molto intelligente e gentile, ed anche graziosa; come ti ho detto, i suoi atteggiamenti e le sue espressioni mi richiamano di continuo alla memoria la cara zia.

« Voglio anche dirti qualcosa, caro cugino, del piccolo Guglielmo. Vorrei che tu potessi vederlo: è molto alto per la sua età, con due occhi azzurri, dolci e ridenti, ciglia nere e capelli ricci. Quando sorride, due fossette gli aggraziano le guance rosse di salute. Ha già avuto un paio di piccole "mogli", ma Luisa Biron, una bimba di cinque anni, è la sua favorita.

« Ora, caro Vittorio, credo non ti dispiacerà qualche piccolo pettegolezzo sulla brava gente di Ginevra. La graziosa miss Mansfield ha già ricevuto le visite d'augurio per le sue prossime nozze con un giovane inglese, John Melbourne. La sua brutta sorella, Manon, ha sposato lo scorso autunno il signor Duvillard, il ricco banchiere; il tuo compagno di scuola preferito, Luigi Manoir, ha avuto diverse disgrazie dopo la partenza di Clerval da Ginevra, ma già ha ripreso coraggio, e corre voce che stia per sposare una graziosissima signora francese, Madame Tavernier. Si tratta di una vedova molto più anziana di Manoir; ma è assai ammirata, e tutti le vogliono bene.

« Ero di buon umore nello scriverti, caro cugino, ma non posso terminare senza chiedere ancora con ansia notizie della tua salute. Caro Vittorio, se non sei molto ammalato, scrivi di persona e rendi in questo modo felici tuo padre e noi tutti; o... non posso sopportare di pensare all'ipotesi opposta; già gli occhi mi si riempiono di lacrime. *Adieu*, mio carissimo cugino.

« Elisabetta Lavenza ».

— Cara, cara Elisabetta! — esclamai, come ebbi letto la lettera. — Scriverò subito, e li toglierò dall'ansia che provano. — Scrissi, e la cosa mi affaticò moltissimo; ma la mia convalescenza era cominciata e procedeva regolarmente. Quindici giorni dopo ero in grado di lasciare la camera.

Appena ristabilito, una delle mie prime preoccupazioni fu di presentare Clerval ai professori dell'università. Ciò facendo, mi sottoposi ad una specie di tortura per nulla adatta alle ferite che erano state inferte al mio spirito. Da quella notte fatale che segnava la fine delle mie fatiche e l'inizio delle mie sciagure, avevo concepito un'antipatia violenta per il nome stesso di filosofia naturale. Per quanto avessi recuperato completamente la salute, la vista di uno strumento chimico rinnovava tutta la mia angoscia. Enrico se n'era accorto, ed aveva celato ai miei occhi ogni apparecchio. Mi aveva fatto anche mutare appartamento, perché aveva notato con quanto odio considerassi la stanza che mi era servita da laboratorio. Ma tutte queste precauzioni di Clerval risultarono inutili quando andai a visitare i professori. Il signor Waldman mi mise alla tortura quando, con gentilezza e calore, lodò gli sbalorditivi progressi da me fatti nelle scienze. Presto si accorse che io non gradivo la cosa, ma, non immaginandone la causa, attribuì il mio sentimento alla modestia e mutò argomento, passando dalla mia abilità alla scienza per se stessa, con l'evidente desiderio di mettermi fuori causa. Che potevo fare? Intendeva farmi un piacere e mi torturava. Era come se mi avesse posto accuratamente sotto gli occhi, a uno a uno, gli strumenti che sarebbero poi serviti ad infliggermi una morte lenta e crudele. Soffrivo alle sue parole, ma non osavo mostrare il mio dolore. Clerval, che aveva occhi e intuizioni sempre rapidi nel discernere le sensazioni altrui, lasciò cadere l'argomento, scusandosi con la sua totale ignoranza in materia, e la conversazione prese un tono più generico. Ringraziai il mio amico nel profondo del cuore, ma non dissi nulla. Leggevo chiaramente la sua sorpresa, ma mai egli tentò di farmi rivelare il mio segreto; e per quanto lo amassi con un misto di affetto e di reverenza senza limiti, non mi inducevo a confidargli quell'evento che così spesso si presentava al mio ricordo, ma che, temevo, mi avrebbe impressionato ancor più profondamente se lo avessi confidato ad altri.

Il signor Krempe non fu altrettanto docile, e nelle condizioni di morbosa sensibilità in cui mi trovavo, le sue lodi sperticate ed ottuse mi procurarono una pena ancor maggiore della benevola approvazione del signor Waldman. — Al diavolo! — esclamò egli. — Vi assicuro, signor Clerval, che ci ha battuto tutti quanti. Guardate pure altrove, se ne avete voglia; non per questo le mie parole sono meno vere. Un giovanetto, che solo due anni fa credeva in Cornelio Agrippa come nel Vangelo, si è messo ora alla testa dell'università; e se non farà presto atto di sottomissione, noi tutti ci troveremo a disagio. Oh, — continuò, notando la sofferenza che traspariva dal mio viso, — il signor Frankenstein è modesto, e questa in un giovane è un'eccellente qualità. I giovani dovrebbero diffidare di sé, sapete, signor Clerval. Io diffidavo di me quando ero giovane, ma è una cosa che scompare in brevissimo tempo.

Il signor Krempe cominciò a questo punto un elogio

di se stesso che, per fortuna, sviò la conversazione dall'argomento che tanto mi urtava.

Clerval non era portato alla filosofia naturale. La sua immaginazione era troppo vivida per i minuziosi particolari della scienza. Si interessava soprattutto allo studio delle lingue, e mirava ad acquistarne salde basi per avere poi, al suo ritorno a Ginevra, un campo dove istruirsi a suo agio. Come fu perfettamente padrone del greco e del latino, dedicò la sua attenzione al persiano, all'arabo e all'ebraico. Quanto a me, sempre l'ozio mi era riuscito ostico, ed ora che desideravo sfuggire alla riflessione ed odiavo i miei studi precedenti, provai grande sollievo a farmi condiscepolo del mio amico, e ricavai non solo insegnamenti, ma anche conforto dalle opere degli autori orientali. La loro melanconia è carezzevole e la loro gioia confortante a un grado, quale mai ho riscontrato negli autori degli altri paesi. Quando si leggono i loro scritti, sembra che la vita consista in un tiepido sole e in un giardino di rose, nel sorriso e nel corrugar di ciglia di un nemico leale e nel fuoco che vi consuma il cuore. Quanta differenza dalla poesia virile ed eroica della Grecia e di Roma!

L'estate trascorse in queste occupazioni, ed il mio ritorno a Ginevra fu fissato per la fine dell'autunno; ma, essendo poi stato ritardato per alcuni contrattempi, arrivarono l'inverno e la neve, le strade si fecero impraticabili e il mio viaggio venne procrastinato alla primavera seguente. Questo ritardo mi riuscì molto penoso, perché desideravo ardentemente rivedere la mia città natale ed i miei diletti amici. Il mio ritorno aveva subito una così lunga dilazione per la mia riluttanza a lasciare Clerval in un paese straniero, prima che egli avesse stretto qualche amicizia. Ma l'inverno trascorse allegramente, e il giungere della primavera, se fu tardivo, ci compensò con la sua bellezza di ogni nostra precedente attesa.

Il mese di maggio era già iniziato ed io aspettavo ogni giorno la lettera che doveva fissare la data della mia partenza, quando Enrico mi propose di compiere un giro a piedi nei dintorni di Ingolstad per dare un addio al paese che mi aveva così a lungo ospitato. Accettai con piacere: avevo sempre amato il moto, e Clerval era sempre stato il mio compagno favorito nelle gite che avevo fatto nel mio paese natale. In questi vagabondaggi passammo una quindicina di giorni; la mia salute e il mio stato d'animo, già da tempo tornati alla normalità, trassero nuova forza dall'aria salubre, dai normali incidenti del viaggio e dalla conversazione del mio amico. Lo studio mi aveva un tempo escluso da ogni rapporto con il prossimo e reso antisociale, ma Clerval ridestò i migliori sentimenti del mio cuore: mi insegnò ad amare di nuovo le manifestazioni della natura ed i volti giocondi dei bambini. Eccellente amico! Quanto sinceramente mi amava, e quanto si sforzava di elevare il mio spirito fino a quando non avesse raggiunto lo stesso livello del suo! Un egoistico proposito mi aveva reso gretto e meschino, ma la sua gentilezza ed il suo affetto scaldarono ed aprirono il mio animo: tornai ad essere la stessa creatura che, pochi anni addietro, amante ed amata da tutti, ignorava dolore e tormento. La natura felice ed inanimata aveva il potere di far nascere in me le sensazioni più deliziose. Il cielo sereno e un prato verdeggiante bastavano a mandarmi in estasi. E la stagione era davvero divina: i fiori di primavera splendevano fra le siepi, mentre quelli d'estate erano già in boccio, ed io non ero più assillato dai pensieri che, nel corso dell'anno precedente, mi avevano gravato con un peso insopportabile, malgrado tutti i miei sforzi di liberarmene.

Enrico godeva della mia allegria e condivideva con entusiasmo il mio modo di sentire: si sforzava di divertirmi esprimendo ciò che gli passava nell'animo. In quell'occasione le risorse della sua fantasia furono davvero stupefacenti: la sua conversazione era ricca di trovate, e spesso, sulla traccia di scrittori persiani ed arabi, inventava avvincenti e fantasiosi racconti. Altre volte ripeteva le mie poesie preferite o mi attirava in discussioni che egli poi sosteneva con grandissima ingegnosità.

Tornammo alla nostra pensione il pomeriggio di un sabato; i contadini danzavano, e tutti coloro che incontravamo erano gai e felici. Ero di ottimo umore, e sentivo agitarsi in me una gioia e un'allegria sconfinate.

CAPITOLO VI

Appena rientrai, trovai la seguente lettera di mio padre:

A V. FRANKENSTEIN

Ginevra, 12 maggio 17...

« Mio caro Vittorio,

« hai atteso probabilmente con impazienza una lettera che fissasse la data del tuo ritorno fra noi, ed ho provato dapprima la tentazione di scriverti solo poche righe, accennando al giorno in cui ti avremmo aspettato. Ma sarebbe stato un riguardo crudele, e me ne è mancato il coraggio. Quale sarebbe stata la tua sorpresa, figlio mio, nel trovare lacrime e disperazione in luogo del gaio e lieto benvenuto che ti eri aspettato? E, Vittorio, come posso parteciparti la nostra sciagura? La lontananza non può averti reso insensibile alle nostre gioie e ai nostri dolori, e come potrò ora infliggere una sofferenza a un figlio assente? Vorrei prepararti alla luttuosa notizia, ma so che è impossibile: già ora i tuoi occhi scorrono sulla pagina in cerca delle parole che ti riveleranno l'orribile verità.

« È morto Guglielmo, il dolce fanciullo che con il suo sorriso deliziava e riscaldava il mio cuore, che era così buono eppure così gaio! Vittorio, è stato assassinato!

« Non cercherò di consolarti, ma ti riferirò semplicemente l'accaduto.

« Giovedì scorso (7 maggio), io, mia nipote e i tuoi fratelli andammo a passeggiare a Plainpalais. La sera era tiepida e serena, e ci spingemmo più lontano del solito. Era già buio quando pensammo di rientrare, ed allora ci accorgemmo che Ernesto e Guglielmo, i quali si erano allontanati poco prima, erano scomparsi. Ci riposammo quindi su una panchina in attesa del loro ritorno. Arrivò poco dopo Ernesto, e ci chiese se avevamo visto il fratello; disse che avevano giocato assieme, che Guglielmo era corso a nascondersi, e che egli lo aveva cercato invano e lo aveva atteso a lungo, ma senza risultato.

« Questo racconto ci allarmò un poco; continuammo a cercarlo fino a notte fatta, quando Elisabetta disse che, con ogni probabilità, il ragazzo era rientrato a casa. Ma a casa non c'era. Tornammo con torce, perché io non potevo trovare riposo al pensiero che il mio bimbo si fosse perduto e fosse esposto all'umidità e alla rugiada della notte. Anche Elisabetta era in preda all'angoscia. Verso le cinque del mattino scoprii il mio povero bimbo, che la sera precedente avevo visto florido e pieno di salute, disteso sull'erba, livido e immoto: intorno al collo aveva l'impronta della mano assassina.

« Lo portammo a casa, e l'angoscia che trapelava dal mio viso fece comprendere a Elisabetta la verità. Volle a tutti i costi vedere il cadavere. Sulle prime tentai di dissuaderla, ma ella insistette, e, entrata nella stanza dove giaceva, corse ad esaminare il collo della vittima, poi giunse le mani ed esclamò: — Oh, Dio, ho assassinato il mio diletto bimbo!

« Svenne, e riprese i sensi solo a prezzo di cure assidue. Ma rinvenne unicamente per cominciare a piangere e a singhiozzare. Mi disse che quella stessa sera Guglielmo l'aveva pregata insistentemente perché gli permettesse di portare una preziosa miniatura che ella aveva avuto da tua madre. Il monile era scomparso, ed era stata quella senza dubbio la tentazione che aveva spinto l'assassino al delitto. Al momento non abbiamo traccia alcuna di lui, anche se le nostre indagini per scoprirlo sono incessanti; ma esse non potranno restituirmi il mio diletto Guglielmo.

« Vieni, carissimo Vittorio; tu solo puoi consolare Elisabetta. Ella piange di continuo e si accusa ingiustamente di essere la causa della morte del piccolo; le sue parole mi straziano il cuore. Siamo tutti infelici, ma non è questo un motivo di più, figlio mio, perché tu torni a consolarci? La tua cara madre! Ora, Vittorio, ringrazio Dio di non averla lasciata vivere tanto da assistere alla morte crudele e miseranda del suo bimbo più giovane!

« Vieni, Vittorio, non con pensieri di vendetta contro l'assassino, ma con sentimenti di gentilezza e di bontà che, invece di irritarle, guariranno le ferite del nostro animo. Entra in questa casa in lutto, amico mio, con comprensione e affetto per coloro che ami, non con odio per i tuoi nemici. Tuo affezionato e addolorato padre.

« Alfonso Frankenstein ».

Clerval, che non mi aveva perso d'occhio mentre leggevo la lettera, fu sorpreso di notare la disperazione che subentrava alla gioia, da me in un primo momento manifestata nel ricevere notizie dei miei cari. Gettai il foglio sul tavolo e mi nascosi il viso fra le mani.

— Mio caro Frankenstein, — esclamò Enrico vedendomi piangere amaramente, — sempre devi essere infelice? Che è accaduto, amico mio?

Gli feci cenno di prendere la lettera mentre, agitatissimo, camminavo su e giù per la stanza. Le lacrime sgorgarono anche dagli occhi di Clerval mentre leggeva il resoconto della sciagura.

— Non posso darti consolazione, amico mio, — disse. — La tua disgrazia è irreparabile. Che cosa intendi fare?

— Andare immediatamente a Ginevra. Vieni con me, Enrico, a ordinare i cavalli.

Durante il tragitto Clerval si sforzò di consolarmi. Ma non fece ricorso ai soliti luoghi comuni di chi vuol confortare. Sarebbe stato inutile citare le massime degli stoici che la morte non è un male, che l'animo dell'uomo deve essere superiore alla disperazione per la scomparsa di un oggetto amato. Persino Catone pianse sul corpo del fratello morto.

Così parlò Clerval mentre ci affrettavamo per le strade; le sue parole si impressero nella mia mente, e più tardi, nella solitudine, le ricordai. Ma allora, appena i cavalli arrivarono, montai in carrozza e salutai appena il mio amico.

Il viaggio fu molto melanconico. Dapprima provai l'impulso di fare in fretta, perché desideravo confortare i miei cari e condividere il loro dolore; ma, come mi avvicinai alla mia città natale, rallentai l'andatura. Potevo sopportare a stento la piena dei sentimenti che si agitavano nel mio animo. Sarei passato attraverso paesaggi e ambienti familiari alla mia giovinezza, ma che non vedevo da quasi sei anni. Come doveva essere mutata ogni cosa da allora! C'era stato un cambiamento improvviso e desolante; ma mille piccole circostanze dovevano aver operato, per gradi, altri mutamenti che, per essere stati lenti, non erano per questo meno radicali. Mi sentii invadere dalla paura; non osavo procedere oltre, temendo mille mali senza nome, che mi facevano tremare, anche se non mi riusciva di definirli.

In questo penoso stato d'animo, sostai due giorni a Losanna. Contemplai il lago: le acque erano placide, tutto era calma all'intorno, e le montagne coperte di neve, « i palazzi della natura », non erano cambiate. A poco a poco quella calma e quella visione paradisiaca mi tranquillizzarono, e continuai il mio viaggio alla volta di Ginevra.

La strada correva lungo il lago che si faceva più stretto a mano a mano che mi avvicinavo alla mia città natale. Vidi più distintamente le pendici nere del Giura e la cima luminosa del Monte Bianco. Piansi come un bimbo: « Cara montagne! Mio bellissimo lago! Come salutate il pellegrino? Le cime sono limpide, il cielo e il lago azzurri e placidi. È una promessa di pace o una beffa alla mia infelicità? ».

Temo, amico mio, di rendermi noioso indugiando su queste circostanze preliminari; ma furono giorni, quelli, di una relativa felicità, ed io oggi li ricordo con piacere. Mio paese, mio paese amato! Chi se non colui che in te è nato può dire la gioia che provai nel rivedere i tuoi fiumi, le tue montagne e, soprattutto, il tuo meraviglioso lago!

Pure, avvicinandomi a casa, caddi di nuovo in preda al dolore e alla paura. La notte calava sulle cose, e quando potei intravedere soltanto le scure montagne mi sentii ancor più depresso. Il paesaggio mi appariva come una vasta e tetra scena di sventura, ed io ebbi l'oscuro presentimento di essere destinato a diventare il più sciagurato fra gli esseri umani. Ahimè! Fui buon profeta, e su una sola circostanza sbagliai: in tutta la miseria che immaginavo e temevo, non concepii nemmeno la centesima parte dell'angoscia che ero destinato a sopportare.

Era buio profondo quando arrivai nei dintorni di Ginevra; le porte della città erano già chiuse, e fui costretto a passare la notte a Secheron, un villaggio mezza lega ad est della cinta. Il cielo era sereno; incapace com'ero di prendere riposo, decisi di andare a visitare il luogo dove il mio povero Guglielmo era stato assassinato. Non potendo passare per la città, fui costretto, per arrivare a Plainpalais, a traversare il lago con una barca. Durante questo breve tragitto vidi i lampi disegnare splendide figure sulla vetta del Monte Bianco. Pareva che il temporale si avvicinasse rapidamente, e, appena sbarcato, salii su una collinetta per seguirne meglio l'approssimarsi. Avanzava: il cielo si rannuvolò, e presto sentii la pioggia cadere, prima lentamente, a grosse gocce, poi con violenza rapidamente crescente.

Lasciai il luogo dove sedevo e presi a camminare, sebbene l'oscurità e la violenza dell'uragano aumentassero a ogni minuto e il tuono rimbombasse sopra la mia testa con terrificante fragore. La sua eco si ripercuoteva da Salêve, dal Giura, dalle Alpi di Savoia; i guizzi rapidi dei lampi mi abbagliavano gli occhi ed illuminavano il lago, rendendolo simile a una vasta distesa di fuoco; poi per un istante tutto piombava in una oscurità di pece finché l'occhio non si riprendeva dal balenio della saetta. L'uragano, come spesso avviene in Svizzera, si sfogava contemporaneamente in diverse parti del cielo. Il più violento imperversava esattamente a nord della città, su quella parte del lago compresa fra il promontorio di Belrive e il villaggio di Copet. Un altro illuminava di piccoli lampi il Giura, e un altro ora nascondeva e ora mostrava la Mole, una montagna scoscesa a est del lago.

Mentre osservavo l'uragano, così bello e terribile, procedevo a passo rapido. La nobile guerra del cielo elevava il mio spirito; congiunsi le mani ed esclamai ad alta voce: — Guglielmo, angelo caro, questo è il tuo funerale, è il tuo canto di morte! — Mentre pronunciavo queste parole, vidi un'ombra allontanarsi da un gruppo d'alberi vicino a me. Mi fermai, fissandola con attenzione: non potevo sbagliarmi. Il balenare di un lampo la illuminò, delineandomene nettamente la forma: la sua statura gigantesca, il suo aspetto deforme, più spaventoso di quello di qualsiasi essere umano, mi dissero subito che si trattava del mostro, del repugnante demone cui avevo dato vita. Che faceva lì? Era forse lui (rabbrividii all'idea) l'assassino di mio fratello? Il pensiero non mi era ancora passato per la mente, che subito fui convinto della sua fondatezza: presi a battere i denti e, per reggermi, fui costretto ad appoggiarmi a un albero. L'ombra mi passò accanto rapida e si perdette nelle tenebre. Nessun essere umano avrebbe potuto sopprimere quel gentile fanciullo. L'assassino era *lui*. Non potevo dubitarne. La sola idea era uno prova inconfutabile del fatto. Pensai di inseguire il demone, ma sarebbe stato vano, perché un altro lampo me lo mostrò che si inerpicava fra le rocce quasi a perpendicolo del monte Salêve, una collina che limita a sud Plainpalais. In breve egli raggiunse la vetta e scomparve.

Rimasi immobile. Cessò il tuono, ma la pioggia continuò a cadere e tutto sprofondò in una oscurità impenetrabile. Rievocai gli eventi che avevo fino allora cercato di dimenticare: tutte le tappe del mio cammino verso la creazione, l'apparizione al mio capezzale dell'opera delle mie mani, vivente, la sua fuga. Due anni erano ormai passati dalla notte in cui egli aveva ricevuto la vita: era quello il suo primo delitto? Ahimè, avevo scatenato per il mondo un miserabile mostro che traeva gioia dalla carneficina e dal dolore; non aveva forse assassinato mio fratello?

Nessuno può immaginare l'angoscia che mi torturò per il resto di quella notte, che trascorsi all'aperto, al freddo e all'umidità. Ma non avvertii l'inclemenza del tempo; la mia mente era un turbinare di scene di sciagura e di disperazione. Immaginai l'essere che avevo gettato fra gli uomini e dotato della volontà e del potere di mandare a effetto azioni spaventevoli quale quella che aveva appena compiuto, come il mio vampiro, il mio spettro uscito dalla tomba e destinato a distruggere tutto ciò che mi era caro.

Venne l'alba, ed io diressi i miei passi verso la città. Le porte erano aperte, e mi affrettai alla casa di mio padre. Il mio primo pensiero fu di rivelare ciò che sapevo dell'assassino e di provocare in tal modo la sua immediata eaccia. Ma, quando pensai alla storia che avrei dovuto raccontare, esitai. Avevo incontrato a mezzanotte, fra i precipizi di una montagna inaccessibile, un essere che io stesso avevo creato e dotato di vita. Ricordai anche la febbre nervosa che mi aveva colto al tempo in cui risaliva la mia creazione e che avrebbe dato una parvenza di delirio a un racconto già di per sé poco credibile. Sapevo bene che avrei considerato vittima della pazzia chi mi avesse raccontato qualcosa di simile. E inoltre, la strana natura di quell'essere avrebbe eluso ogni inseguimento, ammesso che mi fosse riuscito di persuadere i miei ad intraprenderlo. A che cosa sarebbe servito, poi, un inseguimento? Chi sarebbe riuscito ad arrestare una creatura capace di scalare le pendici strapiombanti del monte Salêve? Tali considerazioni mi decisero, e risolsi di tacere.

Erano circa le cinque del mattino quando entrai nella casa di mio padre. Dissi ai domestici di non disturbare la famiglia, e andai in biblioteca ad attendere l'ora del loro risveglio.

Sei anni erano trascorsi, passati come un sogno che aveva lasciato però una traccia indelebile, ed io mi trovavo nello stesso luogo in cui avevo abbracciato l'ultima volta mio padre, prima di partire per Ingolstad. Genitore amato e rispettato! Egli mi restava ancora. Guardai il ritratto di mia madre sopra il camino. Rappresentava una scena realmente avvenuta, dipinta per volontà di mio padre: Carolina Beaufort inginocchiata, in atto di disperazione, accanto alla bara del morto genitore. Il suo vestito era misero, le sue guance pallide, ma c'erano in lei una dignità e una bellezza che poco concedevano a sentimenti di pena. Sotto il quadro c'era una miniatura di Guglielmo, e nel vederla gli occhi mi si riempirono di lacrime. Tale era il mio stato d'animo quando entrò Ernesto; mi aveva sentito arrivare e si affrettava a darmi il benvenuto. Nel vedermi manifestò una specie di gioia dolorosa. — Bene arrivato, mio carissimo Vittorio, — disse. — Ah, se tu fossi venuto tre mesi fa, ci avresti trovati tutti felici e contenti. Oggi invece siamo immersi nel dolore e temo siano le lacrime ad accoglierti, non i sorrisi. Nostro padre ha un'aria davvero disperata; sembra che questo spaventoso evento abbia fatto rinascere nel suo cuore il dolore provato alla morte della mamma. Anche la povera Elisabetta è inconsolabile. — E pronunciando queste parole Ernesto cominciò a piangere.

— Non darmi il benvenuto a questo modo, — dissi; — cerca di essere più calmo, fa' in modo che non debba sentirmi completamente infelice nel momento in cui rimetto piede nella casa di mio padre dopo una così lunga assenza. Ma dimmi: come sopporta il babbo la sciagura? E come sta la mia povera Elisabetta?

— Ella ha davvero bisogno di essere consolata: si accusa di aver provocato la morte di nostro fratello, e ciò la rende terribilmente infelice. Ma da quando l'assassino è stato scoperto...

— L'assassino scoperto? Buon Dio! Come può essere? Chi potrebbe avere il coraggio di inseguirlo? È impossibile: sarebbe come tentar di imprigionare il vento o di sbarrare con un fuscello un torrente di montagna.

— Non so che cosa tu intenda; ma tutti ci siamo sentiti molto infelici quando è stata scoperta. Nessuno voleva crederci da principio, ed anche ora Elisabetta non vuole convincersi, malgrado tutte le prove. E in verità chi avrebbe potuto immaginare che Giustina Moritz, così buona e così affezionata alla famiglia, potesse diventare d'un tratto così perfida?

— Giustina Moritz! Povera, povera fanciulla! È lei dunque l'accusata? Ma è un errore, tutti lo sanno. Certo nessuno crede a una cosa simile, vero, Ernesto?

— Nessuno ci credeva da principio, ma sono emerse poi circostanze che ci hanno quasi costretto a convincerci; e il suo contegno è stato così ambiguo da dare all'evidenza dei fatti un peso che, temo, non lascia speranza di dubbio. Ma ella sarà giudicata oggi, e tu potrai sentire tutto.

Mi raccontò come, la mattina in cui era stato scoperto l'assassinio del povero Guglielmo, Giustina era caduta ammalata e si era messa a letto; alcuni giorni dopo un domestico, esaminando per caso il vestito che ella portava la notte del crimine, aveva trovato in una tasca la miniatura di mia madre che, a giudizio comune, rappresentava il movente del delitto. Il domestico l'aveva subito mostrata ad altri, i quali, senza farne cenno alla famiglia, si erano recati dal magistrato, e, in seguito alla loro deposizione, Giustina era stata arrestata.

Quando le era stato contestato questo fatto, la povera ragazza aveva confermato in gran parte il sospetto con il suo atteggiamento terribilmente confuso.

Il racconto era strano, ma non scosse la mia convinzione, ed io ribattei severamente: — Vi sbagliate tutti quanti. Io so chi è l'assassino. Giustina, la povera e buona Giustina, è innocente.

In quel momento entrò mio padre. Vidi l'infelicità profondamente impressa sul suo volto, ma egli si sforzò di porgermi un lieto benvenuto; e dopo che ci fummo scambiati i nostri tristi saluti avrebbe abbordato qualche argomento che nulla aveva a che fare con la nostra sciagura, se Ernesto non avesse esclamato: — Buon Dio, papà! Vittorio dice di conoscere chi è l'assassino del povero Guglielmo.

— Lo conosciamo anche noi, disgraziatamente, — rispose mio padre. — Avrei preferito ignorarlo per sempre, piuttosto che scoprire una tale depravazione ed una tale ingratitudine in un essere che tanto stimavo.

— Mio diletto padre, ti sbagli: Giustina è innocente.

— Se lo è, Dio non voglia che ella appaia sotto una luce di colpa. Sarà giudicata oggi, e io spero, spero sinceramente che possa essere assolta.

Queste parole mi placarono. Ero profondamente convinto che Giustina ed ogni altro essere umano erano mondi di colpa in questo delitto. Non temevo quindi che si potesse addurre qualche prova tanto evidente da farla condannare; in questa convinzione mi calmai ed attesi il giudizio con ansia, ma senza pessimismo.

Presto fummo raggiunti da Elisabetta. Il tempo aveva provocato in lei grandi mutamenti dall'ultima volta che l'avevo vista. Sei anni prima era stata una fanciulla graziosa e allegra, che tutti amavano e vezzeggiavano. Ora, invece, per la statura e per l'espressione bellissima del viso, era una donna. La fronte, alta e spaziosa, era indice di una intelligenza pronta, cui andava unita una grande franchezza di temperamento. Gli occhi erano color nocciola e di una dolcezza che il recente dolore aveva velato di un'ombra triste. I suoi capelli erano di un castano scuro meraviglioso, la sua carnagione delicata, la sua figura snella e piena di grazia. Mi salutò con la più grande effusione. — Il tuo arrivo, caro cugino, — disse, — mi riempie di speranza. Forse tu troverai qualcosa per scagionare la mia povera ed innocente Giustina. Ahimè, chi può dirsi sicuro, se ella viene accusata di delitto? Sono certa della sua innocenza come della mia. Doppiamente dura è la nostra disgrazia: non solo abbiamo perduto quell'adorato ragazzo, ma questa povera fanciulla, che io amo sinceramente, sta per esserci strappata da un destino ancora peggiore. Se viene condannata, non potrò più conoscere gioia. Ma ciò non accadrà, ne sono certa, e allora sarò di nuovo felice, anche dopo la triste morte del mio piccolo Guglielmo.

— Ella è innocente, Elisabetta mia, — dissi, — e ciò risulterà chiaro; non temere nulla, ma rallegrati nella certezza della sua assoluzione.

— Quanto sei buono! Tutti gli altri la credono colpevole, e ciò mi ha reso infelice. La reputavo infatti una cosa impossibile, e tutte queste assurde prevenzioni nei suoi confronti uccidevano in me ogni speranza e mi riducevano alla disperazione. — Scoppiò a piangere.

— Nipote mia diletta, — disse mio padre, — asciuga le tue lacrime. Se è, come credi, innocente, fida nella saggezza dei nostri giudici e nella cura che avrò di impedire la più lieve ombra di parzialità.

CAPITOLO VII

Passammo tristemente il tempo che ci separava dalle undici, ora dell'inizio del processo. Poiché mio padre e gli altri membri della famiglia avevano l'obbligo di testimoniare, li accompagnai al tribunale. Durante lo svolgimento di quella miseranda farsa di giustizia, soffersi tutte le pene dell'inferno. Si doveva decidere se il risultato della mia illecita curiosità e delle mie fatiche sarebbe stato la morte di due esseri umani: quella di un bimbo sorridente, pieno di gioia e di innocenza, e quella di un'altra persona, assassinata in maniera ancor più tremenda, con l'aggravante di infamia per un delitto che sarebbe stato memorabile per orrore. Anche Giustina era una fanciulla di merito e possedeva qualità che le promettevano una vita felice; ora tutto doveva scomparire in una tomba ignominiosa, e ogni colpa ricadeva su di me! Avrei preferito mille volte accusarmi del delitto attribuito a Giustina; ma ero assente quando il crimine era stato commesso, ed una simile dichiarazione sarebbe stata considerata come il vaneggiamento di un pazzo, senza giovare alla discolpa di colei che soffriva per causa mia.

Quando comparve, Giustina era calmissima. Vestiva a lutto, ed il suo viso, sempre attraente, era reso squisitamente bello dalla solennità dei suoi sentimenti. Pure appariva fiduciosa nella propria innocenza, e non tremava anche se centinaia di persone la guardavano con odio, perché tutta la simpatia che la sua beltà avrebbe potuto altrimenti provocare era cancellata nell'animo degli spettatori dal pensiero dell'enormità che le veniva attribuita. Era tranquilla, ma la sua tranquillità era evidentemente forzata; e poiché la sua confusione era già stata addotta come prova di colpevolezza, ella si sforzava di far mostra di coraggio. Come entrò nell'aula, volse lo sguardo attorno, e subito scoprì il posto dove noi eravamo seduti. Quando ci vide, parve che una lacrima le velasse gli occhi; ma subito si riprese, ed un'espressione di affetto doloroso sembrò attestare la sua completa innocenza.

Ebbe inizio il processo, e, dopo che il pubblico ministero ebbe formulato l'accusa, vennero chiamati alcuni testimoni. Contro di lei deponevano molte strane circostanze che avrebbero potuto rendere incerto chiunque, come me, non avesse avuto prove irrefutabili della sua innocenza. Era rimasta assente da casa tutta la notte in cui il delitto era stato commesso, e verso il mattino era stata vista da una donna del mercato non lungi dal luogo in cui era stato trovato il corpo del bimbo assassinato. La donna le aveva chiesto che cosa facesse, ma ella, con una espressione strana, si era limitata a rispondere in maniera confusa ed inintelligibile. Era tornata a casa verso le otto del mattino, e quando le avevano domandato dove aveva passato la notte, aveva detto di essere stata in cerca del bambino ed aveva chiesto con ansia se si sapeva qualcosa di lui. Quando le avevano mostrato il cadavere, era caduta in preda ad un violento attacco isterico ed aveva dovuto restare a letto per diversi giorni. Si produsse allora la miniatura e si chiamò il domestico che gliel'aveva trovata in tasca; e quando Elisabetta, con voce esitante, riconobbe che si trattava della stessa miniatura che aveva appeso al collo del bimbo un'ora prima che egli si smarrisse, un mormorio di orrore e di indignazione corse per l'aula.

Giustina venne invitata a difendersi. Nel corso del processo il suo contegno era mutato. Sul suo volto si leggevano chiaramente sorpresa, dolore e angoscia. Più volte era stata sul punto di piangere, ma quando venne sollecitata a scolparsi, raccolse tutte le sue forze e parlò con voce chiara, anche se tremante.

— Dio sa, — disse, — quanto sia innocente. Ma non pretendo che le mie proteste valgano a farmi assolvere: la mia innocenza apparirà dall'esposizione chiara e semplice dei fatti che vengono addotti a mio carico, e spero che il carattere da me sempre mostrato possa indurre i giudici a una favorevole interpretazione, là dove qualche circostanza appaia dubbia o sospetta.

Poi raccontò che, con il permesso di Elisabetta, aveva passato la sera della notte in cui era stato commesso il delitto a casa di una zia a Chene, un villaggio situato a una lega circa da Ginevra. Mentre tornava, verso le nove, aveva incontrato un uomo il quale le aveva chiesto se sapeva qualcosa del bimbo che era andato perduto. Allarmata da quella notizia, aveva cercato a lungo il fanciullo, poi le porte di Ginevra si erano chiuse, ed ella era stata costretta a restare per diverse ore della notte in una capanna annessa a una villa, senza voler per questo disturbare i proprietari, che la conoscevano benissimo. Incapace di riposare o di dormire, aveva lasciato prestissimo il suo rifugio, nella speranza di poter trovare mio fratello. Non sapeva se si era avvicinata al luogo dove giaceva il suo cadavere. Non era cosa sorprendente che fosse apparsa sconvolta quando era stata interrogata dalla donna del mercato: aveva passato una notte insonne, e il destino del povero Guglielmo era ancora incerto. Per quello che riguardava la miniatura, non poteva fornire spiegazione alcuna.

— So, — continuò l'infelice vittima, — con qual peso e con quanta fatalità questa unica circostanza gravi contro di me, ma non sono in grado di spiegarla, e dopo aver espresso la mia completa ignoranza in proposito, non mi resta che fare qualche ipotesi sulla probabilità che la miniatura possa essere stata messa nella mia tasca. Ma anche su questo punto non so dove battere. Credo di non aver nemici al mondo, e nessuno certo potrebbe essere così malvagio da distruggermi per un semplice capriccio. È stato l'assassino a metterla là? Non so come potrebbe aver avuto modo di farlo, o se anche lo sapessi, perché mai egli avrebbe rubato il gioiello per separarsene così presto?

« Affido la mia causa alla saggezza dei miei giudici, anche se vedo che non c'è luogo alla speranza. Prego che si interroghino alcuni testimoni sul mio carattere; se le loro parole non avranno maggior peso della mia supposta colpevolezza, dovrò essere condannata, anche se affido alla mia innocenza la mia salvezza.

Furono interrogati alcuni testimoni che la conoscevano da molti anni, e tutti parlarono bene di lei; ma il timore e l'orrore del delitto di cui la ritenevano colpevole li resero timorosi e tolsero loro ogni volontà di spingersi troppo oltre. Come vide che anche l'ultima risorsa del suo eccellente carattere e della sua condotta irreprensibile stava per venir meno all'accusata, Elisabetta, sebbene in preda alla più viva agitazione, chiese il permesso di rivolgersi alla Corte.

— Sono, — disse, — la cugina dell'infelice fanciullo che è stato assassinato, o meglio sua sorella, perché sono stata educata dai suoi genitori e già molto tempo prima della sua morte vivevo con loro. Potrebbe quindi apparire indegno che io mi faccia avanti in una simile occasione; ma quando vedo una creatura umana sul punto di perire per la vigliaccheria dei suoi pretesi amici, chiedo mi sia permesso di parlare perché possa dire quello che so del suo carattere. Conosco molto bene l'accusata. Ho vissuto con lei nella stessa casa prima per un periodo di cinque anni, poi per un altro di quasi due. Per tutto questo tempo ella mi è apparsa la più gentile e la più amabile delle creature di questo mondo. Durante l'ultima malattia di mia zia, Madame Frankenstein, le ha dedicato le cure più affettuose e attente, poi ha assistito la madre, nel corso di un penoso disturbo, in una maniera che ha destato l'ammirazione di tutti coloro che la conoscevano. Dopo di che è tornata a vivere in casa di mio zio, dove tutti le volevano bene. Era molto affezionata al bimbo che ora è morto, e si comportava con lui come una madre piena di premure. Per parte mia, non esito ad affermare che, malgrado tutte le prove prodotte contro di lei, la credo con assoluta certezza perfettamente innocente. Non avrebbe avuto motivo alcuno di compiere una simile azione, e quanto all'oggetto che rappresenta la prova più schiacciante, glielo avrei dato volontieri, se davvero lo avesse desiderato, tanta è la stima che ripongo in lei.

Eccellente Elisabetta! Si udì in mormorio di approvazione; ma si riferiva a quel generoso intervento, e non era in favore della povera Giustina, verso la quale la pubblica indignazione si rivolse con raddoppiata violenza, accusandola dell'ingratitudine più nera. Ella pianse mentre Elisabetta parlava, ma non rispose. Terribili furono la mia agitazione e la mia angoscia durante tutto il processo. Credevo nella sua innocenza, ne ero certo. Forse, nel suo gioco infernale, il demone che (non ne dubitavo neppure per un attimo) aveva assassinato mio fratello, aveva anche condannato quell'innocente alla morte e all'ignominia? Non potevo reggere all'orrore della mia situazione, e quando mi accorsi che la voce popolare ed il contegno dei giudici avevano già condannato la mia innocente vittima, mi precipitai fuori dell'aula, in preda all'angoscia. Le torture dell'accusata non eguagliavano le mie: ella era sorretta dalla propria innocenza, mentre a me le zanne del rimorso straziavano il petto e non avrebbero lasciato la presa.

Passai una notte di ininterrotta agonia. Al mattino andai al tribunale; avevo le labbra e la gola riarse. Non osai porre la fatale domanda, ma ero conosciuto, e l'ufficiale indovinò il motivo della mia visita. I dadi erano stati gettati: erano tutti neri, e la povera Giustina era condannata.

Non posso nemmeno tentar di descrivere quello che provai. Già avevo sperimentato sensazioni d'orrore che mi sono sforzato di spiegare con le espressioni più acconce, ma le parole non possono dare un'idea della straziante disperazione che mi sconvolse allora. La persona a cui mi ero rivolto aggiunse che Giustina aveva già confessato la sua colpa. — Questa prova, — osservò, — non era necessaria in un caso così lampante, ma ne sono egualmente lieto; a nessuno dei nostri giudici piace condannare un criminale su prove circostanziali, per quanto evidenti possano essere.

Quando tornai a casa, Elisabetta mi chiese ansiosamente quale fosse stata la sentenza.

— Cugina mia, — risposi, — la decisione è stata quale tu potevi aspettartela: tutti i giudici preferiscono che dieci innocenti soffrano piuttosto che un solo colpevole sfugga. Ma ella ha confessato.

Fu questo un colpo crudele per la povera Elisabetta, che aveva creduto con cieca fiducia nell'innocenza di Giustina. — Ahimè! — ella disse, — come potrò più prestar fede alla bontà umana? Giustina, che io amavo e stimavo come una sorella, avrebbe mostrato quei sorrisi di innocenza solo per tradire? I suoi occhi buoni sembravano incapaci di animosità e cattiveria, eppure ella ha commesso un delitto.

Poco dopo ci riferirono che l'infelice vittima aveva espresso il desiderio di vedere mia cugina. Mio padre avrebbe preferito che ella non andasse, ma disse che lasciava ogni decisione al suo giudizio e ai suoi sentimenti.

— Sì, — disse Elisabetta, — andrò, anche se è colpevole, e tu, Vittorio, mi accompagnerai: non posso andare sola. — L'idea di quella visita era una tortura per me, ma non potevo rifiutare.

Entrammo nella triste cella, e, in fondo, scorgemmo Elisabetta seduta su un poco di paglia; aveva le mani strette dai ceppi, e teneva la testa appoggiata alle ginocchia. Come ci vide entrare si alzò, e quando fummo soli con lei si gettò ai piedi di Elisabetta, piangendo amaramente. Anche mia cugina piangeva.

— Oh, Giustina, — disse, — perché mi hai tolto la mia ultima consolazione? Fidavo nella tua innocenza, e se già allora ero molto infelice, non ero disperata come lo sono adesso.

— Anche voi allora mi credete tanto, tanto cattiva? Anche voi vi unite ai miei nemici per calpestarmi? — La sua voce fu soffocata dai singhiozzi.

— Alzati, mia povera ragazza, — disse Elisabetta. — Perché ti inginocchi, se sei innocente? Io non faccio parte dei tuoi nemici: ti ho creduto monda da ogni macchia, nonostante ogni prova, fino a quando non ho saputo che tu stessa ti eri dichiarata colpevole. Tu ora affermi che ciò è falso, e sta' sicura, mia cara Giustina, che nulla se non la tua stessa confessione può scuotere per un momento la mia fiducia in te.

— Ho confessato, ma ho confessato una menzogna. Ho confessato per ottenere l'assoluzione, ma ora questa falsità mi pesa sul cuore più di tutti i miei peccati. Il Dio del Cielo mi perdoni! Da quando sono stata condannata, il confessore non mi ha lasciato un attimo di tregua: mi ha tormentato e minacciato tanto che quasi ho incominciato a pensare di essere il mostro che egli diceva. Affermava che nei miei ultimi momenti mi avrebbe scomunicato e dannato al fuoco dell'inferno se avessi continuato a mostrarmi ostinata. Cara signora, non avevo nessuno che mi sostenesse; tutti mi guardavano come una miserabile destinata all'ignominia ed alla perdizione. Che cosa potevo fare? In un'ora d'angoscia ho sottoscritto una menzogna, e solo ora mi sento davvero infelice.

Tacque per un istante, piangendo, poi continuò: — Pensavo con orrore, mia dolce signora, che voi avreste giudicato la vostra Giustina, la vostra Giustina che onorava tanto la vostra benedetta zia e che vi amava, una creatura capace di un delitto che solo il diavolo può aver potuto compiere. Caro Guglielmo, caro e benedetto fanciullo! Presto ti rivedrò in cielo, dove tutti saremo felici, e ciò mi consola mentre mi accingo ad affrontare l'ignominia e la morte.

— Oh, Giustina, perdonami di avere per un solo istante dubitato di te. Perché hai confessato? Ma non abbatterti, mia cara ragazza: io proclamerò dovunque la tua innocenza, e dovranno credermi. Pure, tu devi morire, tu, la mia compagna di giochi, la mia amica, la mia sorella e più che la mia sorella. Non potrò sopravvivere a una così orribile sciagura.

— Cara, dolce Elisabetta, non piangete. Dovete consolarmi con i pensieri di una vita migliore, elevarmi al disopra delle meschine cure di questo mondo di ingiustizia e di lotta. Non spingetemi alla disperazione, mia eccellente amica.

— Cercherò di consolarti, ma questa, temo, è una sciagura troppo profonda e straziante per ammettere consolazione, perché non c'è speranza. Ma il Cielo ti dia rassegnazione, mia carissima Giustina, e una fiducia che va più in alto di questo mondo. Oh, quanto odio tutte queste farse! Quando una creatura viene assassinata, subito si priva della vita un'altra creatura in maniera lenta, tormentosa; poi i carnefici, le mani ancora umide di sangue innocente, credono di aver fatto qualcosa di grande. E chiamano tutto ciò « giustizia »! Quando si pronuncia questa parola, so che si stanno per infliggere punizioni più grandi e terribili di quelle che il più cupo tiranno ha mai inventato per trarre la più spaventosa vendetta. Pure questa non è una consolazione per te, mia Giustina, a meno che tu non possa essere lieta di fuggire da una tana così miserabile. Ahimè, vorrei essere in pace con mia zia e con il mio caro Guglielmo, lontana da un mondo che odio e dai visi degli uomini che aborro.

Giustina ebbe un pallido sorriso. — Questa, cara signora, è disperazione, non rassegnazione. Non devo imparare la lezione che voi volete insegnarmi. Parlatemi di qualcos'altro, di qualcosa che mi dia pace e che non aumenti la mia angoscia.

Durante questa conversazione mi ero ritirato in un angolo della cella per nascondere lo strazio profondo che mi tormentava. Disperazione! Chi osava parlare di disperazione? La povera vittima, che l'indomani avrebbe dovuto passare il triste confine fra vita e morte, non provava un'angoscia profonda ed amara come la mia. Digrignai i denti e li strinsi, abbandonandomi a un gemito che mi salì dall'intimo dell'anima. Giustina ebbe un sussulto. Quando vide chi ero, mi si avvicinò e disse: — Caro signore, è molto buono da parte vostra essere venuto a visitarmi; voi non credete, spero, che io sia colpevole.

Non mi riuscì di rispondere. — No, Giustina, — disse Elisabetta, — è più convinto di quanto non lo fossi io della tua innocenza, perché non ha voluto credere nemmeno quando ha saputo che tu avevi confessato.

— Lo ringrazio di tutto cuore. In questi ultimi momenti sento la più sincera gratitudine per tutti coloro che pensano a me con bontà. Come è dolce l'affetto per una sciagurata quale io sono! Ciò rende meno greve il peso della mia disgrazia; sento di poter morire in pace, ora che la mia innocenza è riconosciuta da voi, mia cara signora, e da vostro cugino.

Così la povera infelice cercò di confortare gli altri e se stessa. E riuscì davvero a ottenere la rassegnazione che desiderava. Ma io, il vero assassino, sentivo agitarsi nel mio petto il verme che mai sarebbe morto e che non mi lasciava speranza o consolazione. Anche Elisabetta piangeva ed era in preda al dolore, ma la sua era l'angoscia dell'innocenza che, come una nuvola passeggera davanti alla luna, ne cela per un momento lo splendore, senza per questo macchiarlo. Dolore e disperazione erano penetrati nel fondo del mio cuore; portavo dentro di me un inferno che nulla avrebbe potuto estinguere. Restammo alcune ore con Giustina, e solo con grande fatica Elisabetta poté separarsi da lei. — Vorrei, — gridò, — poter morire con te. Non posso vivere in questo mondo di miseria.

Giustina cercò di assumere un'aria lieta mentre a fatica tratteneva le sue amare lacrime. Abbracciò Elisabetta e disse, con voce resa incerta dall'emozione: — Addio, dolce signora, carissima Elisabetta, mia diletta e sola amica; possa il Cielo nella sua liberalità benedirvi e preservarvi; possa essere questa l'ultima sciagura che mai abbiate a soffrire. Vivete, siate felice e rendete felici gli altri.

Sulla via del ritorno, Elisabetta disse: — Non puoi credere, caro Vittorio, quanto mi senta sollevata ora che sono certa dell'innocenza di quella disgraziata fanciulla.

Mai avrei potuto conoscere ancora la pace, se la mia fede in lei fosse stata delusa. Nel momento in cui l'ho creduta colpevole, ho provato un'angoscia che non avrei potuto sopportare a lungo. Ora il mio cuore è più leggero. L'innocente soffre, ma colei che io credevo affettuosa e buona non ha tradito la fiducia che avevo riposto in lei, e ciò mi conforta.

Cara cugina! tali erano i tuoi pensieri, dolci ed amabili come i tuoi occhi e la tua voce. Ma io... io ero un miserabile, e nessuno potrebbe immaginare lo strazio che mi tormentò allora.

CAPITOLO VIII

Nulla è più penoso per lo spirito umano, dopo i sentimenti provocati da una rapida successione di eventi, della mortale calma che ad essi succede, calma che nega all'animo sia la speranza che la paura. Giustina era morta, riposava, ed io ero vivo. Il sangue scorreva liberamente nelle mie vene, ma sul mio cuore gravava un peso di disperazione e di rimorso che nulla valeva ad alleviare. I miei occhi non conobbero più il sonno; vagavo come uno spirito dannato, perché avevo perpetrato mali indicibili, e perché, cosa che più contava, altri ancora (ne ero certo) me ne riservava l'avvenire. Pure il mio cuore traboccava di gentilezza e di amore per la virtù. Avevo cominciato la vita con le migliori intenzioni, ed avevo atteso con ansia il momento in cui avrei potuto metterle in pratica e rendermi utile al mio prossimo. Ora tutto era distrutto: invece di quella serenità di coscienza che mi avrebbe permesso di guardare al passato con intima soddisfazione e di trarre da esso incentivo a nuove speranze, rimorso e senso di colpa mi confinavano in un inferno di indescrivibili torture.

Tale stato d'animo si ripercuoteva sulla mia salute, che si era rimessa completamente dal primo colpo. Evitavo la vista degli uomini, ogni accenno a gioie e a soddisfazioni era una tortura per me, mia unica consolazione era la solitudine, una solitudine profonda, cupa, simile alla morte.

Mio padre notò il visibile mutamento del mio umore

e delle mie abitudini, e cercò di ragionare con me sulla pazzia di cedere a un dolore eccessivo. — Credi, Vittorio, che anch'io non soffra? — disse. — Nessuno avrebbe potuto amare un fanciullo più di quanto io amavo tuo fratello — (e a queste parole gli occhi gli si riempirono di lacrime) — ma non è forse un dovere verso chi sopravvive astenersi dall'accrescerne l'infelicità con manifestazioni di dolore eccessivo? È anche un dovere verso noi stessi, perché un simile dolore impedisce ogni attività e perfino l'adempimento di quel dovere quotidiano senza cui l'uomo non è degno di vivere nella società.

Il consiglio, per quanto buono, non era applicabile al mio caso: sarei stato il primo a nascondere il mio dolore ed a consolare i miei cari se il rimorso non avesse mescolato la sua amarezza alle altre sensazioni. Potei rispondere quindi a mio padre solo con uno sguardo di disperazione, poi feci di tutto per stare lontano da lui.

Press'a poco in quel periodo ci ritirammo nella nostra casa a Belrive. Questo cambiamento mi riuscì particolarmente gradito. Le porte della città si chiudevano di regola alle dieci, e l'impossibilità di rimanere sul lago dopo quell'ora mi aveva reso particolarmente duro il soggiorno fra le mura di Ginevra. Ora ero libero. Spesso, quando i componenti della mia famiglia si ritiravano per il riposo notturno, prendevo una barca e passavo molte ore al largo. A volte drizzavo la vela e mi lasciavo trasportare dal vento, a volte, dopo aver remato fino al centro del lago, lasciavo che la barca andasse alla deriva e mi abbandonavo alle mie miserabili riflessioni. Spesso, quando tutto attorno a me era pace ed io ero l'unico essere che vagasse inquieto in uno scenario così bello e paradisiaco, con l'eccezione di qualche pipistrello e delle rane il cui gracidio aspro e intermittente si udiva solo allorché ci si avvicinava alla riva, spesso, dico, provai la tentazione di tuffarmi in quel lago silenzioso e di lasciare che le acque si chiudessero per sempre su di me e sulle mie calamità. Ma mi tratteneva il pensiero dell'eroica ed addolorata Elisabetta, che amavo teneramente e la cui esistenza era legata alla mia. Anche a mio padre pensavo, ed al fratello che mi rimaneva; con il mio vile abbandono potevo forse lasciarli esposti senza protezione alla malizia del demone che avevo scatenato?

In quei momenti piangevo amaramente e desideravo che la pace potesse tornare nel mio animo solo per essere in grado di dare loro consolazione e felicità. Ma ciò non sarebbe mai accaduto: il rimorso uccideva ogni speranza. Io ero stato causa di mali irreparabili e vivevo giornalmente nel terrore che il mostro da me creato potesse perpetrare qualche nuova atrocità. Qualcosa mi diceva oscuramente che tutto non era finito, che quell'essere avrebbe commesso un nuovo crimine il quale, con la sua enormità, avrebbe oscurato i precedenti. Sempre c'era di che temere, finché al mondo restasse qualcosa che amavo. Non si può immaginare il mio odio per questo demone. Quando pensavo a lui, digrignavo i denti, i miei occhi si accendevano, ed io avrei voluto poter distruggere quell'essere che con tanta leggerezza avevo creato. Quando ricordavo i suoi delitti e la sua crudeltà, il mio odio e il mio desiderio di vendetta superavano ogni limite. Fino sulla più alta vetta delle Ande mi sarei recato, se di là avessi potuto farlo precipitare ai piedi del monte. Bramavo vederlo ancora per poter sfogare sul suo capo tutto quanto il mio furore e per vendicare la morte di Guglielmo e di Giustina.

La nostra era la casa del lutto. La salute di mio padre era rimasta profondamente scossa dagli ultimi avvenimenti. Elisabetta era triste e sfiduciata; non traeva più diletto alcuno dalle sue normali occupazioni, ed ogni svago le sembrava un sacrilegio verso i morti; pensava allora che dolore eterno e lacrime fossero il giusto tributo che ella doveva pagare all'innocenza così oltraggiata e distrutta. Non era più la felice creatura che, nella prima giovinezza, aveva passeggiato con me sulle rive del lago parlando con entusiasmo dei nostri progetti futuri. Si era fatta seria, e spesso accennava all'incostanza della fortuna ed all'instabilità della vita umana.

— Quando penso, mio caro cugino, — ella diceva, — alla morte infelice di Giustina Moritz, il mondo non mi appare più quello di una volta. Prima credevo che tutti i torti e le cattiverie di cui leggevo o sentivo parlare appartenessero a tempi ormai remoti o fossero frutto di fantasia; tali eventi erano così lontani da me, che non riuscivo a prestarvi fede; ma ora che il dolore è entrato in casa, gli uomini mi sembrano mostri assetati l'uno del sangue dell'altro. Pure sono certo ingiusta. Tutti credevano che quella povera fanciulla fosse colpevole, e se avesse commesso il delitto per cui ha dovuto pagare, certo sarebbe stata la più orribile fra le creature. Assassinare per un gioiello il figlio del suo benefattore e amico, il bimbo che aveva allevato dalla nascita e che sembrava amare come se fosse suo! Benché non desideri la morte di alcun essere umano, avrei certo giudicato una simile creatura inadatta a restare nella società degli uomini. Ella era invece innocente; tu sei del mio stesso parere, e ciò mi conferma nella mia persuasione. Ahimè, Vittorio, chi può trovare un poco di felicità, se il falso sa essere tanto simile al vero? Mi sembra di camminare sull'orlo di un precipizio verso il quale fanno ressa migliaia di persone che cercano di spingermi nell'abisso. Guglielmo e Giustina sono stati assassinati, e l'autore del delitto è fuggito. Egli cammina per il mondo, libero e forse rispettato. Ma anche se fossi condannata a soffrire sulla forca per quegli stessi crimini, non mi cambierei con un simile mostro.

Ascoltai le sue parole con un'angoscia estrema. Nella sostanza, se non nella forma, il vero assassino ero io. Elisabetta lesse sul mio viso il tormento, e, prendendomi affabilmente per una mano, disse: — Mio cugino carissimo, devi calmarti. Dio sa quanto profondamente mi hanno colpito questi avvenimenti; pure non mi sono lasciata sconvolgere come te. Sul tuo volto c'è un'espressione di disperazione, e qualche volta di vendetta, che mi fa tremare. Sii calmo, mio caro Vittorio; sacrificherei la mia vita alla tua pace. Certo saremo felici; calmi nel nostro paese nativo, lontani dal mondo, che cosa potrà turbare la nostra tranquillità?

Piangeva mentre pronunciava queste parole, senza badare al sollievo che mi dava; ma nello stesso tempo sorrideva per scacciare dal mio cuore il demone che vi indugiava. Mio padre, leggendo nell'infelicità che recavo dipinta in viso un'esagerazione della pena che avrei dovuto naturalmente provare, pensò che un diversivo confacente ai miei gusti sarebbe stato il mezzo migliore per restituirmi alla serenità. Egli stesso desiderava allontanarsi dal paese, e, indotto da ciò, propose che tutti assieme facessimo un'escursione nella valle di Chamonix. Io conoscevo già quella zona, ma non così Elisabetta ed Ernesto, ed entrambi avevano espresso sovente il desiderio di ammirare quel paesaggio che era stato descritto loro come meraviglioso. Verso la metà di agosto, due mesi circa dopo la morte di Giustina, partimmo dunque da Ginevra per questa escursione.

Il tempo era insolitamente bello, e se la mia angoscia fosse stata di natura tale da poter essere eliminata da circostanze transitorie, quella gita avrebbe certo raggiunto lo scopo cui mio padre mirava. Così come stavano le cose, io mi lasciavo conquistare in un certo senso dal panorama, e ciò qualche volta valeva ad alleviare il mio dolore, pur senza riuscire a soffocarlo. Il primo giorno viaggiammo in vettura. Al mattino avevamo visto in distanza le montagne verso cui ci stavamo dirigendo lentamente. Notammo come la valle che stavamo risalendo, quella del fiume Arve di cui seguivamo il corso, si faceva sempre più stretta, ed al tramonto scorgemmo catene immense e dirupate che ci dominavano da ogni parte, e udimmo il rumore del torrente che scorreva fra le rocce e si frangeva in mille cascate.

Il giorno seguente continuammo il viaggio a dorso di mulo, e a mano a mano che ci portavamo più in alto la valle assumeva un aspetto meraviglioso. Castelli in rovina si drizzavano sugli strapiombi di montagne coperte di pini; l'impetuoso Arve ed i casolari che facevano capolino qua e là fra gli alberi costituivano uno scenario di singolare bellezza, accresciuta dalle possenti Alpi che, con le loro guglie e le loro piramidi scintillanti, parevano appartenere a un altro pianeta, essere la dimora di un'altra razza.

Passato il ponte di Pelissier, dinanzi a noi si spalancò la forra in cui scorre il fiume; poi cominciammo a salire la montagna che lo domina. Poco dopo entrammo nella valle di Chamonix. Tale valle è stupenda, ma non pittoresca come quella di Servox che avevamo appena attraversato. Le montagne alte e coperte di neve la circondavano a picco; non si vedevano castelli in rovina né campi fertili, ma ghiacciai immensi scendevano fin quasi alla strada; udimmo il suono minaccioso della valanga che cadeva e scorgemmo la scia che ne segnava il passaggio. Il Monte Bianco, il sublime Monte Bianco, si drizzava fra le *aiguilles* circostanti, e il suo maestoso *dôme* troneggiava sulla valle.

Nel corso di questa escursione, mi unii talvolta a Elisabetta, sforzandomi di indicarle le varie bellezze del panorama. Spesso però lasciavo che il mio mulo venisse distanziato e mi abbandonavo ad angosciose riflessioni.

Altre volte spronavo la mia cavalcatura perché precedesse i compagni e mi fosse così possibile dimenticare loro, il mondo e soprattutto me stesso. Quando li avevo distanziati a sufficienza, scendevo di sella e mi lasciavo cadere sull'erba, sopraffatto dall'orrore e dalla disperazione. Raggiungemmo Chamonix alle otto di sera. Mio padre ed Elisabetta erano stanchissimi; Ernesto, che ci aveva accompagnato, era eccitatissimo e di ottimo umore; l'unica circostanza che attenuasse la sua contentezza era il vento del sud che faceva prevedere la pioggia per il giorno seguente.

Ci ritirammo di buon'ora, ma non per dormire, per quello almeno che mi riguarda. Rimasi molte ore alla finestra, a guardare le luci pallide che giocavano sul Monte Bianco e ad ascoltare il rumore dell'Arve che scorreva ai miei piedi.

CAPITOLO IX

Il giorno seguente, contrariamente alle previsioni della nostra guida, il tempo era buono, anche se nuvoloso. Visitammo le sorgenti dell'Arveiron e ci aggirammo per la valle fino a sera. Queste scene magnifiche mi diedero tutto quel conforto che ero in grado di ricevere. Mi trasportarono al disopra di ogni sentimento meschino, e, pur non riuscendo ad annullare il mio dolore, lo placarono e lo attutirono. In un certo qual modo distolsero anche la mia mente dai pensieri che l'avevano ossessionata nell'ultimo mese. Rientrai la sera stanco ma meno infelice, e chiacchierai con i miei familiari con un'allegrezza maggiore di quella che mi era abituale da qualche tempo. Mio padre ne fu lietissimo, ed Elisabetta esultò. — Mio caro cugino, — disse, — vedi quanta allegria diffondi attorno a te quando sei felice; cerca dunque di non fare ricadute!

Il mattino seguente la pioggia scrosciava a torrenti ed una fitta nebbia celava le vette delle montagne. Ciò valse a deprimermi terribilmente; mi abbandonai di nuovo al mio consueto stato d'animo e mi sentii infelice. Sapevo quanto mio padre sarebbe rimasto deluso per questo improvviso mutamento, e decisi perciò di evitarlo fino a quando non mi fosse riuscito di nascondere i sentimenti che mi dominavano. Ero certo che i miei compagni sarebbero rimasti tutto il giorno nella locanda, ed allora, abituato com'ero a sopportare la pioggia, l'umidità ed il freddo, decisi di scalare da solo la vetta del Montanvert. Ricordavo l'impressione che lo spettacolo di quel ghiacciaio tremendo ed in perpetuo movimento aveva prodotto su di me quando lo avevo visto per la prima volta: una specie di estasi si era impossessata della mia anima. La vista di ciò che v'è di terribile e di maestoso nella natura aveva sempre destato in me un senso di solennità e mi aveva fatto dimenticare le cure passeggere della vita. Decisi di andare da solo, perché conoscevo bene il sentiero, e perché la presenza di un'altra persona avrebbe turbato la solenne maestà del paesaggio.

La salita è ripidissima, ma il sentiero si snoda in curve brevi e continue che permettono di superare la perpendicolarità del monte. È uno spettacolo di una desolazione spaventosa. Dovunque si scorgono le tracce delle valanghe invernali, là dove gli alberi giacciono spezzati o inclinati verso il suolo, quali distrutti, quali contorti, appoggiati su rocce sporgenti o puntellati di traverso su altri alberi. A mano a mano che si sale, il sentiero è intersecato da nevai lungo i quali le pietre cadono ininterrottamente; ed uno di questi nevai è particolarmente pericoloso, in quanto basta il minimo suono, anche una parola pronunciata ad alta voce, a provocare uno spostamento d'aria sufficiente ad attirare la distruzione sul capo di chi ha parlato. I pini non sono alti né verdeggianti, ma cupi, ed aggiungono alla scena un che di austero. Guardai la valle ai miei piedi: vasti banchi di nebbia salivano dai torrenti ed avvolgevano in fitte spire le opposte montagne mentre la pioggia, cadendo da un cielo plumbeo, accresceva la melanconia. Ahimè! perché l'uomo ha una sensibilità superiore a quella dei bruti? Ciò serve solo a rendergli l'esistenza più difficile. Se i nostri impulsi si limitassero alla fame, alla sete e al desiderio, potremmo essere quasi liberi; invece ci lasciamo trasportare da ogni soffio di vento, o da una parola casuale o dalla scena che questa parola può presentarci alla mente.

> Dormiamo: un sogno ha forza di avvelenarci il sonno...
> Desti: un pensier tormenta ciascun'ora del dì...
> Ci guidi la ragione, o l'intuito o l'istinto;

che si rida o si pianga, che si abbracci il dolore
o si scacci l'affanno... tutto è per l'uomo eguale,
perché, gioia o dolore, quaggiù tutto finisce.
L'ieri dell'uomo mai sarà pari al domani;
unica si perpetua la mutabilità.

Era quasi mezzogiorno quando giunsi al termine della scalata. Per qualche tempo sedetti sulla roccia che domina la « Mer de Glace ». Era coperto di nebbia, come le montagne circostanti. Poco dopo un soffio di vento dissipò la nuvola, ed io discesi sul ghiacciaio. La sua superficie è tormentatissima, perché si drizza come le onde di un mare agitato, si abbassa, si fende in crepacci vertiginosi. Il campo di ghiaccio è largo una lega circa, ma io impiegai quasi due ore ad attraversarlo. La montagna prospiciente è una roccia nuda e strapiombante. Montanvert era di fronte al luogo dove mi trovavo, ad una lega esatta di distanza, e sopra di esso si ergeva, in tutta la sua maestà, il Monte Bianco. Mi fermai in un anfratto della roccia ad ammirare quel panorama meraviglioso e impressionante. Il mare, o meglio il fiume di ghiaccio correva fra le montagne del massiccio, che con le loro aeree cime incombevano su ogni suo recesso. I picchi coperti di neve e scintillanti brillavano al sole, sopra le nubi. Il mio cuore, poco prima straziato dall'angoscia, traboccava ora di un sentimento simile alla gioia; esclamai: — Spiriti vaganti, se pur vagate e non riposate nei vostri stretti giacigli, lasciatemi almeno questa piccola felicità, o portatemi in vostra compagnia, lungi dalle gioie della vita.

Mentre pronunciavo queste parole, scorsi a un tratto, a qualche distanza, un'ombra che avanzava verso di me a velocità troppo grande per un essere umano. Superava i crepacci del ghiacciaio fra i quali avevo avanzato con tanta precauzione; la sua statura, a mano a mano che si avvicinava, sembrava superiore a quella di un uomo.

Mi sentii turbato: una nebbia mi calò sugli occhi, ed ebbi l'impressione di venire meno; ma subito il vento freddo della montagna mi fece riavere. Come la forma mi fu presso, scorsi (visione tremenda) che si trattava del mostro da me creato. Tremai di rabbia e di orrore, deciso ad attenderlo per ingaggiare poi con lui una lotta mortale. Si avvicinò: il suo volto esprimeva angoscia cui si univano sdegno e malignità, mentre la sua mostruosa laidezza lo rendeva intollerabile ad occhio umano. Ma quasi non me ne accorsi; l'ira mi aveva dapprima ammutolito, e mi ripresi solo per inveire contro di lui con parole che esprimevano odio e disprezzo.

— Demonio! — esclamai. — Come osi avvicinarti a me? Non temi la vendetta del mio braccio sul tuo miserabile capo? Vattene, vile insetto! O meglio, rimani perché io possa calpestarti e ridurti in polvere. Oh, potessi, distruggendo la tua miserabile esistenza, richiamare a vita quelle vittime che tu hai assassinato in maniera così diabolica!

— Mi aspettavo una simile accoglienza, — disse il demone. — Tutti gli uomini odiano gli sciagurati; quanto allora devo essere odiato io, di gran lunga il più miserabile fra gli esseri viventi. Pure tu, mio creatore, detesti e disprezzi me, tua creatura, a cui sei legato da vincoli che solo l'annientamento di uno di noi può sciogliere. Il tuo proposito è di uccidermi. Come osi giocare a questo modo con la vita? Adempi ai tuoi doveri verso di me, ed io adempierò ai miei verso di te e verso il resto dell'umanità. Se accetterai le mie condizioni, lascerò in pace sia loro che te; ma se rifiuti, alimenterò la morte fino a quando essa non sarà sazia del sangue degli amici che ancora ti rimangono.

— Mostro abietto! Demone che non sei altro! Le torture dell'inferno sarebbero castigo troppo lieve per i tuoi delitti. Maledetto diavolo! Tu mi rimproveri di averti creato; fatti avanti allora, perché possa estinguere la scintilla che ti ho tanto avventatamente donato.

Accecato dall'ira, mi scagliai contro di lui, spinto da tutti quei sentimenti che possono armare un essere contro un altro essere.

Egli mi evitò facilmente e disse:

— Càlmati! Ti scongiuro di ascoltarmi prima di sfogare il tuo odio sul mio capo maledetto. Non ho forse sofferto abbastanza perché tu cerchi di aumentare la mia angoscia? La vita, per quanto sia soltanto un cumulo di dolori, mi è cara, ed io la difenderò. Ricordati che mi hai fatto più forte di te; la mia altezza è superiore alla tua, le mie membra più agili. Ma non mi lascerò tentare a mettermi contro di te. Sono tua creatura, e voglio essere docile e sottomesso con il mio naturale signore e padrone, se anche tu farai la tua parte, cosa di cui mi vai debitore. Oh, Frankenstein, non essere equo con gli altri unicamente per calpestare me a cui maggiormente devi non solo giustizia, ma anche clemenza ed affetto. Sono tua creatura, ricordalo: avrei dovuto essere il tuo Adamo, e sono invece l'angelo caduto che tu hai allontanato dalla gioia senza colpa alcuna da parte sua. Dappertutto vedo benedizioni dalle quali io solo sono irrevocabilmente escluso. Ero buono: la miseria ha fatto di me un demone. Rendimi felice, ed io sarò di nuovo virtuoso.

— Vattene! Non voglio ascoltarti. Non ci possono essere rapporti fra te e me: siamo nemici. Vattene, o misuriamo le nostre forze in una lotta in cui uno di noi dovrà soccombere.

— Come commuoverti? Le mie suppliche non ti spingeranno ad essere pietoso verso la tua creatura, che implora bontà e compassione? Credimi, Frankenstein, ero buono, il mio animo ardeva d'amore per l'umanità; ma non sono forse solo, spaventosamente solo? Tu, mio creatore, hai orrore di me; quale speranza posso riporre nei tuoi simili, che non mi devono nulla? Essi mi disprezzano e mi odiano. Le montagne deserte ed i tetri ghiacciai sono il mio rifugio. Ho vagato quassù per molti giorni; le caverne di ghiaccio, che io solo non temo, sono un rifugio per me, l'unico che l'uomo non mi disputi. Amo questi cieli cupi, perché essi sono più gentili verso di me dei tuoi simili. Se sapesse della mia esistenza, l'umanità tutta quanta farebbe come te, si armerebbe per uccidermi. Non dovrei dunque odiare chi mi detesta? Non scenderò a patti con i miei nemici. Sono sciagurato, ma essi dovranno dividere la mia miseria. È in tuo potere ricompensarmi e liberare gli uomini da un flagello che solo per causa tua può diventare così terribile che non solo te e la tua famiglia, ma anche migliaia di altri esseri correrebbero il rischio di esserne travolti. Làsciati muovere a compassione e non disdegnarmi. Ascolta la mia storia, e dopo abbandonami o compiangimi, a secondo di ciò che ti sembrerà giusto. Ma ascoltami. Le leggi umane, per sanguinose che siano, concedono ai colpevoli di parlare in propria difesa, prima di condannarli. Porgimi orecchio, Frankenstein. Mi accusi di delitto, ma distruggeresti con tranquilla coscienza la tua stessa creatura. Oh, loda pure la giustizia dell'uomo. Ma io non ti chiedo di risparmiarmi: ascoltami, e poi, se potrai, e se vorrai, distruggi l'opera delle tue mani.

— Perché vuoi richiamarmi alla memoria circostanze, che mi fanno rabbrividire al pensiero di esserne stato la causa? Maledetto sia il giorno in cui tu hai visto la luce, demone orrendo. Maledette siano le mani che ti hanno plasmato, anche se maledico me stesso. Mi hai reso infelice al dilà di ogni immaginazione. Non mi hai lasciato la facoltà di riflettere se sono giusto o meno nei tuoi confronti. Vattene! Liberami dallo spettacolo della tua odiosa presenza.

— Così te ne libero, mio creatore, — disse, e pose dinanzi ai miei occhi la sua mano che io respinsi da me con violenza; — così ti evito uno spettacolo che ti è odioso. Pure puoi ascoltarmi e concedermi la tua compassione. Questo ti chiedo, in nome delle virtù che una volta possedevo. Ascolta la mia storia: è lunga e strana, e la temperatura di questo luogo non si adatta ai tuoi sensi delicati; vieni nella capanna sulla montagna. Il sole è ancora alto nei cieli; prima che esso scenda a nascondersi dietro quei precipizi nevosi per illuminare un altro mondo, tu avrai udito il mio racconto e potrai decidere. Sta a te se debba lasciare per sempre la compagnia dell'uomo e condurre un'esistenza inoffensiva, o diventare un flagello per i tuoi simili e l'autore della tua sollecita rovina.

Così dicendo, si incamminò sul ghiaccio: lo seguii. Avevo il cuore in tumulto e non gli risposi; ma, mentre procedevo, soppesai i vari argomenti da lui addotti e decisi di ascoltare almeno la sua storia. Questa decisione, dovuta in parte a curiosità, era rafforzata da un certo qual senso di compassione. Lo avevo fino allora considerato l'assassino di mio fratello, e desideravo ardentemente una conferma o una smentita a tale opinione. Per la prima volta sentivo anche quali erano i doveri di un creatore verso la sua creatura, pensavo che avrei dovuto renderlo felice prima di deplorare la sua malvagità. Questi motivi mi inducevano ad acconsentire alla sua richiesta. Attraversammo il ghiacciaio e scalammo il dirupo opposto. L'aria era fredda, e ricominciò a cadere la pioggia: entrammo nella capanna, il demone con un'espressione di esultanza, io con il cuore pesante e lo spirito oppresso. Ma accettai di ascoltarlo, e, come fui seduto accanto al fuoco che il mio odioso compagno aveva acceso egli iniziò la sua narrazione.

CAPITOLO X

È con grande difficoltà che ricordo il primo periodo della mia esistenza: tutti gli eventi di allora mi appaiono confusi ed indistinti. C'era in me una strana molteplicità di sensazioni, ed io vedevo, sentivo, udivo ed odoravo contemporaneamente; occorse invero molto tempo perché imparassi a distinguere i vari sensi. A un tratto, ricordo, una luce mi abbagliò obbligandomi a chiudere gli occhi. Mi avvolsero allora le tenebre, ed io mi turbai; ma subito riaprii gli occhi, come ora ritengo, e la luce tornò ad inondarmi. Camminai e, credo, discesi; ma ben presto un grande mutamento si manifestò nelle mie sensazioni. Prima mi avevano circondato corpi oscuri ed opachi, impenetrabili al tatto o alla vista; ora invece mi accorgevo di poter vagare a mio piacimento, senza ostacoli che non potessi superare o aggirare. La luce mi si fece sempre più molesta, il caldo opprimente, ed io cercai un luogo dove potessi trovare ombra. Raggiunsi la foresta vicino a Ingolstad e mi sdraiai sulla riva di un ruscello a riposare, fino a quando non cominciai ad avvertire i tormenti della fame e della sete. Ciò mi scosse dal mio dormiveglia, e mangiai alcune bacche che pendevano dagli alberi o crescevano fra l'erba. Saziai la sete al ruscello, poi mi misi a giacere, vinto dal sonno.

Era buio quando mi svegliai; avevo anche freddo, e, per istinto, provavo un certo timore a trovarmi così solo. Prima di lasciare la tua casa, a una sensazione di freddo, avevo indossato qualche abito, insufficiente però a ripararmi dalla brina notturna. Ero un povero disgraziato, miserabile e senza speranza; non sapevo né potevo distinguere alcunché, ma, sentendo il dolore assalirmi, mi misi a sedere e piansi.

Poco dopo una tenua luce si diffuse nel cielo e mi diede un senso di conforto. Mi alzai, e vidi una forma radiosa salire fra gli alberi. La osservai con meraviglia. Si muoveva lentamente, ma illuminava il mio cammino, ed io andai ancora in cerca di bacche. Avevo ancora freddo quando, ai piedi di un albero, trovai un grande mantello; mi avvolsi in esso e mi sedetti per terra. Non avevo idee chiare in mente: tutto era confuso. Percepivo la luce e le tenebre, la fame e la sete; innumerevoli suoni mi rintronavano alle orecchie e vari odori mi salutavano da ogni parte: il solo oggetto che potessi distinguere era la luna scintillante, e su di essa fissai gli occhi con piacere.

Ci fu un lungo alternarsi di giorni e di notti, e l'astro notturno si era molto rimpicciolito quando incominciai a distinguere l'una dall'altra le mie sensazioni. A poco a poco giunsi a individuare chiaramente il limpido rivo al quale mi dissetavo e gli alberi che mi facevano ombra. Fui molto lieto quando mi accorsi come i suoni piacevoli che spesso mi risuonavano all'orecchio provenivano da quei piccoli animali alati che tante volte celavano per un attimo la luce ai miei occhi. Presi anche ad osservare con la massima cura gli oggetti che mi circondavano ed a percepire i confini della radiosa vôlta che si stendeva sopra di me come un baldacchino. Talora cercavo di imitare i dolci canti degli uccelli, ma invano. Qualche volta provavo il desiderio di esprimere le mie sensazioni, ma i suoni inarticolati e bizzarri che emettevo mi spaventavano tanto da ridurmi di nuovo al silenzio.

La luna scomparve dal cielo, e quando tornò a mostrarsi, in forma più piccola, io ero ancora nella foresta. Le mie sensazioni si erano fatte, a poco a poco, distinte, ed ogni giorno la mia mente afferrava concetti nuovi. I miei occhi si abituarono alla luce e furono presto in grado di distinguere gli oggetti dalla loro forma: imparai a fare differenza fra un insetto e un'erba, e, per gradi, fra un'erba ed un'altra erba. Notai che il passero poteva emettere solo poche note aspre, mentre quelle del merlo e della tortora erano dolci e soavi.

Un giorno che ero oppresso dal freddo, trovai un fuoco lasciato acceso da alcuni vagabondi, e mi sentii invadere di gioia al calore che da esso proveniva. Nel mio giubilo, infilai la mano fra le ceneri ardenti, ma subito la ritrassi con un grido di dolore. Strano, pensai, che la stessa causa potesse provocare effetti così opposti. Esaminai il materiale da cui il fuoco si sprigionava, e con grande soddisfazione vidi che si trattava di legno. Subito raccolsi alcuni rami; ma erano umidi e non bruciavano. Questo mi scoraggiò, e sedetti ad osservare l'opera delle fiamme. Il legno umido, esposto al calore, si asciugò e prese fuoco. Cominciai a riflettere: toccando i vari rami scoprii la causa di ciò, e mi diedi da fare a raccogliere una grande quantità di legna per farla asciugare ed avere una buona provvista di combustibile. Quando venne la notte e con essa il sonno, mi invase, acutissimo, il timore che il fuoco potesse spegnersi. Lo coprii accuratamente di legna secca e di foglie, poi posi al disopra di esso rami umidi; quindi distesi il mantello a terra e mi addormentai.

Era mattina quando mi svegliai, ed il mio primo pensiero fu di andare a vedere il fuoco. Lo scoprii, ed una lieve brezza lo tramutò rapidamente in fiamma. Notai anche questo, ed apprestai un ventaglio di foglie che mi servì a ridar vita alle ceneri quando esse stavano per spegnersi. Quando tornò la notte, mi accorsi con gioia che il fuoco dava non solo calore ma anche luce, e che la scoperta di questo elemento poteva tornarmi utile anche nei riguardi del cibo, perché notai come alcuni avanzi che i viaggiatori avevano lasciato arrostire riuscissero molto più saporiti delle bacche che raccoglievo dagli alberi. Cercai, quindi, di trattare il mio alimento allo stesso modo, appoggiandolo sulla cenere ardente. Trovai che, in questa maniera, le bacche si rovinavano, mentre noci e radici guadagnavano moltissimo.

Ma il cibo si era fatto scarso, e spesso passavo tutta la giornata nella vana ricerca di poche ghiande con cui placare la fame. Come mi accorsi di ciò, decisi di abbandonare il luogo dove avevo fino allora abitato, per cercarne un altro dove potessi più facilmente soddisfare quei pochi bisogni che si manifestavano in me. In questa migrazione dovetti lamentare l'amara perdita del fuoco, che avevo ottenuto per caso e che non sapevo come riprodurre. Dedicai molte ore all'esame di tale difficoltà, ma fui costretto ad abbandonare ogni tentativo in questo senso; e, dopo essermi avvolto nel mantello, attraversai il bosco dirigendomi verso il punto in cui tramontava il sole. Dopo tre giorni di vagabondaggi, raggiunsi alla fine l'aperta campagna. La notte precedente c'era stata una grande nevicata, ed i campi erano di un bianco uniforme; lo spettacolo era desolante, ed avevo i piedi gelati dalla sostanza fredda ed umida che copriva il suolo.

Erano quasi le sette del mattino, ed io desideravo ardentemente cibo e ricovero; scorsi alla fine, su un rialzo del terreno, una piccola capanna che era stata senza dubbio fabbricata per dare asilo a qualche pastore. Era uno spettacolo nuovo per me, ed esaminai la costruzione con grandissima curiosità. Trovai la porta aperta ed entrai. Accanto a un fuoco sedeva un vecchio che stava preparando la sua colazione. Si voltò al rumore, e, come mi vide, emise un grido altissimo e, precipitandosi fuori della capanna, prese a correre per i campi con una velocità che il suo esile aspetto non avrebbe lasciato supporre. Il suo fisico, diverso da tutto ciò che mai avessi visto, e la sua fuga mi sorpresero. Ma la capanna, in tutto il suo assieme, mi estasiò addirittura: lì dentro neve e pioggia non potevano penetrare, il suolo era asciutto; essa parve a me un rifugio divino, quale, dopo le sofferenze del lago di fuoco, deve apparire il Pandæmonium ai demoni. Divorai avidamente i resti della colazione del pastore, che consisteva in pane, formaggio, latte e vino; ma quest'ultimo non mi piacque. Vinto dalla fatica, mi sdraiai su un poco di paglia e mi addormentai.

Era mezzogiorno quando mi destai. Allettato dal tepore del sole che scintillava sul suolo candido, decisi di riprendere il mio viaggio; e, dopo aver messo i resti della colazione del contadino in una bisaccia, vagai per ore e ore per i campi finché, al tramonto, giunsi a un villaggio. Esso mi parve qualcosa di veramente miracoloso. Capanne, villette, case monumentali si imposero via via alla mia ammirazione. Le frutta nei giardini, il latte e il cacio che vedevo sulla finestra di qualche villetta mi stuzzicarono l'appetito. Entrai in una delle più belle fra queste villette, ma appena avevo messo il piede sulla soglia, che i fanciulli presero a gridare ed una donna svenne. Tutto il villaggio si abbandonò allo scompiglio; ci fu chi fuggì e chi mi assalì, fino a quando, contuso dalle pietre e da altri proiettili, riparai in aperta campagna e mi rifugiai, pieno di timore, in una capanna che, quasi nuda, faceva ben misero contrasto con i palazzi che avevo visto nel villaggio. Questa capanna era addossata ad una villetta dall'aspetto pulito ed accogliente, ma, dopo la mia recente esperienza pagata a così caro prezzo, non osai entrare là dentro. Il mio rifugio, costruito in legno, era così basso che a stento potevo starvi ritto. Il pavimento non era di legno, ma di terra! pure era asciutto, e per quanto il vento vi penetrasse da innumerevoli fessure, trovai che quel luogo rappresentava un piacevole asilo contro la pioggia e la neve.

Lì dunque mi ritirai, e mi coricai, felice di aver trovato un rifugio, per quanto misero, contro i rigori della stagione e, ancor più, contro la barbarie e la crudeltà dell'uomo.

Appena fu giorno, scivolai fuori del mio covo, per dare un'occhiata alla vicina villetta e vedere se potevo restare in quella specie di abitazione che mi era riuscito di trovare. Era situata sul retro della casa e protetta sugli altri lati da un recinto per maiali e da una pozza di acqua limpida. Un lato era libero, ed era quello da cui ero entrato; subito barricai con pietre e legno ogni apertura dalla quale potessi essere scorto, ma i miei ripari erano posti in modo tale che avrei potuto toglierli quando avessi voluto uscire; tutta la luce che avevo giungeva dal recinto, ed era sufficiente per me.

Dopo aver così sistemato la mia abitazione e dopo aver ricoperto il pavimento di paglia pulita, mi ritirai, perché avevo visto in distanza la figura di un uomo, e ricordavo troppo bene il trattamento che mi era stato inflitto la sera precedente per fidarmi di lui. Prima, tuttavia, avevo pensato al mio sostentamento per quel giorno con una forma di pane raffermo, che avevo rubato, e con una chicchera con la quale, più facilmente che non con le mani, avrei potuto bere l'acqua pura che scorreva accanto al mio rifugio. Il pavimento, in lieve rialzo, era asciuttissimo, ed anche abbastanza tiepido, data la sua vicinanza al camino della villetta.

Così stando le cose, decisi di restare in quella capanna fino a che non intervenisse qualcosa a mutare la mia determinazione. Si trattava infatti di un vero paradiso, se lo si paragonava alla tetra foresta che aveva rappresentato la mia precedente dimora, con i rami stillanti pioggia e la terra umida. Divorai con piacere la mia colazione, ed ero sul punto di rimuovere una tavola per andare a prendere un poco d'acqua, quando udii un rumore di passi e, spiando attraverso una fessura, vidi passare accanto alla mia capanna una fanciulla che recava un secchio sulla testa. La ragazza, molto giovane, aveva un portamento aggraziato, assolutamente diverso da quello che ho in seguito notato fra i contadini e i servi di campagna. Pure vestiva molto semplicemente, perché tutto il suo abbigliamento consisteva in una rozza sottana azzurra ed in una giacca di lino; i suoi capelli, biondi e ondulati, non recavano nastri, ed ella appariva paziente, ma triste. La perdetti di vista, e un quarto d'ora dopo circa ritornò, reggendo il secchio che era ora pieno a mezzo di latte. Mentre camminava, affaticata, secondo ogni apparenza, da quel carico, le si fece incontro un giovane che recava dipinta sul viso un'espressione di scoraggiamento. Dopo aver pronunciato qualche parola con aria melanconica, il giovane le prese dalla testa il secchio e lo portò nella villetta. Ella lo seguì, e scomparvero. Poco dopo il giovane ricomparve con qualche attrezzo in mano, ed attraversò il campo che si apriva dietro la casa; anche la ragazza si diede da fare, ora nell'interno, ora nel cortile.

Esaminando il mio rifugio, mi accorsi che una delle finestre della casa aveva una volta dato su di esso, ma che ora i vetri erano stati sostituiti da pannelli di legno. In uno di questi pannelli c'era una fessura minuscola, quasi impercettibile, tale da permettere appena il passaggio dello sguardo. Attraverso questa fessura si vedeva una piccola stanza imbiancata a calce e pulita, ma quasi priva di mobili. In un angolo, accanto a un piccolo fuoco, sedeva un vecchio, il capo fra le mani in atteggiamento sconsolato. La ragazza stava riordinando la casa, ma poco dopo tolse da un cassetto qualcosa che le tenne occupate le mani, ed andò a sedersi accanto al vecchio, il quale, preso uno strumento, cominciò a suonare ed a trarre note più dolci della voce del tordo o dell'usignolo. Era uno spettacolo delizioso, anche per me, povero sciagurato, che mai avevo visto alcunché di così bello. I capelli d'argento e l'aspetto benevolo del vecchio padron di casa mi ispirarono rispetto, e le movenze aggraziate della ragazza mi conquistarono. Egli suonava un'aria dolce e triste, che faceva spuntare le lacrime dagli occhi della sua amabile compagna; ma di ciò il vecchio non si accorse fino a quando ella non singhiozzò in modo percettibile. Egli allora pronunciò qualche parola, e la gentile creatura, lasciando il lavoro, si inginocchiò ai suoi piedi. Ma l'altro la sollevò, e le sorrise con tanta tenerezza, che mi sentii invadere da una sensazione strana e sconvolgente: era un misto di dolore e di piacere quale mai prima avevo provato, né per fame o freddo, né per calore o cibo; e, incapace di reggere a una simile emozione, mi allontanai dalla finestra.

Poco dopo entrò il giovane, recando sulle spalle un carico di legna. La fanciulla gli andò incontro, lo aiutò a liberarsi del peso, portò nella stanza un poco di combustibile e lo mise sul fuoco; poi si ritirò assieme al giovane in un angolo, ed egli le mostrò una grossa pagnotta ed una fetta di formaggio. Ella parve lieta; andò in giardino a raccogliere qualche erba e qualche radice, le mise nell'acqua, poi le portò sul fuoco. Riprese quindi il suo lavoro, mentre il giovane usciva nel giardino ed incominciava a scavare e a raccogliere radici. Si dedicò a questa occupazione per un'ora circa, poi la giovane lo raggiunse e rientrarono assieme in casa.

Nel frattempo il vecchio si era abbandonato ai propri pensieri; ma, come i suoi compagni rientrarono, prese un'aria più lieta, e tutti sedettero a mangiare. Il pranzo fu rapido. La giovane donna tornò allora a riordinare la stanza; il vecchio passeggiò per qualche minuto al sole davanti alla casa, appoggiandosi al braccio del giovane. Nulla avrebbe potuto essere più bello del contrasto fra quelle due eccellenti creature. L'uno era vecchio e il suo volto raggiava benevolenza ed amore; il più giovane aveva una corporatura snella e aggraziata e dei lineamenti perfetti; pure i suoi occhi ed i suoi modi esprimevano tristezza e scoraggiamento. Il vecchio rientrò in casa, e il giovane, con attrezzi differenti da quelli che aveva usato il mattino, diresse i suoi passi verso i campi.

Sopraggiunse presto la notte, ma, con mio grande stupore, vidi che i miei vicini avevano mezzo di prolungare la luce mediante l'uso di candele, e fu una gioia per me constatare che il tramonto del sole non metteva fine al piacere che io ritraevo dall'osservare esseri umani. Nel corso della sera la giovane e il suo compagno si dedicarono a occupazioni che mi riuscirono incomprensibili, e il vecchio prese ancora lo strumento i cui divini concenti mi avevano incantato al mattino. Appena ebbe finito, il giovane prese ad emettere suoni monotoni che non ricordavano neppur lontanamente né l'armonia dello strumento del vecchio né il canto degli uccelli: scoprii poi che leggeva ad alta voce, ma allora nulla sapevo della scienza del linguaggio o delle lettere.

Dopo essere rimasta così occupata per qualche tempo, la famiglia spense le luci e si ritirò, come immaginai, per riposare.

CAPITOLO XI

Mi coricai sulla paglia, ma non mi riuscì di prendere sonno. Pensavo agli avvenimenti della giornata. Ciò che più mi aveva colpito erano i modi gentili di quella gente; desideravo ardentemente di unirmi a loro, ma non ne avevo il coraggio. Ricordavo troppo bene il trattamento che mi era stato riservato dai barbari abitanti del villaggio la sera precedente, e decisi che, qualunque linea di condotta avessi giudicato opportuno di seguire in futuro, per il momento sarei rimasto nel mio rifugio, a osservare ed a cercar di scoprire i moventi delle azioni dei miei vicini.

Il mattino seguente gli abitanti della casa si alzarono prima del sorgere del sole. La fanciulla mise tutto in ordine e preparò da mangiare, e il giovane, dopo la prima colazione, uscì.

La giornata trascorse allo stesso modo della precedente.

Il giovane rimase sempre fuori a lavorare, e la fanciulla si dedicò a faticose occupazioni casalinghe. Il vecchio, che, come non tardai ad accorgermi, era cieco, impiegò il tempo a suonare o a meditare. Nulla può essere paragonato all'amore e al rispetto dei due giovani per il loro venerabile compagno. Ogni premura, ogni attenzione era rivolta a lui, ed egli li ricompensava con un dolce sorriso.

Pure, non erano felici. Spesso il giovane e la sua compagna si appartavano, e sembrava piangessero. Non capivo il perché della loro infelicità, ma la cosa mi affliggeva profondamente. Se creature così gentili erano infelici, non era strano che lo fosse un miserabile come me. Ma perché soffrivano? Avevano una casa deliziosa (poiché tale appariva ai miei occhi) ed ogni comodità: un fuoco per scaldarsi se avevano freddo e cibi prelibati se avevano fame; erano ben coperti, e, cosa ancor più importante, godevano della reciproca compagnia ed ogni giorno si scambiavano sguardi di tenero affetto. Che significavano le loro lacrime? Esprimevano esse davvero dolore? Non mi riuscì sulle prime di rispondere a queste domande, ma un'attenzione ininterrotta ed il tempo mi spiegarono molte cose che mi erano apparse enigmatiche.

Trascorse molto tempo prima che potessi individuare una delle cause di disagio della famiglia: era la povertà, che li assillava in tutto il suo vigore. Il loro nutrimento era costituito soltanto dalle verdure dell'orto e dal latte di una mucca, che ne produceva assai poco durante l'inverno, quando i suoi padroni faticavano a procurarsi il foraggio per sostentarla. Spesso, credo, sentivano gli acuti morsi della fame, specie i due giovani, che più di una notte mettevano il loro cibo nel piatto del vecchio, senza avanzar nulla per sé.

Questo tratto di gentilezza commosse la mia sensibilità. Avevo preso l'abitudine di sottrarre la notte parte dei loro viveri, per avere di che mangiare. Ma quando mi accorsi che, ciò facendo, imponevo agli altri una privazione, me ne astenni, e vissi delle bacche, delle nocciole e delle radici che raccoglievo in un bosco vicino.

Trovai anche un modo per aiutarli nelle loro fatiche. Notai che il giovane trascorreva la maggior parte della giornata a raccogliere legna per il focolare; durante la notte mi impossessavo spesso dei suoi attrezzi, che avevo imparato presto ad adoperare, e portavo a casa combustibile sufficiente per il consumo di diversi giorni.

Ricordo che, la prima volta, la fanciulla, aprendo la porta al mattino, parve molto stupita alla vista di un così gran mucchio di legna accumulato all'esterno. Pronunciò qualche parola a voce alta, ed a lei si unì il giovane, che si dimostrò egli pure sorpresissimo. Notai con piacere come egli non andasse nel bosco quel giorno, ma passasse il suo tempo a riparare la villetta ed a coltivare l'orto.

Per gradi feci una scoperta di ancor maggiore importanza. Mi accorsi che quelle persone avevano un metodo a base di suoni articolati per comunicarsi impressioni e sentimenti. Vidi come tali suoni provocavano volta a volta piacere o dolore, sorriso o tristezza nell'animo e nell'aspetto di colui che ascoltava. Era davvero una scienza divina, ed io sentii ardentissimo il desiderio di possederla. Ma ogni mio sforzo in questo senso veniva deluso. Parlavano in fretta, e, poiché le parole che pronunciavano non avevano legame apparente con oggetti visibili, non ero in grado di scoprirne il significato. Ma, a prezzo di una applicazione costante e dopo essere rimasto nel mio rifugio il tempo necessario a molte rivoluzioni di luna, individuai i nomi di alcuni fra gli oggetti più comuni di conversazione: appresi ad applicare le parole *fuoco*, *latte*, *pane* e *legna*. Imparai anche i nomi dei miei vicini. Il giovane e la sua compagna avevano ciascuno parecchi nomi, mentre il vecchio ne aveva uno solo: *padre*. La fanciulla veniva chiamata *sorella* o *Agata*; il giovane *Felice*, *fratello* o *figlio*. Non posso descrivere la gioia che provai quando appresi i concetti che si ricollegavano a ciascuno di questi suoni e fui in grado di pronunciarli. Distinguevo anche molte altre parole, senza però riuscire a comprenderle o applicarle: per esempio, *buono*, *carissimo*; *infelice*.

Trascorsi in questo modo l'inverno. I miei vicini mi divennero molto cari e per i loro modi gentili e per la loro bellezza: mi sentivo depresso quando erano infelici, e partecipavo alla loro gioia quando erano lieti. Poche creature umane vidi, oltre a loro; e se per caso qualcuno entrava nella villetta, i suoi modi rudi e volgari mi convincevano sempre più della natura superiore dei miei vicini. Notai che il vecchio si sforzava spesso di rincuorare i suoi figli, come avevo sentito che li chiamava. Parlava allora con accento lieto e con un'espressione di bontà che riempiva di gioia anche me. Agata lo ascoltava con rispetto, e qualche volta i suoi occhi si riempivano di lacrime che ella cercava di asciugare di nascosto; ma notai che di solito, dopo udito le esortazioni del padre, il suo aspetto e la sua voce erano più allegri. Con Felice non era la stessa cosa. Sempre egli era il più triste dei tre, ed intuivo che aveva sofferto più degli altri. Ma se il suo aspetto era più cupo, la sua voce era più lieta di quella della sorella, specie quando si rivolgeva al vecchio.

Potrei citare innumerevoli episodi che, per quanto insignificanti, rivelano il carattere di queste persone. In mezzo alla povertà e al bisogno, Felice offriva con gioia alla sorella i primi fiorellini bianchi che facevano capolino sul suolo ancora coperto di neve. Di buon mattino, prima che la fanciulla si alzasse, egli spazzava la neve che ostruiva il sentiero della stalla, attingeva acqua dal pozzo e portava la legna dal deposito dove, con suo perpetuo sbalordimento, trovava la riserva sempre rinnovata da una mano invisibile. Di giorno, credo, lavorava per qualche proprietario dei dintorni, perché spesso usciva e tornava solo all'ora di cena, senza però portare legna. Altre volte lavorava nell'orto; ma, essendoci poco da fare nella stagione fredda, sovente leggeva al vecchio ed a Agata.

Questa lettura mi lasciò sulle prime molto perplesso; ma presto mi accorsi che egli pronunciava molti degli stessi suoni sia quando leggeva che quando parlava. Supposi quindi che egli trovasse sulla carta segni che comprendeva, e provai un desiderio ardente di conoscerli; ma come era possibile, se neppure conoscevo i suoni che essi stavano a indicare? In questa scienza tuttavia feci sensibili progressi, non sufficienti però a seguire ogni genere di conversazione, per quanto cercassi di applicarmi con ogni attenzione. Capivo facilmente, infatti, che, pur desiderando ardentemente svelarmi ai miei vicini, ogni tentativo in questo senso mi sarebbe stato impossibile se prima non fossi diventato padrone del loro linguaggio; la qual cosa avrebbe anche potuto far sì che essi non prendessero in considerazione la deformità del mio aspetto, perché anche di questo mi aveva edotto il contrasto che continuamente mi si presentava dinanzi agli occhi.

Avevo ammirato le forme perfette dei miei vicini, la loro grazia, la loro bellezza, la delicatezza dei loro lineamenti; ma come ero rimasto atterrito quando mi ero visto riflesso nell'acqua trasparente! Avevo dato dapprima un balzo indietro, incapace di credere che si trattasse davvero della mia immagine riprodotta nello specchio; e quando mi ero convinto di essere in realtà il mostro che sono, mi ero sentito invadere da un amaro senso di mortificazione e di scoraggiamento. Ahimè! non conoscevo ancora appieno i fatali effetti della mia deformità.

Come il sole si fece più tiepido e la luce del giorno più duratura, la neve scomparve, ed io vidi gli alberi spogli e la terra nera. Da allora Felice fu più occupato, e scomparvero i penosi sintomi di carestia. Il loro cibo, come constatai in seguito, era semplice ma sano, ed essi potevano procurarsene a sufficienza. Molte piante di nuovo genere spuntavano nell'orto e questi segni di agiatezza andavano crescendo a mano a mano che la stagione inoltrava.

Regolarmente, a mezzogiorno, il vecchio usciva a passeggiare appoggiandosi al figlio, se però non pioveva, come seppi si diceva quando il cielo lasciava stillare acqua. Ciò avveniva di frequente, ma un forte vento asciugava subito la terra, e il tempo si faceva poi più bello di quanto non fosse stato prima.

La mia vita nel nascondiglio era monotona. Nel corso della mattina seguivo gli andirivieni dei miei vicini, poi, quando essi si allontanavano per dedicarsi alle loro occupazioni, dormivo; passavo il resto del giorno ad osservare i miei amici. Quando essi si ritiravano per riposare, se c'era la luna o era una notte stellata, uscivo nei boschi a raccogliere cibo per me e combustibile per la casa. Al ritorno, ogni volta che era necessario, spazzavo il sentiero dalla neve ed accudivo a tutti quei piccoli lavori che avevo visto fare da Felice. Seppi poi che tutte queste faccende condotte a termine da una mano invisibile, li stupivano grandemente; ed un paio di volte, in quelle occasioni, li sentii pronunciare le parole *spirito benigno*, *meraviglioso*, ma allora non conoscevo il significato di questi termini.

I miei desideri aumentavano ogni giorno e soprattutto anelavo di conoscere i sentimenti di quelle amabili creature; volevo sapere perché Felice apparisse così abbattuto ed Agata così triste. Pensavo (maledetto pazzo!) che fosse in mio potere ridare loro la felicità. Quando dormivo o ero assente, i lineamenti del padre cieco, della buona Agata, del caro Felice mi aleggiavano dinanzi agli occhi. Guardavo a loro come a esseri superiori, che avrebbero deciso del mio destino. Mi raffiguravo in mille modi il momento in cui mi sarei presentato a loro e il modo in cui mi avrebbero accolto. Immaginavo che avrebbero dapprima provato un vivo disgusto, poi i miei modi cortesi e le mie parole mi avrebbero guadagnato la loro benevolenza, e infine il loro affetto.

Questi pensieri mi riempivano di giubilo e mi spingevano ad applicarmi con rinnovato ardore allo studio del linguaggio. I miei organi erano rozzi, sì, ma agili; e, per quanto la mia voce fosse diversa dalla dolce musica dei loro accenti, pure riuscivo a pronunciare con una certa facilità le parole che conoscevo. Era come la storia dell'asino e del cagnolino di lusso: l'asino, pieno di buone intenzioni anche se le sue maniere erano rozze, meritava un miglior trattamento che non fossero calci e insulti.

I benefici acquazzoni ed il tepore della primavera mutarono assai l'aspetto della terra. Gli uomini, che prima di questa trasformazione sembravano essersi nascosti nelle caverne, si sparpagliarono dappertutto e si dedicarono ai lavori agresti. Gli uccelli cantavano con tono più gioioso e le foglie cominciavano a spuntare sugli alberi.

Felice, felice terra! fino a poco tempo prima cupa, umida e malsana, ed ora dimora degna degli dèi! Il mio animo fu rinfrancato dall'aspetto incantevole della natura: il passato era scomparso dalla mia memoria, il presente sereno, il futuro abbellito da fulgidi raggi di speranza e da promesse di gioia.

CAPITOLO XII

Ed eccomi ora alla parte più commovente della mia storia. Riferirò gli eventi che mi hanno tramutato da quello che ero in quello che sono.

La primavera avanzò rapidamente; il tempo divenne bello, il cielo senza nuvole. Mi sorprese vedere come ciò che prima era stato triste e spoglio si rivestisse ora di splendidi fiori e di verde. I miei sensi furono deliziati da effluvi inebrianti, da spettacoli superbi.

Era una di quelle giornate in cui i miei vicini si riposavano dal lavoro; il vecchio stava suonando la chitarra, e i figli lo ascoltavano. Mi accorsi che Felice aveva un'aria melanconica oltre ogni dire; sospirava spesso; una volta il padre interruppe la musica, e io dai suoi modi compresi che chiedeva perché mai il figlio fosse tanto triste. Felice rispose in tono lieto, e il vecchio stava per ricominciare a suonare, quando qualcuno bussò alla porta.

Era una signora a cavallo, accompagnata da un contadino che le faceva da guida. Indossava un abito scuro ed era coperta da un fitto velo nero. Agata le rivolse una domanda, e la signora si limitò a rispondere pronunciando, con accento soave, il nome di Felice. La sua voce era musicale, ma diversa da quella dei miei amici.

Udendo questa parola, Felice si avvicinò in fretta alla signora; ella, come lo vide, scostò il velo, ed io scorsi un viso di bellezza e di espressione angeliche. I suoi capelli erano di un nero corvino e stranamente acconciati, i suoi occhi scuri e dolci, anche se vivacissimi, i suoi lineamenti regolarissimi, il suo incarnato meraviglioso, le sue guance deliziosamente soffuse.

Come la vide, Felice sembrò impazzire di gioia; ogni traccia di dolore scomparve dal suo volto, che subito si atteggiò a un'espressione di felicità estatica di cui non lo avrei creduto davvero capace; i suoi occhi scintillavano mentre le sue guance arrossivano per il piacere; e in quel momento mi parve bello non meno della sconosciuta. Ella appariva in preda a sentimenti contrastanti: versando qualche lacrima da quegli splendidi occhi, tese una mano a Felice, il quale la baciò con slancio, chiamandola, a quanto potei comprendere, la sua dolce araba. Ella parve non capirlo, ma sorrise. Egli l'aiutò a scendere di sella, e, dopo aver accomiatato la guida, l'accompagnò in casa. Si svolse una breve conversazione fra lui e il padre; poi la giovane sconosciuta s'inginocchiò ai piedi del vecchio, e gli avrebbe baciato una mano se egli non l'avesse sollevata ed abbracciata con affetto.

Non tardai ad accorgermi che, per quanto pronunciasse suoni articolati e sembrasse avere un linguaggio suo, la sconosciuta né comprendeva né era compresa dai miei vicini. Fecero molti segni che non mi riuscì di afferrare; ma vidi che la presenza di lei diffondeva felicità per la casa, dissipando ogni loro dolore come il sole dissipa la nebbia mattutina. Felice sembrava particolarmente lieto, e salutava la sua araba con sorrisi di gioia. Agata, la buona Agata, baciava le mani della bella straniera, e, indicando il fratello, faceva segni che mi parvero significare che egli era stato infelice fino a quando ella non era giunta. Passò così qualche ora, e nei loro volti si leggeva una gioia che io non riuscivo a spiegarmi. Dal frequente ripetersi di un suono che la straniera ripeteva imitando i suoi ospiti, mi accorsi che ella si stava sforzando di imparare la loro lingua, e subito mi balenò l'idea che avrei potuto valermi di quegli stessi insegnamenti per il medesimo fine. Nel corso della prima lezione la straniera apprese circa venti parole; per la maggior parte si trattava di parole che già conoscevo, ma approfittai delle altre.

Come venne la notte, Agata e la straniera si ritirarono di buon'ora. Al momento di separarsi, Felice le baciò la mano e disse: « Buona notte, mia dolce Safie ». Egli rimase alzato a lungo, a conversare col padre, e dal frequente ricorrere del nome di lei, intuii che la bella ospite era l'argomento del loro colloquio. Provavo un desiderio ardente di comprenderli, e concentrai verso questo scopo ogni mia facoltà, ma la cosa mi riuscì impossibile.

Il mattino seguente Felice uscì al lavoro, e come Agata ebbe terminato le sue solite occupazioni, l'Araba sedette ai piedi del vecchio, e, presa la chitarra, suonò alcune arie di così incantevole bellezza, da strapparmi dagli occhi lacrime di dolore e di gioia. Cantò, e la sua voce era meravigliosamente modulata, ora acuta ora flebile come quella di un usignolo dei boschi.

Come ebbe terminato, tese la chitarra ad Agata, che sulle prime la rifiutò. Ella suonò poi un'aria semplice, e la sua voce l'accompagnò con accenti dolcissimi, che nulla però avevano a che fare con il meraviglioso canto della straniera. Il vecchio appariva estasiato, e pronunziò qualche parola che Agata si sforzò di spiegare a Safie: sembrava che egli volesse dirle come la sua musica gli aveva procurato sensazioni deliziose.

I giorni ora passavano tranquilli come per l'innanzi, con la sola differenza che la gioia aveva preso il posto della tristezza sul viso dei miei amici. Safie era gaia e felice; sia lei che io facevamo rapidi progressi nella conoscenza della lingua, tanto che in capo a due mesi cominciai a capire quasi tutte le parole pronunciate dai miei protettori.

Intanto anche la terra, già scura, si era coperta di erba, e le distese verdi dei prati erano tutte un ricamo di fiori, dolci all'odorato e agli occhi, stelle dal pallido chiarore nella luce lunare dei boschi; il sole si fece più caldo, le notti più chiare e balsamiche, e le mie passeggiate serali divennero per me fonte di grandissimo piacere, anche se si erano molto accorciate per il ritardo del tramonto e l'anticipo dell'alba; mai infatti mi arrischiavo ad uscire di giorno, perché temevo di ricevere la stessa accoglienza che mi aveva salutato al mio ingresso al villaggio.

Trascorrevo i miei giorni negli sforzi di riuscire a padroneggiare il più presto la lingua, e posso vantarmi di aver progredito più rapidamente dell'araba, la quale capiva pochissimo e si esprimeva con difficoltà, mentre io potevo ripetere quasi tutte le parole che venivano dette.

Mentre così miglioravo nel linguaggio, imparavo anche la scienza delle lettere, a mano a mano che essa veniva insegnata alla straniera; e ciò aprì dinanzi a me un campo vastissimo di meraviglia e di diletto.

Il libro di cui Felice si serviva per istruire Safie era *La caduta degli imperi* di Volney. Non avrei compreso il significato di quest'opera se Felice, leggendola, non l'avesse spiegata nei minimi particolari. Aveva scelto questo volume, disse, perché il suo stile declamatorio si modellava su quello degli autori orientali. Da quel libro ricavai una conoscenza approssimativa della storia, una idea degli imperi che esistono attualmente nel mondo; esso mi diede una nozione generale dei costumi, dei governi e delle religioni delle diverse nazioni della terra. Seppi così dei pigri asiatici, del genio stupendo e dell'attività intellettuale dei greci, delle guerre e delle meravigliose virtù degli antichi Romani, della loro susseguente degenerazione, della caduta di quel possente impero, della cavalleria, del cristianesimo e dei re. Seppi della scoperta dell'emisfero americano, e piansi con Safie sul tragico destino di quegli aborigeni.

Queste meravigliose narrazioni mi ispirarono strani sentimenti. Poteva essere l'uomo a un tempo così possente, virtuoso e magnifico, eppure così vizioso e vile? Esso appariva ora il semplice erede di principi malvagi, ora tutto ciò che di nobile e divino può essere immaginato. Essere grande e virtuoso appariva l'onore più alto che può toccare ad una creatura dotata di ragione; essere vile e vizioso, quali erano molti di coloro che venivano ricordati, sembrava la cosa più degradante, condizione più abbietta di quella di una talpa cieca o di un innocuo verme. Per lungo tempo non riuscii a concepire come un uomo potesse spingersi ad assassinare il suo amico, o anche perché ci fossero leggi e governi; ma come udii particolari del vizio e del delitto, il mio stupore cessò, e mi ritrassi con disgusto e ribrezzo.

Ogni conversazione dei miei vicini mi apriva ora nuovi e meravigliosi orizzonti. Mentre ascoltavo le spiegazioni che Felice dava all'araba, mi si chiarivano gli strani rapporti della società umana. Sentii parlare di divisione di proprietà, di ricchezze immense e di squallida miseria, di ceto, di discendenza e di nobiltà.

Tali parole mi indussero a pensare a me stesso. Seppi che l'attributo più alto per i tuoi simili era una discendenza nobile ed incontaminata cui andasse unita la ricchezza. Un uomo poteva essere rispettato per queste doti soltanto; ma se non possedeva né l'una né l'altra veniva considerato, salvo rari casi, come un vagabondo o uno schiavo, costretto a sciupare le proprie energie a vantaggio di pochi eletti. Ed io, che ero? Non sapevo assolutamente nulla della mia creazione e del mio creatore: sapevo soltanto di non posseder né danaro, né amici, né proprietà di alcun genere. Inoltre, ero dotato di un aspetto spaventosamente deforme e repugnante; non ero neppure della stessa natura dell'uomo. Ero molto più agile di loro, potevo resistere a una dieta più rozza; il freddo ed il caldo nuocevano meno al mio corpo; la mia statura era di gran lunga superiore alla normale. Quando mi guardavo attorno, non vedevo né sentivo parlare di alcuno simile a me. Ero dunque un mostro, una macchia sulla faccia della terra, qualcosa da cui tutti gli uomini fuggivano, che tutti gli uomini sconfessavano?

Non posso descriverti l'angoscia che mi davano tutte queste riflessioni su me stesso. Cercai di scacciarle, ma il dolore non faceva che crescere con la conoscenza. Oh, fossi per sempre rimasto nel mio bosco natale e non avessi mai conosciuto o sentito altre sensazioni oltre quelle della fame, della sete e del caldo!

Stranissima cosa è la conoscenza! Quando si è impadronita della mente, si abbarbica ad essa come un lichene alla roccia. Qualche volta provavo il desiderio di cancellare ogni pensiero ed ogni sentimento; ma avevo imparato che esisteva un solo mezzo per vincere il dolore: la morte, uno stato che, senza conoscerlo, temevo. Ammiravo le virtù ed i buoni sentimenti, amavo le maniere cortesi e le amabili qualità dei miei vicini; ma io ero escluso da ogni rapporto con loro, e ciò che riuscivo ad ottenere furtivamente, non visto ed ignorato, non faceva che accrescere, senza soddisfarlo, il mio desiderio di entrare a far parte di quel gruppo. Le buone parole di Agata e gli amabili sorrisi della bella araba non erano per me. Non per me i benigni consigli del vecchio e la vivace conversazione dell'amato Felice. Miserabile sventurato!

Altre lezioni si impressero su di me ancor più profondamente. Seppi della differenza dei sessi, della nascita e dello sviluppo dei bimbi, seppi quanto un padre apprezza i sorrisi dell'infante e le vivaci birichinate del suo ragazzo, seppi quanto la vita e gli affanni di una madre sono una cosa sola con il suo prezioso fardello, seppi come la mente del giovane si allarga ed acquista conoscenza, seppi del fratello, della sorella e di tutte le varie relazioni che legano in mutui vincoli gli esseri umani.

Ma dov'erano i miei amici e i miei parenti? Nessun padre aveva seguito i giorni della mia infanzia, nessuna madre mi aveva benedetto di sorrisi e carezze; o, se così era stato, tutta la mia vita passata era ora una macchia, un vuoto cieco, dove non distinguevo nulla. Frugando nei miei più lontani ricordi, sempre ero stato quale ero allora, sia per altezza che per proporzioni. Mai avevo visto un essere umano che mi somigliasse o che affermasse di aver qualche rapporto con me. Chi ero? Questa domanda mi ossessionava di continuo, ed in risposta riceveva solo gemiti.

Spiegherò presto a che cosa mirava tutto ciò; ma lascia che torni ora ai miei vicini, la cui storia destava in me sentimenti così vari di indignazione, di gioia e di meraviglia, sentimenti però che concorrevano tutti ad accrescere il mio amore e la mia reverenza per i miei protettori (perché così, con innocente e dolorosa finzione, mi piaceva chiamarli).

CAPITOLO XIII

Passò qualche tempo prima che apprendessi la storia dei miei amici. Era una storia che non poteva mancare di imprimersi profondamente nel mio animo, ricca com'era di circostanze interessanti e meravigliose per uno, come me, assolutamente privo di esperienza.

Il vecchio si chiamava De Lancey. Discendeva da una buona famiglia di Francia, ed in quel paese era vissuto per molti anni in agiatezza, rispettato dai superiori ed amato dai suoi pari. Suo figlio era stato allevato al servizio della patria, ed Agata non veniva considerata inferiore alle dame di ceto più elevato. Pochi mesi prima del mio arrivo, essi vivevano in una città grande e fastosa chiamata Parigi, erano circondati da amici e godevano di tutti quei vantaggi che virtù, intelligenza o gusto accompagnati da una discreta fortuna possono dare.

Causa della loro rovina era stato il padre di Safie. Costui, un mercante turco che da molti anni abitava a Parigi, per una ragione che non sono riuscito a sapere, era diventato inviso al governo. Arrestato e buttato in prigione proprio il giorno in cui Safie arrivava da Costantinopoli per unirsi a lui, era stato sottoposto a processo e condannato a morte. L'ingiustizia della sentenza era più che patente; tutta Parigi ne era indignata; si diceva che non tanto il crimine imputatogli era stato causa della sua condanna, quanto la sua religione e la sua ricchezza.

Felice aveva assistito al processo; il suo orrore e la sua indignazione furono enormi quando seppe della sentenza. Subito fece voto solenne di liberare l'infelice, poi si diede a cercare i mezzi per raggiungere tale scopo. Dopo molti e vani tentativi di essere ammesso alla prigione, scoprì, su un lato non costruito dell'edificio, una finestra dalle sbarre possenti che dava luce alla cella dello sciagurato maomettano, il quale attendeva, disperato, l'esecuzione.

Di notte Felice ispezionò l'inferriata e fece conoscere al prigioniero le sue intenzioni. Il turco, stupito e folle di gioia, cercò di incoraggiare lo zelo del suo salvatore con promesse di ricompensa e di ricchezza. Felice respinse sprezzantemente tali offerte; ma, quando vide la bella Safie, cui era stato concesso di visitare il padre e che a gesti aveva manifestato la propria profonda gratitudine, il giovane non poté a meno di pensare che il prigioniero possedeva un tesoro con il quale avrebbe potuto ricompensarlo appieno delle sue fatiche e dei suoi rischi.

Il turco si accorse presto dell'impressione che la figlia aveva fatto sul cuore di Felice, e cercò di legare più strettamente il giovane ai propri interessi, promettendogli la mano della fanciulla non appena egli fosse stato portato in luogo sicuro. Felice era troppo sensibile per accettare una simile offerta; pure considerava la possibilità di tale evento come la più alta felicità.

Nei giorni seguenti, mentre procedevano i preparativi per la fuga del mercante, lo zelo di Felice venne centuplicato da alcune lettere indirizzategli da quella bellissima fanciulla, che aveva trovato il mezzo di esprimere i propri pensieri con l'aiuto di un vecchio domestico del padre che conosceva il francese. Ringraziandolo nei termini più ardenti per i servigi che intendeva rendere al suo genitore, si lamentava anche, ma senza malanimo, del proprio destino.

Ho copie di queste lettere, perché, durante il mio soggiorno nel nascondiglio, ebbi modo di procurarmi di che scrivere; e le lettere erano spesso nelle mani di Felice o di Agata. Prima che ci separiamo, te le darò: varranno a dimostrarti la verità del mio racconto; ma già il sole volge all'occaso, e mi resta solo il tempo di riassumertele.

Safie diceva di essere figlia di un'araba cristiana, catturata e fatta schiava dai turchi; ma la sua bellezza aveva conquistato il cuore del padre di Safie, il quale l'aveva sposata. La fanciulla parlava in termini di altissimo entusiasmo della madre, la quale, nata libera, sprezzava lo stato di sottomissione cui era stata ridotta. Ella istruì la figlia nei dogmi della propria religione, le insegnò ad aspirare ai poteri più alti dell'intelletto, a un'indipendenza di spirito vietata alle seguaci di Maometto. La donna morì, ma le sue lezioni si erano impresse indelebilmente nell'animo di Safie, la quale rifuggiva all'idea di tornare in Asia per essere richiusa fra le mura di un *harem*, dove le sarebbe stato permesso solo di occuparsi di passatempi puerili, che mal si sarebbero adattati al suo spirito oramai aduso a grandi concetti ed a una nobile aspirazione alla virtù. Le appariva meravigliosa la prospettiva di sposare un cristiano e di restare in un paese dove alle donne era concesso di occupare un posto nella società.

Venne fissato il giorno dell'esecuzione del turco; ma, la notte precedente, egli lasciò la prigione e prima del mattino era già lontano molte leghe da Parigi. Felice si era procurato passaporti intestati al nome del padre, della sorella e suo. Aveva messo al corrente il genitore del proprio piano, e questi aveva favorito lo stratagemma allontanandosi da casa, con il prestesto di un viaggio, e nascondendosi assieme alla figlia in un oscuro rione di Parigi.

Felice guidò i fuggitivi attraverso la Francia fino a Lione, poi, per il Moncenisio, a Livorno, dove il mercante decise di attendere l'occasione favorevole per trasferirsi in qualche parte dei domini turchi.

Safie stabilì di restare con il padre fino al momento della sua partenza, poiché il turco aveva rinnovato la promessa che ella si unisse al suo salvatore; e Felice rimase con loro in attesa dell'adempimento di questa promessa, godendo intanto della compagnia dell'araba, la quale gli dimostrava l'affetto più semplice e più tenero. Conversavano tra loro per mezzo di un interprete e qualche volta aiutandosi con gli sguardi; e Safie gli cantava le arie divine del suo paese natale.

Il turco permise che si stabilisse questa intimità ed incoraggiò le speranze dei giovani innamorati, mentre in cuor suo aveva formulato altri piani. Gli ripugnava l'idea che la figlia si unisse a un cristiano; ma temeva la collera di Felice se egli si fosse mostrato esitante, perché sapeva di essere ancora in balìa del suo salvatore, il quale avrebbe potuto consegnarlo alle autorità dello Stato italiano dove essi abitavano. Ideò moltissimi piani che gli permettessero di prolungare l'inganno fino a quando fosse stato necessario e di portare nascostamente, partendo, la figlia con sé. I suoi progetti furono grandemente facilitati dalle notizie che arrivarono da Parigi.

Il governo francese, su tutte le furie per la fuga della sua vittima, nulla aveva risparmiato per individuare e punire il colpevole. In breve il complotto di Felice venne scoperto, e De Lancey ed Agata furono gettati in prigione. La notizia giunse a Felice, destandolo dal suo sogno. Suo padre vecchio e cieco, la sua buona sorella giacevano in una sudicia cella, mentre egli godeva dell'aria libera e della compagnia di colei che amava! Questo pensiero lo mise alla tortura. Si accordò subito con il turco perché, se costui avesse avuto una favorevole occasione di fuggire prima del suo ritorno in Italia, Safie si fermasse come pensionante in un convento a Livorno; poi, lasciata la bella araba, si precipitò a Parigi e si consegnò alla vendetta della legge, sperando di ridare in tal modo la libertà a De Lancey e ad Agata.

Ma fallì il suo scopo. Rimasero in prigione cinque mesi prima che avesse luogo il processo; poi la sentenza li privò della loro fortuna e li condannò a perpetuo esilio dal loro paese natale.

Trovarono miserabile asilo nella casetta in Germania dove io li incontrai. Felice seppe presto che il turco infedele, per colpa del quale soffriva di sì indicibili sciagure assieme alla sua famiglia, era venuto meno ad ogni sentimento di bontà e di onore non appena gli era giunta la notizia che il suo salvatore era stato ridotto alla povertà e all'impotenza, ed aveva lasciato l'Italia assieme alla figlia, inviando vilmente a Felice una piccola elemosina in danaro per aiutarlo, a suo dire, nei suoi piani per il futuro sostentamento.

Tali erano gli eventi che avevano straziato il cuore di Felice e che, quando lo avevo visto, lo rendevano il più sciagurato della sua famiglia. Avrebbe potuto sopportare la povertà, e se ne sarebbe gloriato, perché le sue ristrettezze erano frutto delle sue virtù; ma l'ingratitudine del turco e la perdita della sua diletta Safie erano troppo amare ed irreparabili. L'arrivo dell'araba infuse nuova vita alla sua anima.

Quando giunse a Livorno la notizia che Felice aveva perduto ricchezza e rango, il mercante ordinò alla figlia di non pensare più al suo innamorato, ma di prepararsi a tornare con lui al paese natale. La generosa indole di Safie fu offesa da un simile comando; cercò di protestare con il padre, ma questi si allontanò furibondo, rinnovando la sua tirannica imposizione.

Pochi giorni dopo il turco entrò nella camera della figlia e le disse in fretta di aver ragione di credere che la sua presenza a Livorno era nota e che presto egli sarebbe stato consegnato al governo francese; di conseguenza aveva noleggiato una nave che lo portasse a Costantinopoli, ed avrebbe fatto vela alla volta di quella città di lì a poche ore. Era sua intenzione affidare la figlia ad un domestico di fiducia; ella poi lo avrebbe seguito a suo comodo con buona parte delle loro ricchezze, che non erano ancora giunte a Livorno.

Rimasta sola, Safie decise il piano di condotta che le sarebbe convenuto seguire in simile emergenza. Le repugnava stabilirsi in Turchia; la sua religione ed i suoi sentimenti vi si opponevano. Da alcune carte del padre seppe dove si trovava il suo innamorato. Esitò qualche tempo, ma alla fine si decise. Con qualche gioiello che le apparteneva ed una piccola somma di danaro, lasciò l'Italia, accompagnata da una ragazza di Livorno che comprendeva la lingua turca, e si diresse alla volta della Germania.

Arrivò sana e salva ad una città che distava venti leghe circa dal rifugio di De Lancey, quando la sua accompagnatrice cadde gravemente ammalata. Safie la curò con l'affetto più devoto; ma la povera ragazza morì, e l'araba rimase sola, senza conoscere la lingua del paese ed assolutamente all'oscuro delle abitudini del mondo. Ma era capitata in buone mani. Prima di morire, l'italiana aveva fatto il nome del luogo al quale erano dirette, e la padrona della casa in cui si erano fermate si prese cura che Safie arrivasse sana e salva alla villetta del suo innamorato.

CAPITOLO XIV

Tale era la storia dei miei diletti vicini. Dal quadro di vita sociale che essa mi offriva, appresi ad ammirare le virtù ed a deprecare i vizi dell'umanità.

L'idea del delitto mi era estranea; sempre benevolenza e generosità erano presenti ai miei occhi e facevano nascere in me il desiderio di divenire attore in quella scena affollata, dove si esplicavano sì ammirevoli doti; ma non posso trascurare una circostanza che si verificò all'inizio dell'agosto di quello stesso anno.

Una notte, durante il mio solito giro nel bosco vicino dove mi recavo a cercare cibo ed a far legna per i miei protettori, trovai per terra un sacco di cuoio che conteneva articoli da vestiario e qualche libro. Mi impadronii con ansia di quel bottino e tornai con esso al mio rifugio. Fortunatamente i libri erano scritti nella lingua di cui avevo appreso gli elementi alla villetta: erano *Il Paradiso perduto*, un volume de *Le vite* di Plutarco e *I dolori del giovane Werther*. Il possesso di questi tesori mi riempì di piacere estremo; ora, mentre i miei amici si dedicavano alle loro occupazioni, io studiavo di continuo ed esercitavo la mia mente su queste storie.

Mi riesce difficile descriverti l'effetto di questi libri. Essi fecero nascere in me un'infinità di immagini e di sentimenti nuovi, che qualche volta mi estasiavano, ma che più spesso mi piombavano in un profondo avvilimento. Ne *I dolori del giovane Werther* tante opinioni si intrecciavano all'interesse della storia semplice e commovente e tanta luce veniva gettata su argomenti rimasti fino allora per me oscuri, che trovai in esso una fonte inesauribile di riflessione e di meraviglia. Le maniere cortesi e fraterne che vi venivano descritte, unite alle azioni ed ai sentimenti elevati che avevano per oggetto un altro individuo, si accordavano bene alla mia esperienza fra i miei protettori ed a quegli impulsi che sempre mi sentivo agitare nel petto. Werther mi pareva l'essere più divino che mai avessi visto o immaginato; il suo carattere nulla aveva di vergognoso, ma deprimeva profondamente. Le disquisizioni sulla morte e sul suicidio erano fatte per riempirmi di meraviglia. Non pretendevo di valutarne i motivi, pur sentendomi incline alle opinioni dell'eroe, sulla cui morte piansi, anche se non mi riusciva di comprenderla.

Leggendo, mi riportavo di continuo ai miei sentimenti ed alla mia condizione. Mi sentivo simile, e nello stesso tempo stranamente diverso, dalle creature di cui leggevo o di cui ascoltavo la conversazione. Provavo simpatia per loro, ed in parte le comprendevo, ma troppe cose ignoravo: non dipendevo da alcuno, né con alcuno avevo rapporti. La via della mia fuga era libera, e nessuno avrebbe pianto per la mia fine. La mia persona era orrenda, la mia statura gigantesca: che cosa significava tutto ciò? Chi ero? Da dove venivo? Qual era la mia meta? Queste domande mi si presentavano di continuo, ma io ero incapace di trovare loro una risposta.

Il volume de *Le vite* di Plutarco che possedevo conteneva le storie dei primi fondatori delle vecchie repubbliche. L'effetto di questo libro su di me fu ben diverso da quello del *Giovane Werther*. Dalle fantasie di Werther avevo attinto scoraggiamento e tristezza; Plutarco invece mi dettò alti pensieri, mi elevò al disopra della cupa sfera delle mie riflessioni, ad ammirare e ad amare gli eroi del passato. Molte fra le cose che leggevo superavano la mia comprensione e la mia esperienza. Avevo un'idea molto confusa di regni, di continenti, di fiumi impetuosi, di mari sconfinati. Ma assolutamente nulla sapevo di città e di grandi raggruppamenti d'uomini. La casa dei miei protettori era l'unica scuola in cui io avessi studiato la natura umana; ma questo libro mi svelò nuovi e più vasti campi d'azione. Lessi di uomini che guidavano la cosa pubblica opprimendo o massacrando i loro simili. Sentii nascere in me uno smisurato amore per la virtù ed una repugnanza altrettanto grande per il vizio, per quanto mi riusciva di comprendere il significato di questi termini, relativi come essi erano, dato che li applicavo soltanto alla gioia o al dolore. Mi sentivo naturalmente portato ad ammirare i legislatori pacifici, Numa, Solone e Licurgo, più di Romolo e di Teseo. La vita patriarcale dei miei protettori fece sì che tali impressioni prendessero saldo possesso della mia anima; forse le mie sensazioni sarebbero state diverse se avessi conosciuto l'umanità attraverso un giovane soldato desideroso di gloria e di strage.

Ma *Il Paradiso perduto* suscitò in me emozioni ancor più profonde. Lo lessi, come già avevo letto gli altri libri, quasi si trattasse di una storia vera. Esso destò in me tutto quel senso di meraviglia e di timore che può suscitare la raffigurazione di un Dio onnipotente in guerra con le proprie creature. Molte situazioni mi colpivano per la loro somiglianza con la mia. Come Adamo, io ero stato creato, secondo ogni apparenza, senza legame alcuno con altri esseri viventi; ma, sotto ogni altro punto di vista, il suo stato era molto diverso dal mio. Egli era uscito dalle mani di Dio come una creatura perfetta, felice e fortunata, una creatura salvaguardata dalle attenzioni particolari del suo Creatore; gli era stato concesso di conversare con esseri di natura superiore, di apprendere da loro la conoscenza: io invece ero misero, abbandonato e solo. Molte volte Satana mi appariva come l'emblema più adatto della mia condizione, perché spesso, come avveniva a lui, quando vedevo la felicità dei miei protettori, sentivo agitarsi in me l'amaro serpe dell'invidia.

Un'altra circostanza rafforzò questi sentimenti. Subito dopo il mio arrivo nel ricovero, scoprii alcune carte nella tasca dell'abito di cui mi ero impadronito nel tuo laboratorio. Sulle prime non le presi in considerazione, ma come fui in grado di decifrare i caratteri in cui esse erano scritte, cominciai a studiarle attentamente. Era il tuo diario dei quattro mesi che precedettero la mia creazione. Tu descrivevi minutamente su quelle pagine ogni passo innanzi del tuo lavoro; e a ciò si univano resoconti di casi domestici. Ricordi senza dubbio quelle carte. Eccole. In esse si spiega tutto ciò che si riferisce alla mia maledetta origine; c'è, in ogni particolare, la serie delle circostanze disgustose che l'hanno resa possibile, e c'è, in un linguaggio che dipingeva il tuo orrore e rendeva il mio incancellabile, una descrizione minuziosissima della mia odiosa e repellente persona « Maledetto il giorno in cui ho ricevuto vita! », esclamai, disperato. « Maledetto creatore! Perché hai dato forma ad un mostro così orrendo da suscitare persino il tuo disgusto? Dio nella sua pietà ha fatto l'uomo bello e attraente, a propria immagine; il mio aspetto, invece, è una grottesca imitazione del tuo, resa ancora più orribile dalla stessa somiglianza. Satana aveva i demoni suoi compagni ad ammirarlo ed incoraggiarlo; io invece sono solo e detestato ».

Queste erano le mie riflessioni nelle ore di scoraggiamento e di solitudine; ma, quando consideravo le virtù dei miei vicini, il loro carattere amabile e benigno, mi persuadevo che, se avessero saputo della mia ammirazione per i loro meriti, avrebbero avuto compassione di me, senza badare alla deformità del mio aspetto. Avrebbero potuto respingere chi, per quanto mostruoso, sollecitava da loro pietà e amicizia? Decisi, dunque, di non disperare, ma di prepararmi ad un incontro che avrebbe deciso del mio destino. Rimandai per alcuni mesi questo tentativo, perché l'importanza che attribuivo ad un successo mi riempiva di terrore al pensiero di un fallimento. Inoltre mi accorgevo che la mia comprensione si avvantaggiava tanto di ogni esperienza giornaliera, che volevo arrischiare un'impresa del genere solo quando qualche altro mese avesse accresciuto la mia saggezza.

Alcuni mutamenti erano nel frattempo avvenuti nella villetta. La presenza di Safie diffondeva gioia fra i suoi abitanti, e notai pure che ormai là dentro regnava un certo grado di benessere. Felice ed Agata dedicavano maggior tempo ai divertimenti ed alla conversazione, ed erano aiutati nei loro lavori da domestici. Non sembravano ricchi, ma erano contenti e felici; apparivano animati da sentimenti di pace e di serenità, mentre io mi facevo ogni giorno più inquieto. L'accrescersi delle mie cognizioni non faceva che svelarmi con maggiore chiarezza quale sciagurato reietto io fossi. Nutrivo molte speranze, è vero, ma queste speranze svanivano quando mi vedevo riflesso nell'acqua, o quando vedevo la mia ombra al chiarore della luna; svanivano come quell'immagine sfuggente e quella incostante ombra.

Mi sforzavo di vincere questi timori, di farmi forte per la prova che avevo deciso di affrontare e qualche volta lasciavo che i miei pensieri, senza il controllo della ragione, vagassero per i campi del Paradiso, ed osavo immaginare che buone e care creature avrebbero compreso i miei sentimenti e dato sollievo al mio dolore: dal loro angelico viso trasparivano sorrisi di consolazione. Ma era tutto un sogno: nessuna Eva alleviava i miei crucci o divideva i miei pensieri: io ero solo. Ricordavo la supplica di Adamo al suo Creatore; ma dov'era il mio? Mi aveva abbandonato, e, nell'amarezza del mio cuore, lo maledicevo.

L'autunno passò a questo modo. Con sorpresa e dolore, vidi le foglie appassire e cadere e la natura assumere di nuovo l'aspetto nudo e triste di quando avevo contemplato la prima volta i boschi e la bella luna. Non che badassi troppo all'inclemenza del tempo: il mio fisico si adattava a reggere il freddo più del caldo. Ma le mie gioie più grandi derivavano dallo spettacolo dei fiori, degli uccelli e di tutta la gaia veste dell'estate; quando tutto ciò mi venne meno, mi rivolsi con rinnovata attenzione ai miei vicini. La mancanza dell'estate non diminuì per nulla la loro felicità. Si amavano e si comprendevano a vicenda; la gioia di ciascuno dipendeva da quella degli altri, e non era soggetta agli avvenimenti esterni. Più li osservavo, più aumentava il mio desiderio di chiedere loro protezione ed affetto; il mio cuore bramava di essere conosciuto ed amato da così buone creature: vedere i loro sguardi rivolti su di me con simpatia rappresentava il limite massimo delle mie ambizioni. Non osavo neppure pensare che si allontanassero da me con sdegno e terrore. Mai veniva respinto il povero che bussava alla loro porta. Io chiedevo, è vero, tesori più grandi di un poco di cibo o della possibilità di riposo: chiedevo bontà e simpatia; ma né dell'una né dell'altra mi credevo indegno.

L'inverno avanzava. Un ciclo completo di stagioni aveva compiuto il suo giro da quando mi ero svegliato alla vita. A quel tempo la mia attenzione era concentrata unicamente sul piano per introdurmi nella casa dei miei vicini. Elaborai molti progetti, e mi fissai alla fine su quello di presentarmi quando il vecchio fosse stato solo. Ero abbastanza sagace da comprendere che la straordinaria bruttezza del mio aspetto era stata la causa principale del terrore di coloro che avevano avuto modo di vedermi. La mia voce, per quanto aspra, non aveva in sé nulla di terribile. Pensavo quindi che, se in assenza dei figli fossi riuscito a cattivarmi il buon volére e l'intercessione del vecchio De Lancey, avrei potuto essere almeno tollerato dai miei più giovani protettori.

Un giorno in cui il sole risplendeva sulle foglie rosse che ricoprivano il suolo, diffondendo allegria tutto all'intorno, anche se rifiutava calore, Safie, Agata e Felice uscirono per una lunga passeggiata fra i campi, e il vecchio, per suo espresso desiderio, rimase solo in casa. Quando i figli si furono allontanati, egli prese la chitarra e suonò alcune arie tristi e dolci, più tristi e più dolci di quelle che gli avessi mai sentito suonare. Il suo viso sulle prime si illuminò di piacere, ma, a mano a mano che continuava, la sua espressione si fece triste e pensosa; alla fine depose la chitarra e si abbandonò a riflessioni profonde.

Il cuore cominciò a battermi in fretta: era il momento della prova, il momento che avrebbe deciso delle mie speranze o dato corpo ai miei timori. I domestici si erano recati ad una fiera dei dintorni. Tutto era silenzio attorno alla casa: era un'occasione magnifica; pure, quando mi accinsi a mettere in opera il mio piano, le gambe mi vennero meno e caddi a terra. Mi rialzai, e, facendo appello a tutte le mie energie, tolsi le assi che avevo collocato dinanzi alla capanna per nascondere il mio rifugio. L'aria fresca mi fece bene, e, con rinnovata decisione, mi appressai alla porta della casa.

Bussai. — Chi è? — disse il vecchio. — Avanti.

Entrai. — Scusate il disturbo, — dissi. — Sono un viandante che ha bisogno di un poco di riposo; vi sarei molto grato se mi permetteste di restare qualche minuto accanto al fuoco.

— Entrate, — disse De Lancey. — Cercherò di fare del mio meglio per sopperire alle vostre necessità; ma, disgraziatamente, i miei figli sono assenti, e temo mi riuscirà difficile procurarvi qualcosa da mangiare, perché sono cieco.

— Non disturbatevi, mio gentilissimo ospite. Ho di che mangiare; mi occorrono soltanto calore e riposo.

Mi misi a sedere, e seguì una pausa di silenzio. Sapevo che ogni minuto mi era prezioso, ma ero incerto circa il modo di dare inizio al colloquio, quando il vecchio mi rivolse la parola.

— Dal vostro modo di esprimervi, straniero, credo che siate mio compatriota; siete francese?

— No, ma sono stato educato da una famiglia francese, e comprendo soltanto quella lingua. Sto per recarmi a chiedere protezione da alcuni amici che amo sinceramente e sul cui favore ho qualche speranza.

— Sono tedeschi?

— No, sono francesi. Ma cambiamo argomento. Sono una creatura disgraziata e sola; mi guardo attorno, e non ho al mondo parente o amico. Le brave persone presso le quali mi reco non mi hanno mai visto, e ben poco sanno di me. Sono pieno di timori perché, se fallissi il mio scopo, sarei per sempre un reietto sulla faccia della terra.

— Non disperate. È certo una grande sfortuna non avere amici; ma il cuore dell'uomo, quando non siano in gioco interessi personali troppo evidenti, trabocca di amor fraterno e di carità. Fidate, quindi, nelle vostre speranze, e se questi vostri amici sono buoni ed amabili, non disperate.

— Sono buoni, sono le migliori creature di questo mondo; ma, disgraziatamente, sono prevenuti contro di me. Sono animato da buone intenzioni; la mia vita è stata fino a oggi inoffensiva e, in in un certo senso, benefica. Ma un fatale pregiudizio ottenebra i loro occhi, ed essi vedono un detestabile mostro là dove dovrebbero vedere un amico sincero ed affettuoso.

— Si tratta certo di una grande sfortuna; ma, se siete davvero senza colpa, non potete convincerneli?

— È quello che sto cercando di fare, e proprio per questo nutro grandissimi timori. Voglio molto bene a questi amici; da parecchi mesi, anche se essi non lo sanno, mi comporto ogni giorno nel modo più benefico nei loro confronti. Ma essi credono che io voglia nuocere loro, ed è questo pregiudizio che devo superare.

— Dove abitano questi amici?

— Nei dintorni.

Il vecchio fece una pausa, poi continuò: — Se volete

confidarmi con la massima sincerità i particolari della vostra storia, può darsi che possa fare qualcosa per convincerli. Sono cieco, e non posso trar giudizi dal vostro aspetto, ma nelle vostre parole c'è qualcosa che mi persuade della vostra sincerità. Sono un povero esiliato; ma sarebbe per me un piacere grandissimo essere in qualche modo utile ad una creatura umana.

— Uomo eccellente! Io vi ringrazio ed accetto la vostra generosa offerta. Con questa vostra benevolenza mi sollevate dalla polvere, e sono certo che, con il vostro aiuto, non sarò respinto dalla società e dalla simpatia dei vostri simili.

— Il Cielo non voglia, anche se voi foste un criminale; perché questo potrebbe solo spingervi alla disperazione e non volgervi alla virtù. Anch'io sono disgraziato; sono stato condannato assieme alla mia famiglia, per quanto innocente; giudicate, quindi, se posso comprendere le vostre sventure.

— Come posso ringraziarvi, mio ottimo e solo benefattore? Dalle vostre labbra ho sentito per la prima volta un accento gentile; sempre ve ne sarò grato, e questa vostra comprensione mi rende sicuro del successo con gli amici che sto per incontrare.

— Potrei conoscere il nome e l'indirizzo di questi amici?

Feci una pausa. Era, pensai, il momento della decisione, il momento che avrebbe potuto concedermi o sottrarmi per sempre la felicità. Cercai invano la fermezza sufficiente per rispondergli; lo sforzo mi tolse ogni energia e caddi a sedere su una sedia, singhiozzando forte. In quel momento sentii i passi dei miei più giovani protettori. Non avevo un istante da perdere, e, afferrando la mano del vecchio, gridai: — L'ora è giunta! Salvatemi e proteggetemi! Voi e la vostra famiglia siete gli amici che cerco. Non abbandonatemi nel momento della prova!

— Gran Dio! — esclamò il vecchio. — Chi siete?

Allora entrarono Felice, Safie e Agata. Chi può descrivere il loro orrore e il loro sgomento quando mi videro? Agata svenne, e Safie, incapace di soccorrere l'amica, si precipitò fuori dalla casa. Felice balzò in avanti e, con forza sovrumana, mi strappò dal padre, alle cui ginocchia mi ero afferrato. In un impeto d'ira, mi buttò a terra e mi colpì violentemente con un bastone.

Avrei potuto farlo a pezzi, come il leone con un'antilope. Ma, stretto da profonda amarezza, il cuore mi mancò, e mi trattenni. Vidi che era sul punto di ripetere il colpo quando, vinto dal dolore e dall'angoscia, uscii dalla casa e, nella confusione generale, senza che alcuno mi notasse, corsi nel mio rifugio.

CAPITOLO XV

Maledetto, maledetto creatore! Perché continuai a vivere? Perché, in quell'istante, non estinsi la scintilla di vita che tu mi avevi avventatamente donato? Non lo so; non ero ancora preda della disperazione: i miei sentimenti erano di rabbia e di vendetta. Avrei distrutto con gioia la casa ed i suoi abitanti, mi sarei deliziato delle loro grida e del loro dolore.

Come venne la notte, abbandonai il mio rifugio e vagai per il bosco; non più trattenuto ormai dal timore di essere scoperto, diedi libero sfogo alla mia angoscia con ululati terrificanti. Ero come una bestia selvaggia che avesse rotto i lacci; distruggevo tutto ciò che mi si parava dinanzi e correvo per la foresta come un cervo. Oh, che terribile notte passai! Le stelle brillavano fredde, quasi in segno di scherno, e gli alberi agitavano i rami nudi sopra la mia testa; ogni tanto nel silenzio si levava, dolce, la voce di un uccello. Tutto era quiete e gioia, tutto all'infuori di me; io, come l'arcidiavolo, portavo in me l'inferno; e poiché nulla amavo, sentivo il desiderio di strappare gli alberi, di spargere all'intorno sterminio e distruzione e di sedermi poi a gioire della rovina.

Ma era un tumulto di sentimenti che non poteva durare; l'eccessivo dispendio di energie mi affaticò, e, impotente e disperato, caddi sull'erba umida. Nessuno fra le miriadi d'uomini esistenti avrebbe avuto pietà di me o mi avrebbe aiutato; perché avrei dovuto io mostrarmi buono con i miei nemici? No: da quel momento dichiarai guerra eterna all'umanità, e, più di tutti, a colui che, creandomi, mi aveva votato a questa insopportabile abiezione.

Si levò il sole; udii le voci degli uomini e compresi

che mi era impossibile ritornare per quel giorno al mio rifugio. Mi nascosi quindi in un fitto cespuglio, e decisi di consacrare le ore a riflettere sulla mia situazione.

La luce del sole e la purezza dell'aria mi infusero un certo grado di tranquillità, e quando considerai l'accaduto, non potei a meno di pensare di essere stato troppo precipitoso nelle mie conclusioni. Avevo agito imprudentemente, certo. Con le mie parole mi ero senza dubbio cattivata la simpatia del vecchio, ed ero stato pazzo ad esporre la mia persona all'orrore dei suoi figli. Avrei dovuto prima abituare il vecchio De Lancey alla mia presenza, poi, a poco a poco, rivelarmi al resto della famiglia, quando gli altri fossero stati preparati ad avvicinarmi. Ma non mi sembrava che i miei errori fossero irrimediabili; dopo lunghe riflessioni, decisi di tornare alla villetta, di cercare il vecchio e di guadagnarlo alla mia causa con frequenti visite.

Questi pensieri mi calmarono, e nel pomeriggio caddi in un sonno profondo; ma la febbre non mi permise sogni tranquilli. Davanti agli occhi mi si ripeteva sempre la scena orribile del giorno precedente: le donne che fuggivano e Felice che, furibondo, mi strappava dai piedi del padre. Mi svegliai esausto, e, come mi accorsi che era già notte, scivolai fuori del mio nascondiglio e andai in cerca di cibo.

Placata la fame, mi diressi verso il ben noto sentiero che conduceva alla casa. Entrai silenziosamente nel mio ricovero, e restai in silenziosa attesa dell'ora in cui la famiglia si sarebbe destata. Quell'ora passò, il sole si levò alto nel cielo, ma i miei vicini non apparvero. Previdi qualche sciagura e fui colto da un fremito violento. Nella casa era buio, e non si udiva movimento alcuno; non posso descrivere l'angoscia di questa attesa.

Passarono poi due contadini che, fermandosi accanto alla casa, cominciarono a discutere gesticolando; ma non compresi quello che dicevano, perché parlavano la lingua del paese, diversa da quella dei miei protettori. Poco dopo tuttavia apparve Felice, accompagnato da un'altra persona. La cosa mi stupì, perché sapevo che non era uscito di casa quella mattina, e mi sforzai di comprendere, dai suoi discorsi, il significato di questi avvenimenti insoliti.

— Considerate, — disse il suo accompagnatore, — che sarete obbligati a pagare tre mesi di affitto ed a perdere i prodotti dell'orto. Non voglio ricavare alcun illecito profitto, e vi prego quindi di attendere qualche giorno prima di decidere.

— È assolutamente inutile, — rispose Felice; — non possiamo più abitare nella vostra casa. In seguito alla circostanza spaventosa che vi ho riferito, la vita di mio padre è in grandissimo pericolo. Mia moglie e mia sorella non potranno mai rimettersi dall'orrore che hanno provato. Vi scongiuro di non discutere oltre. Prendete possesso della vostra proprietà, e lasciate che mi allontani da questo luogo.

Dicendo questo, Felice tremava violentemente. Entrò nella casa con il suo compagno, vi restò per qualche minuto, poi si allontanò. Non rividi più componente alcuno della famiglia De Lancey.

Rimasi per tutto il resto della giornata nel mio rifugio, in uno stato di indicibile ed ebete disperazione. I miei protettori se n'erano andati, avevano spezzato l'unico vincolo che mi tenesse legato al mondo. Per la prima volta sentimenti di vendetta e d'odio mi riempirono l'animo, ed io neppure cercai di dominarli, ma, lasciandomi trascinare, volsi lo spirito alla distruzione e alla morte. Quando ricordavo i miei amici, la voce dolce di De Lancey, gli occhi buoni di Agata, la squisita bellezza dell'araba, questi pensieri svanivano, e scoppiavo in pianto. Ma quando ricordavo che essi mi avevano respinto ed abbandonato, l'ira tornava ad afferrarmi, un'ira furibonda, e, non potendo infierire su un essere umano, sfogavo la mia collera su oggetti inanimati. Come giunse la notte, disposi attorno alla casa combustibili di ogni sorta, e, dopo aver distrutto ogni traccia di coltivazione nell'orto, attesi con impazienza che la luna tramontasse per dare inizio alla mia opera.

Come la notte si fece più fonda, un forte vento si levò dai boschi e spazzò rapidamente le nubi che indugiavano nel cielo; le raffiche si precipitavano innanzi come una valanga possente, e produssero nel mio animo una specie di pazzia che infranse ogni vincolo di ragione e di riflessione. Accesi il ramo secco di un albero e presi a danzare freneticamente attorno alla casa condannata, gli occhi fissi alla linea dell'orizzonte a occidente, già sfiorata dalla luna. Quando alla fine una parte della sua orbita scomparve, scossi la torcia, l'abbassai e con un gran grido appiccai il fuoco alla paglia, all'edera e ai ramoscelli che avevo ammassato. Il vento alimentò il rogo, e in breve la casa fu avviluppata dalle fiamme che l'assalivano e la lambivano con le loro lingue forcute e distruggitrici.

Non appena ebbi la certezza che nessuna parte dell'edificio avrebbe potuto essere salvata, lasciai il luogo ed andai a cercare rifugio nei boschi.

Ed ora che il mondo si apriva dinanzi a me, in quale direzione avrei mosso i miei passi? Decisi di fuggire dal teatro delle mie sciagure; ma per me, odiato e disprezzato, ogni paese sarebbe stato egualmente orribile. Alla fine mi balenò alla mente il pensiero di te. Sapevo dalle tue carte che tu eri mio padre, il mio creatore; a chi avrei potuto meglio rivolgermi che a colui il quale mi aveva dato vita? Tra le lezioni che Felice aveva impartito a Safie, non era stata trascurata la geografia, ed io conoscevo quindi la posizione relativa dei vari paesi della terra. Tu parlavi di Ginevra come della tua città natale, e decisi di dirigermi a quella volta.

Ma come avrei potuto trovare la strada? Sapevo di dover viaggiare verso sud per raggiungere la meta, ma non avevo altra guida all'infuori del sole. Non conoscevo i nomi delle città che avrei dovuto attraversare, né avrei potuto chiedere informazioni ad essere umano; pure non disperai. Da te solo potevo sperare soccorso, anche se nei tuoi riguardi nutrivo un unico sentimento: l'odio. Creatore spietato e senza cuore! Mi avevi dotato di sentimenti e di passioni, poi mi avevi scacciato, oggetto di disprezzo e d'orrore per l'umanità. Ma da te solo potevo reclamare pietà e assistenza, e da te decisi di cercare quella giustizia che invano mi ero sforzato di ottenere da ogni altro essere umano.

Il mio viaggio fu lungo, e le sofferenze che sopportai indicibili. Era autunno inoltrato quando lasciai la regione dove avevo così a lungo soggiornato. Viaggiavo soltanto di notte, per tema di incontrare un essere umano. La natura appassiva attorno a me, ed il sole perse il suo calore; caddero neve e pioggia, grandi fiumi gelarono, la superficie della terra si fece dura, ghiacciata ed aspra, ed io non trovavo rifugio. Oh, terra! quante volte rimpiansi amaramente di essere venuto al mondo! Era scomparsa la dolcezza della mia natura, tutto in me si era tramutato in tormento ed amarezza. Più mi avvicinavo alla tua dimora, più acuto avvertivo lo spirito della vendetta che mi torturava il cuore. Cadde la neve, le acque si tramutarono in una distesa solida, ma io non mi arrestai. Ogni tanto qualche incidente serviva ad indicarmi la direzione, e possedevo una carta geografica del paese, ma spesso vagavo lungi da quella che avrebbe dovuto essere la mia via. L'angoscia non mi dava tregua; non mi capitò un solo caso dal quale la mia ira e il mio dolore non traessero alimento, anzi, un fatto accaduto nei dintorni del confine svizzero, quando il sole aveva ritrovato il suo calore e la terra cominciava a rinverdire, esasperò in modo particolare l'amarezza del mio animo.

Di solito riposavo durante il giorno e viaggiavo solo quando ero sicuro che le tenebre mi nascondessero alla vista dell'uomo. Ma una mattina, notando che il mio sentiero si snodava attraverso un bosco fittissimo, mi arrischiai a proseguire il mio cammino quando già il sole era spuntato; la giornata, agli inizi della primavera, infondeva anche a me un poco di allegria con il suo splendore e la sua aria balsamica. Sentivo rinascere in me sensazioni di bontà e di gioia, che credevo da lungo tempo spente. Sorpreso dalla novità di queste emozioni, mi lasciai trascinare da esse, e, dimenticando la mia solitudine e la mia deformità, osai essere felice. Dolci lacrime tornarono ad inumidirmi le guance, e giunsi al punto di sollevare con riconoscenza gli occhi umidi al benedetto sole che mi concedeva una simile gioia.

Continuai ad avanzare fra i sentieri del bosco fino a quando non giunsi al suo limite, segnato da un fiume rapido e profondo in cui molti alberi piegavano i loro rami già coperti di gemme primaverili. Là, non sapendo esattamente quale strada seguire, mi fermai, quando sentii un suono di voci che mi spinse a nascondermi all'ombra di un cipresso. Non appena ebbi fatto ciò, una giovane donna venne correndo verso il luogo dove io mi celavo, ridendo come se per gioco cercasse di fuggire a qualcuno. Continuò ratta lungo le rive scoscese del fiume, quando, improvvisamente, mise un piede in fallo e cadde nella corrente impetuosa. Mi precipitai fuori del mio nascondiglio, e, lottando con la violenza delle acque, la salvai e la trassi a riva. Era priva di sensi, ed io cercavo come meglio potevo di farla rinvenire, quando fui improvvisamente interrotto dal sopraggiungere di un contadino, probabilmente la persona dalla quale la fanciulla fuggiva per gioco. Come mi vide, mi si precipitò addosso, mi strappò la giovane dalle braccia e si affrettò verso il fitto del bosco. Lo inseguii rapido, non sapevo neppure io perché; ma, come vide che mi avvicinavo, l'uomo mi prese di mira con una rivoltella che aveva seco e fece fuoco. Caddi a terra, e il mio feritore fuggì nel bosco con raddoppiata rapidità.

Era questa, dunque, la ricompensa alla mia bontà. Avevo salvato un essere umano dalla morte, ed ora, come premio, mi contorcevo per il dolore di una ferita che mi dilaniava carne ed osso. I sentimenti benevoli che mi pervadevano solo pochi momenti addietro si trasformarono in ira diabolica e in digrignare di denti. Esacerbato dalla sofferenza, giurai odio eterno e vendetta a tutta l'umanità. Ma lo strazio della ferita mi vinse: il polso mi si arrestò, ed io svenni.

Per qualche settimana condussi una vita miserabile nei boschi, cercando di curare la ferita che mi era stata inferta. La pallottola mi era penetrata nella spalla, ed io non sapevo se vi fosse rimasta conficcata o l'avesse trapassata; in ogni caso, non avevo modo di estrarla. Le mie sofferenze erano anche aumentate dalla sensazione opprimente dell'ingiustizia e dell'ingratitudine di cui ero vittima. Ogni giorno facevo voti per una vendetta tale da compensarmi da sola degli oltraggi e dell'angoscia subiti.

Dopo alcune settimane la ferita guarì ed io ripresi il mio viaggio. Le fatiche che affrontavo non ricevevano ormai più sollievo dallo splendore del sole o dalle brezze gentili della primavera; ogni gioia non era che una beffa che insultava la mia desolazione e mi faceva sentire più penosamente come io non fossi stato fatto per godere di piacere alcuno.

Ma i miei travagli si avvicinavano ora alla fine; in due mesi circa, raggiunsi i dintorni di Ginevra.

Era sera quando arrivai, e mi ritirai in un nascondiglio fra i campi che circondano la città, a riflettere sul modo in cui avrei potuto giungere fino a te. Ero oppresso dalla stanchezza e dalla fame e troppo infelice per godere delle lievi brezze vespertine o della vista del sole che tramontava dietro le stupende montagne del Giura.

Venne a sollevarmi dai miei cupi pensieri un sonno leggero, disturbato poi da un fanciullo che, con tutta la spensieratezza dell'infanzia, veniva di corsa verso il rifugio da me scelto. Improvvisamente, mentre lo guardavo, mi venne l'idea che quella piccola creatura non doveva avere pregiudizi, che da troppo poco tempo era al mondo per conoscere l'orrore per la deformità. Se avessi potuto impadronirmi di lui ed educarlo come mio compagno ed amico, non sarei più stato solo su questa terra popolata.

Spinto da questo impulso, presi il ragazzo mentre passava e lo trassi a me. Non appena si accorse del mio aspetto, egli si coprì gli occhi con le mani ed emise un grido acuto. Lo costrinsi ad abbassare le mani dal viso e dissi: — Bimbo, che significa ciò? Non voglio farti del male; ascoltami.

Egli si dibatté con violenza. — Lasciami andare, — gridò, — mostro! demonio orrendo! Vuoi mangiarmi e farmi a pezzi. Sei un orco! Lasciami andare o lo dirò al mio papà.

— Ragazzo, non vedrai più tuo padre. Devi venire con me.

— Mostro orrendo! Lasciami andare; mio papà è sindaco... è il signor Frankenstein, e ti farebbe punire. Non osare di trattenermi.

— Frankenstein! Tu appartieni allora al mio nemico... a colui al quale ho giurato vendetta eterna. Tu sarai la mia prima vittima.

Il bimbo continuò a dibattersi e a caricarmi d'ingiurie che portavano la disperazione nel mio cuore; lo strinsi alla gola per farlo tacere, ed un istante dopo egli giaceva ai miei piedi, morto.

Fissai la mia vittima, ed il mio cuore palpitò di esultanza e di diabolico trionfo; giungendo le mani esclamai: — Anch'io posso creare la desolazione: il mio nemico non è invulnerabile; questa morte lo porterà alla disperazione, e mille altre sventure lo tormenteranno e lo distruggeranno.

Mentre fissavo lo sguardo sul bimbo, vidi qualcosa luccicare sul suo petto. La presi: era la miniatura di una bellissima donna. Malgrado la mia perversità, essa mi intenerì e mi attrasse. Per qualche istante guardai con gioia i suoi occhi scuri dalle lunghe ciglia e le sue splendide labbra, ma poi, subito, ricaddi preda dell'ira: ricordai che io ero bandito per sempre dalle gioie che simili creature possono offrire, ricordai che, se mi avesse visto, quella stessa persona che stavo ammirando avrebbe mutato quella sua aria di divina bontà in un'espressione di terrore e di disgusto.

Ti meravigli forse che simili pensieri centuplicassero la mia ira? Io invece mi chiedo solo come mai in quel momento, invece di sfogare i miei sentimenti in gemiti di angoscia, non mi precipitassi sull'umanità, annientandomi nel tentativo di distruggerla.

Sconvolto da simili emozioni, lasciai il luogo del delitto, e stavo cercando un nascondiglio più sicuro, quando vidi passarmi accanto una giovane donna. Era una fanciulla non bella certo come la donna della miniatura, ma di aspetto gradevole, e nel pieno fulgore della giovinezza e della salute. « Ecco », pensai, « una delle creature i cui sorrisi sono destinati a tutti fuor che a me; non mi sfuggirà; grazie alle lezioni di Felice ed alle leggi sanguinarie dell'uomo, ho imparato ad operare il male ». Mi avvicinai a lei, senza essere visto, e feci scivolare la miniatura in una delle pieghe della sua veste.

Per alcuni giorni mi aggirai attorno ai luoghi che erano stati teatro di questi avvenimenti, ora spinto dal desiderio di vederti, ora deciso ad abbandonare per sempre il mondo e le sue miserie. Mi diressi alla fine verso queste montagne e vagai per i loro recessi, consunto da un'inquietudine bruciante che tu solo puoi soddisfare. Non ci separeremo fino a quando tu non mi avrai promesso di consentire alla mia richiesta. Sono solo e misero: l'uomo non mi sarà mai compagno, ma un essere deforme e orribile mio pari non mi respingerebbe. Il mio compagno deve essere della mia stessa specie e deve avere i miei stessi difetti. Tu devi creare un essere simile.

CAPITOLO XVI

Terminato che ebbe di parlare, il mostro fissò lo sguardo su di me, in attesa di una risposta. Ma io ero sconvolto, perplesso ed incapace di mettere ordine nelle mie idee tanto da comprendere in tutto il suo significato la proposta. Egli continuò:

— Tu devi creare per me una femmina con la quale possa vivere in quella reciprocità di affetti necessaria alla mia esistenza. Tu solo puoi fare una cosa simile, ed io te la chiedo come un diritto che non puoi rifiutarmi.

L'ultima parte della sua storia aveva fatto rinascere in me l'ira, che era scomparsa quando egli mi raccontava della sua pacifica vita fra gli abitanti della villetta, e a queste parole non potei più oltre reprimere il furore che mi ardeva nel petto.

— Rifiuto, — dissi, — e nessuna tortura riuscirà mai ad estorcere da me un consenso. Puoi rendermi il più miserabile degli uomini, ma non farmi vile ai miei stessi occhi. Dovrei creare un altro essere simile a te perché il mondo sia afflitto da un nuovo mostro? Vattene! Questa è la mia risposta: puoi torturarmi, ma io non acconsentirò mai.

— Hai torto, — ribatté il demone, — e, invece di minacciarti, mi limito a ragionare con te. Sono perfido perché sono infelice; non sono forse evitato ed odiato da tutta l'umanità? Tu, mio creatore, vorresti farmi a pezzi ed essere felice; ricordatelo e dimmi: perché dovrei avere io pietà dell'uomo più di quanto l'uomo ha pietà di me? Per te non sarebbe certo un delitto farmi precipitare in uno di questi crepacci distruggendo il mio corpo, l'opera delle tue stesse mani. Dovrei io forse rispettare l'uomo che mi disprezza? Che egli viva con me in termini di mutua bontà, e, in luogo di male, lo colmerò di attenzioni, e piangerò di gratitudine se si degnerà di accettarle. Ma ciò non può essere: i sensi umani sono una barriera insormontabile alla nostra convivenza. Ma la mia non sarà l'abietta sottomissione dello schiavo. Mi vendicherò delle offese subìte: se non posso ispirare affetto, diffonderò il terrore, e a te soprattutto, mio arcinemico perché mio creatore, giuro odio inestinguibile. Bada bene: lavorerò alla tua distruzione e cesserò solo quando ti avrò straziato il cuore tanto da farti maledire il giorno in cui sei nato.

Una rabbia diabolica lo animava mentre pronunciava queste parole; il suo volto si contrasse in smorfie orribili, ma quasi subito egli si calmò e proseguì:

— Voglio ragionare. Questo parossismo mi danneggia poiché non ti rendi conto di esserne la causa. Se una sola creatura provasse nei miei riguardi sentimenti di benevolenza, mille e mille volte la ripagherei; per amor suo, farei la pace con tutto il genere umano. Ma mi sto abbandonando a sogni di felicità inattuabili. Ti chiedo una cosa ragionevole e modesta: domando una creatura dell'altro sesso che sia orrenda come me; si tratta di un misero compenso, ma è tutto quello che posso ottenere, e me ne contenterò. Saremo due mostri esclusi dal mondo, è vero, ma proprio per questo più grande sarà il nostro reciproco affetto. Le nostre vite non saranno liete, ma innocue, e libere dall'angoscia che ora provo. Oh, mio creatore, rendimi felice; fa' che, per questo solo beneficio, senta gratitudine nei tuoi confronti. Fa' che io senta la simpatia di qualche essere vivente! Non respingere la mia richiesta!'

Mi sentii commosso. Rabbrividii al pensiero delle possibili conseguenze del mio consenso, ma sentii che la sua logica non mancava di giustizia. La sua storia, ed i sentimenti che ora esternava, mi provavano che egli era una creatura di una certa sensibilità; e, come suo creatore, non gli dovevo forse tutta quella parte di felicità che era in mio potere di attribuirgli? Egli notò la mia mutata disposizione e continuò:

— Se accetti, né tu né alcun altro essere umano ci rivedrà mai più: andrò nelle selvagge solitudini del Sud America. Il mio cibo non è quello dell'uomo, non rubo agnelli e capretti per saziare il mio appetito: bacche e ghiande mi offrono nutrimento sufficiente. La mia compagna sarà della mia stessa natura, e se ne accontenterà. Faremo delle foglie secche il nostro letto; il sole che splende sugli uomini risplenderà anche su di noi e farà maturare ciò che serve al nostro sostentamento. Quanto ti prospetto è innocuo ed umano, e tu sai di non poterlo rifiutare per semplice eccesso di potere e di crudeltà. Spietato come sei stato nei miei confronti, leggo ora la compassione nei tuoi occhi; lascia che colga il momento favorevole e che ti persuada a promettere ciò che desidero tanto.

— Tu mi proponi, — replicai, — di fuggire le abitazioni dell'uomo e di dimorare in luoghi dove solo le belve ti saranno compagne. Come potrai sopportare un tale esilio, tu che ti struggi per l'amore e per la simpatia degli uomini? Tornerai, e ancora cercherai comprensione, e ancora sarai odiato; ancora l'odio rinascerà in te, e allora avrai una compagna ad aiutarti nella tua opera di distruzione. Ciò non deve essere; non insistere dunque su questo punto, perché non acconsentirò mai.

— Quanto mutevoli sono i tuoi sentimenti! Un momento fa ti lasciavi commuovere da ciò che io ti prospettavo, ed ora ti irrigidisci nuovamente dinanzi alle mie lamentele. Ti giuro, per la terra su cui dimoro e per te che mi hai creato, di abbandonare assieme alla compagna che mi darai la vicinanza dell'uomo e di fissare la mia residenza nei luoghi più selvaggi che si possano immaginare. Le mie male passioni scompariranno perché avrò trovato comprensione; la mia vita trascorrerà tranquilla; e, al momento della morte, non maledirò il mio fattore.

Le sue parole ebbero su di me uno strano effetto. Provavo compassione per lui; ma quando lo guardavo, quando vedevo la sua massa deforme muoversi e parlare, il cuore mi si stringeva ed ogni sentimento nei suoi confronti si tramutava in odio e terrore. Cercai di vincere tale stato d'animo; pensai che, se non avevo simpatia per lui, non avevo però diritto alcuno di negargli la più piccola parte di felicità che fosse in mio potere di concedergli.

— Tu giuri, — dissi, — di essere inoffensivo; ma non credi che la perfidia da te dimostrata dovrebbe darmi ragione di diffidare? Non potrebbe essere, questa, una manovra per rendere maggiore il tuo trionfo, offrendo un bersaglio più vasto alla tua vendetta?

— Che intendi dire? Credevo di averti mosso a compassione, e tu ancora rifiuti di concedermi l'unico favore che potrebbe intenerirmi e rendermi innocuo. Privo di legami d'affetto, altro non mi resta che odio e malvagità: l'amore di un altro essere distruggerebbe la causa dei miei delitti, ed io diventerei una creatura di cui tutti ignorerebbero l'esistenza. Le mie malefatte sono figlie di una solitudine forzata che aborro; le mie virtù risorgeranno quando vivrò in comunione con un mio pari: sentirò allora il calore di un affetto e finalmente potrò prender parte a quell'esistenza sociale da cui oggi sono escluso.

Rimasi un momento a riflettere su quanto mi aveva detto. Pensai alle virtù che aveva mostrato all'inizio ed al susseguente crollo di ogni nobile sentimento dinanzi all'orrore ed al disprezzo dei suoi protettori. Né mancavo di prendere in considerazione la sua forza e le sue minacce: un essere in grado di vivere nei crepacci dei ghiacciai e di sottrarsi all'inseguimento sulle pareti di precipizi inaccessibili, era dotato di risorse con cui sarebbe stato vano misurarsi. Dopo lunga riflessione, conclusi che la giustizia dovuta sia a lui che ai miei simili esigeva che io accondiscendessi alla sua richiesta. Volgendomi quindi a lui, dissi:

— Accetto la tua proposta, se mi giuri solennemente di lasciare per sempre l'Europa e di fuggire il consorzio umano, non appena ti avrò consegnato la femmina che ti accompagnerà nel tuo esilio.

— Giuro, — esclamò, — che, se soddisferai la mia preghiera, mai più mi rivedrai fino a quando esisteranno il sole e l'azzurra volta del cielo. Torna a casa e da' inizio al tuo lavoro: ne seguirò i progressi con ansia indicibile; e non aver paura, ti comparirò dinanzi solo quando l'avrai terminato.

Così dicendo, mi lasciò bruscamente, temendo, forse, che potessi mutare parere. Lo vidi discendere la montagna più veloce del volo di un'aquila, ed in breve scomparve fra le creste del mare di ghiaccio.

In questo colloquio tutta la giornata era trascorsa e quando egli si allontanò, il sole era sulla linea dell'orizzonte. Sapevo che avrei dovuto affrettarmi a scendere a valle, perché presto sarei stato inghiottito dalle tenebre; ma il mio cuore era pesante, i miei passi lenti. A fatica riuscivo a orientarmi fra i sentieri della montagna e a puntare saldamente il piede sul terreno, preso com'ero dalle emozioni che gli avvenimenti della giornata avevano fatto nascere in me. Era già notte avanzata quando giunsi al posto di ristoro a mezza strada e mi misi a sedere presso una fonte. Le stelle brillavano a tratti attraverso squarci di nubi; i pini si drizzavano scuri dinanzi a me, e qua e là un albero giaceva spezzato al suolo: era una scena grandiosa e solenne, che suscitava in me strani pensieri. Mi lasciai vincere dal pianto e, giungendo le mani in un impeto d'angoscia, esclamai: — Stelle, nuvole, venti, voi tutti vi prendete gioco di me: Lasciate che mi annulli, o andatevene, altrimenti, andatevene e lasciatemi solo nelle tenebre.

Il dolore mi dettava pensieri folli: il freddo scintillio delle stelle e il sibilare del vento mi sembravano oscuri presagi di morte.

L'alba sorse prima che arrivassi al villaggio di Chamonix; ma il mio aspetto, abbattuto e strano, non valse certo a calmare i timori dei miei familiari, i quali mi avevano ansiosamente atteso tutta notte.

Il mattino seguente partimmo per Ginevra. Quella passeggiata, secondo l'intenzione di mio padre, avrebbe dovuto servire a distrarmi ed a restituirmi la mia serenità; ma la medicina era riuscita fatale. Incapace di spiegarsi la mia angoscia, egli affrettò il ritorno, nella speranza che la pace e la monotonia della vita domestica potessero a mano a mano placare le mie sofferenze, qualunque ne fosse la causa.

Per parte mia, accettavo passivamente ogni loro decisione; neppure il sollecito affetto della mia cara Elisabetta riusciva a trarmi dalla mia angoscia. La promessa fatta al demone pesava sulla mia anima come la cappa di piombo sulla testa degli ipocriti, nell'inferno dantesco. Le bellezze della natura passavano come un sogno davanti ai miei occhi: quel pensiero soltanto era reale. Qualche volta cadevo preda di incubi: animali immondi mi circondavano, infliggendomi atroci torture e strappandomi grida e lamenti.

Pure, a poco a poco queste emozioni si placarono. Ripresi parte alla vita di ogni giorno, se non con interesse, almeno con un certo grado di serenità.

CAPITOLO XVII

Passarono giorni e settimane dopo il mio ritorno a Ginevra senza che mi sentissi il coraggio di riprendere il mio lavoro. Temevo la vendetta del demone deluso, ma ero incapace di vincere la mia repugnanza per ciò che mi era stato imposto. Sapevo che mi sarebbe stato impossibile creare una femmina senza dedicare ancora parecchi mesi a uno studio profondo e ad analisi complicate. Avevo avuto notizia di alcune scoperte fatte da un filosofo inglese, la cui conoscenza era indispensabile al mio successo, e pensavo qualche volta di ottenere da mio padre il permesso di visitare per questo l'Inghilterra; ma mi aggrappavo ad ogni pretesto di ritardo, e non potevo decidermi ad abbandonare la tranquillità che si stava ristabilendo in me. La mia salute, che già era andata declinando, si riprendeva ora gradatamente, ed il mio umore migliorava in proporzione, quando non lo ossessionava il ricordo della mia infelice promessa.

Mio padre notò con piacere questo cambiamento e si studiò di trovare il mezzo migliore per vincere quel resto di melanconia che ogni tanto tornava a manifestarsi. In quei momenti mi rifugiavo nella più perfetta solitudine. Passavo intere giornate solo, sul lago, su una piccola barca, silenzioso ed immobile, a guardare le nubi e ad ascoltare lo sciacquio delle onde. E alle volte la dolcezza dell'aria e lo splendore del sole riuscivano a restituirmi un certo grado di serenità, talché, quando tornavo, rispondevo ai saluti dei miei cari con sorriso più pronto e cuore più leggero.

Fu appunto al ritorno da uno di questi vagabondaggi che mio padre, chiamatomi in disparte, mi disse:

— Sono lieto di constatare, figliolo caro, che ti dedichi ancora ai tuoi passatempi di una volta e che stai rientrando in te stesso. Pure, c'è ancora qualcosa che ti tormenta e ti fa evitare la nostra compagnia. Per qualche tempo mi sono perduto in congetture circa la causa di tutto ciò, ma ieri un'idea mi ha colpito; se essa ha qualche fondamento, ti scongiuro di confessarlo. Ogni reticenza su questo punto non solo sarebbe inutile, ma darebbe grande angoscia a noi tutti.

A questo esordio ebbi un tremito, mio padre continuò:

— Ti confesso, figlio mio, di aver sempre considerato il tuo matrimonio con tua cugina come la massima felicità per la nostra famiglia ed il conforto della mia vecchiaia. Vi volete bene fino dalla più tenera infanzia, avete studiato assieme e, per gusti e per carattere, sembravate perfettamente adatti l'uno all'altra. Ma cieca è l'esperienza dell'uomo, e può darsi che il mio progetto sia stato distrutto proprio da ciò che, a mio giudizio, meglio concorreva alla sua attuazione. Tu forse la consideri come una sorella, e non provi desiderio alcuno che ella divenga tua moglie. O forse ti sei innamorato di un'altra; e, dato che ti consideri legato da un vincolo d'onore a tua cugina, questa lotta può essere all'origine della tua angoscia.

— Rassicurati, mio carissimo padre. Amo sinceramente mia cugina. Mai nessuna donna come Elisabetta ha destato in me affetto ed ammirazione. Le mie speranze ed i miei progetti per l'avvenire si ricollegano tutti all'idea della nostra unione.

— Questi tuoi sentimenti, mio caro Vittorio, mi dànno la gioia più grande che io abbia provato da qualche tempo. Se tale è il tuo stato d'animo, certo saremo felici, anche se il recente accaduto può gettare su di noi un'ombra di tristezza. Ma proprio questa tristezza intendo dissipare, che sembra aver preso così saldo possesso della tua anima. Dimmi quindi se hai qualche cosa in contrario ad un'immediata celebrazione del matrimonio. Siamo stati sfortunati, e gli avvenimenti ci hanno tolto quella tranquillità che si conviene ai miei anni ed alla mia salute. Tu sei molto giovane; pure non credo che, fornito come sei di una fortuna adeguata, un matrimonio precoce possa danneggiare i piani da te eventualmente formulati. Non pensare tuttavia che io voglia disporre della tua felicità, o che un ritardo da parte tua possa indispormi. Interpreta le mie parole nel migliore dei modi, e rispondimi con confidenza e sincerità.

Ascoltai in silenzio mio padre, e per qualche istante non mi riuscì di formulare una risposta. Una moltitudine di pensieri si agitava nella mia mente, e mi sforzai di arrivare a qualche conclusione. Ahimè! l'idea di una unione immediata con mia cugina mi riempiva di spavento. Ero legato da una solenne promessa che non avevo ancora mantenuto e che non osavo infrangere; o, se l'avessi infranta, quali sciagure avrebbero potuto rovesciarsi su di me e sulla mia sciagurata famiglia? Potevo affrontare una festa nuziale con quel peso sul cuore? Dovevo adempiere al mio impegno e far sì che il mostro si allontanasse con la sua compagna, prima di concedermi le gioie di un'unione da cui mi ripromettevo pace.

Ricordai anche la necessità che mi si imponeva di andare in Inghilterra o di intraprendere una lunga corrispondenza con gli studiosi di quel paese, la cui conoscenza e le cui scoperte mi erano indispensabili per il lavoro che stavo per intraprendere. Il secondo sistema per ottenere le informazioni desiderate era laborioso e poco soddisfacente; d'altra parte ogni mutamento mi riusciva gradito, e l'idea di trascorrere un paio d'anni lontano dalla mia famiglia, in luoghi ed occupazioni diverse, mi allettava; in questo periodo avrebbe potuto avvenire qualcosa che mi restituisse alla quiete e alla felicità: avrei potuto adempiere alla mia promessa e il mostro sarebbe partito, o qualche incidente avrebbe potuto distruggerlo, mettendo così fine alla mia schiavitù.

Tali sentimenti mi dettarono la risposta che diedi a mio padre. Espressi il desiderio di visitare l'Inghilterra; ma, tenendo celate le vere ragioni della mia richiesta, nascosi i miei desideri sotto l'ansia di viaggiare e di vedere il mondo prima di stabilirmi per sempre fra le mura della mia città natale. Sostenni con calore la mia richiesta, e mio padre si lasciò facilmente indurre ad accontentarmi, perché mai vi fu al mondo genitore più indulgente e meno autoritario. Subito venne tracciato il piano in tutti i suoi particolari. Sarei andato a Strasburgo dove Clerval si sarebbe unito a me. Avremmo trascorso qualche tempo in Olanda, ma il nostro soggiorno più lungo l'avremmo fatto in Inghilterra. Saremmo tornati dalla Francia, e fu deciso che il viaggio dovesse durare due anni.

Mio padre si consolò al pensiero che il mio matrimonio con Elisabetta avrebbe avuto luogo subito dopo il mio ritorno a Ginevra. — Questi due anni, — disse, — passeranno in fretta, e rappresenteranno l'ultima dilazione alla nostra felicità. E Dio sa quanto desideri che giunga il momento in cui saremo tutti uniti, il momento in cui né speranze né timori turberanno più la nostra vita domestica.

— Sono lieto, — risposi, — del tuo consenso. Fra due anni saremo tutti e due più saggi e, spero, più felici di quanto non siamo ora. — Sospirai, ma mio padre, con molta bontà, trascurò di rivolgermi ulteriori domande. Pensava che le distrazioni del viaggio potessero restituirmi alla mia tranquillità.

Mi dedicai ai preparativi; ma mi assillava un presentimento, che mi riempiva di timore e di agitazione. Durante la mia assenza avrei lasciato i miei cari inconsapevoli dell'esistenza del loro nemico ed esposti agli attacchi che, esasperato dalla mia partenza, avrebbe potuto sferrare. Ma egli aveva promesso di seguirmi dovunque andassi, non mi avrebbe accompagnato dunque in Inghilterra? Questa idea, spaventosa in se stessa, mi tranquillizzava, in quanto presupponeva la salvezza dei miei cari. Mi straziava invece la supposizione che potesse accadere il contrario. Ma, dopo essere rimasto per tanto tempo schiavo della mia creatura, mi lasciai governare dall'impulso del momento: ero convinto che il demone mi avrebbe seguito, liberando la mia famiglia dal pericolo delle sue macchinazioni.

Era la fine d'agosto quando partii. Elisabetta approvò le ragioni del mio viaggio, e si rammaricò soltanto di non avere la medesima opportunità di allargare la propria esperienza e di coltivare il proprio intelletto. Pianse, tuttavia, al momento del commiato, e mi scongiurò di tornare felice e tranquillo. — Noi tutti, — disse, — dipendiamo da te: e quali possono essere i nostri sentimenti se tu sei infelice?

Mi lasciai cadere nella carrozza che doveva condurmi lontano, senza quasi sapere dove andassi e senza curarmi di quello che accadeva attorno a me. Mi ricordai solo, anche se il pensiero mi riempiva di angoscia, di ordinare che i miei strumenti chimici fossero imballati e viaggiassero con me, poiché avevo deciso di mantenere la mia promessa mentre mi trovavo all'estero e di tornare, se possibile, come uomo libero. In preda alle più cupe fantasticherie, passai fra paesaggi splendidi e maestosi; ma i miei occhi non vedevano nulla. Potevo pensare solo allo scopo del mio viaggio e al lavoro che mi avrebbe occupato per tutta la sua durata.

Dopo alcuni giorni trascorsi in assoluta apatia e durante i quali percorsi molte leghe, arrivai a Strasburgo, dove attesi due giorni Clerval. Arrivò. Ahimè! quanto era grande il contrasto fra noi. Si entusiasmava ad ogni panorama nuovo, era felice quando osservava il sole al tramonto ed ancor più felice quando lo vedeva sorgere per dare inizio a un nuovo giorno. Mi indicava i colori mutevoli del paesaggio e del cielo. — Ecco che cosa significa vivere! — esclamava. — Ora godo di essere al mondo. Ma, tu, mio caro Frankenstein, perché sei così preoccupato e depresso? — In verità io ero preda di cupi pensieri, e non avevo occhi per il tramonto dell'astro vespertino o per l'alba dorata che si rifletteva nel Reno. E voi, amico mio, vi divertireste molto di più a leggere il diario di Clerval, il quale osservava il panorama con occhio emozionato e gioioso, che ad ascoltare le mie riflessioni. Io ero un povero sciagurato, perseguitato da una maledizione che mi impediva ogni piacere.

Avevamo deciso di discendere il Reno in battello da Strasburgo a Rotterdam e di imbarcarci colà alla volta di Londra. Durante questo viaggio passammo accanto a molte isole verdeggianti e scorgemmo molte e splendide città. Ci fermammo un giorno a Manheim, e il quinto giorno dopo la partenza da Strasburgo arrivammo a Magonza. Al disotto di Magonza il corso del Reno si fa più pittoresco. Il fiume scorre rapido, e serpeggia fra colline non alte, ma ripide e di forma bellissima. Vedemmo molti castelli in rovina drizzarsi sull'orlo di precipizi, circondati da neri boschi, ad altezze difficilmente accessibili. Questa parte del Reno offre uno spettacolo singolarmente vario. In un punto si vedono aride colline e castelli in rovina a picco su tremendi precipizi, sotto i quali il fiume scorre cupo; si doppia un promontorio e il paesaggio è dominato da fertili vigne, da declivi verdeggianti, dalle curve sinuose del fiume, da popolose città.

Viaggiavamo in periodo di vendemmia, e, navigando sul fiume, udivamo i canti dei contadini. Anch'io me ne sentivo rallegrato, per quanto depresso e in preda a cupi presentimenti. Mi sdraiavo sul fondo del battello, e, mentre fissavo gli occhi al cielo senza nuvole, mi sembrava di bere una tranquillità che mi era da tanto tempo estranea. Se questi erano i miei sentimenti, chi può descrivere quelli di Enrico? Egli si sentiva trasportato nel paese delle fate, e godeva di una felicità quale raramente all'uomo è dato di gustare. — Ho visto, — diceva, — le più belle parti del mio paese; ho visitato i laghi di Lucerna e di Uri, dove le montagne coperte di neve discendono quasi a picco sull'acqua, gettando ombre nere e impenetrabili, che potrebbero creare un'atmosfera cupa e triste se le isole verdeggianti non dessero sollievo all'occhio con il loro aspetto gaio; ho visto questo lago agitato dalla tempesta, quando il vento suscita mulinelli d'acqua paragonabili ai vortici dell'oceano, ed ho visto le onde spazzare con furia la base della montagna, là dove un pastore e la sua amica furono travolti da una valanga e dove, secondo la leggenda, le loro voci si odono ancora fra le pause della brezza notturna; ho visto le montagne di La Valais e il Pays de Vaud; ma questo paese, Vittorio, supera tutte quelle meraviglie. Le montagne della Svizzera sono maestose e strane, ma sulle rive di questo fiume divino c'è un incanto di cui non ho mai provato l'eguale. Guarda quel castello che domina quel precipizio, guarda quell'isola quasi nascosta fra le foglie di quegli alberi meravigliosi, guarda quel gruppo di contadini che avanza fra le viti, e quel villaggio laggiù, semi-celato nei recessi della montagna. Oh, certo lo spirito che abita e custodisce questi luoghi ha un'anima amica all'uomo più di quelli che accumulano i ghiacciai o si ritirano sui picchi inaccessibili delle montagne del nostro paese.

Clerval! amico diletto! anche ora godo a ricordare le tue parole e a indugiare nella tua lode, così meritata. Era una creatura formata « nella poesia stessa della natura ». La sua immaginazione sfrenata ed entusiasta era moderata dalla sensibilità del suo cuore. La sua anima traboccava di affetti, e la sua amicizia era di quella natura devota e meravigliosa che chi conosce il mondo ci insegna di ammettere solo in teoria. Ma neppure le simpatie umane erano sufficienti a soddisfare la sua mente ansiosa. Egli amava con ardore la natura, che in altri desta solo ammirazione:

...Le sonanti cascate
l'incalzavano quasi una passione;
e le rocce possenti e le montagne
e i cupi boschi e le selve profonde
— colori e forma — erano al suo spirito
insieme sete sentimento amore
non bramosi di più sottile incanto:
interesse e pensier li alimentavano,
né chiedevano agli occhi alcun ausilio [1].

E dov'è egli ora? È perduto per sempre, quest'essere così simpatico e così buono? Questa mente così ricca di idee, di immaginazione, di fantasia, questa mente che dava origine a un mondo, che rispecchiava la vitalità del suo creatore, questa mente è scomparsa? Essa esiste ora solo nel mio ricordo? No, non è così! Il tuo corpo, scolpito da mano divina e risplendente di bellezza, si è sfatto, ma il tuo spirito visita ancora e consola il tuo infelice amico.

Scusatemi questa effusione di cordoglio; le mie insignificanti parole sono un ben misero tributo al valore impareggiabile di Enrico, ma il parlarne placa l'angoscia che mi dà il suo ricordo. Continuerò ora il mio racconto.

Superata Colonia, traversammo le pianure dell'Olanda; ma decidemmo di continuare il nostro viaggio in diligenza, perché il vento era contrario e la corrente del fiume troppo debole per esserci di qualche aiuto.

Il nostro viaggio perse qui l'interesse derivante dalla bellezza del paesaggio; ma arrivammo in pochi giorni a

[1] Wordsworth, *Tintern Abbey*.

Rotterdam, da dove proseguimmo per mare alla volta dell'Inghilterra. Era una chiara mattina di fine dicembre quando vidi per la prima volta le bianche scogliere della Britannia. Le rive del Tamigi mi offrivano uno spettacolo nuovo: erano piatte, ma fertili, e quasi ogni città richiamava alla memoria qualche episodio storico. Vedemmo Tilbury Fort e ricordammo l'*armada* spagnola; vedemmo Gravesend, Woolwich e Greenwich, luoghi di cui avevo sentito parlare anche nel mio paese.

Vedemmo alla fine le innumerevoli guglie di Londra, la cupola di San Paolo che troneggia al disopra di esse e la Torre, così famosa nella storia d'Inghilterra.

CAPITOLO XVIII

Londra rappresentò per noi una tappa; decidemmo di fermarci alcuni mesi in questa meravigliosa e celebre città. Clerval desiderava entrare in relazione con gli uomini di ingegno e di talento che vi fiorivano allora, ma questo per me rappresentava un obiettivo secondario; mi preoccupai soprattutto del mezzo di ottenere le informazioni necessarie all'adempimento della mia promessa, e subito mi valsi delle lettere di presentazione che avevo portato con me, indirizzate agli studiosi più noti di filosofia naturale.

Se avesse avuto luogo al tempo dei miei studi, quel viaggio sarebbe stato per me fonte di inesprimibile piacere. Ma un'influenza maligna pesava sulla mia vita, ed io visitavo quelle persone solo per ottenerne informazioni di cui mi era odioso interessarmi. La compagnia mi riusciva ostica; quando ero solo potevo immergermi nella contemplazione del cielo e della terra; la voce di Enrico mi placava, e potevo così fingere con me stesso una pace illusoria. Ma la gente attiva, indifferente o felice riportava la disperazione nel mio cuore. Vedevo una insormontabile barriera drizzarsi fra me ed i miei simili, una barriera macchiata del sangue di Guglielmo e di Giustina, e il ricordo di quanto era loro accaduto mi riempiva l'animo di angoscia.

Ma in Clerval vedevo l'immagine di quello che ero stato; sempre egli faceva domande, ansioso com'era di accumulare esperienza e sapere. La differenza di abitudini di cui era spettatore, era per lui fonte inesauribile di conoscenza e di diletto. Stava sempre in movimento, e la mia malinconia era la sola ombra sulla sua gioia. Io facevo del mio meglio per nascondergliela, per non privarlo di quei piaceri, naturali a chi entri in un ambiente nuovo senza essere turbato da affanni o da cupe riflessioni. Spesso, per poter rimanere solo, rifiutavo di accompagnarmi a lui, adducendo come pretesto qualche impegno. Cominciai anche a raccogliere il materiale necessario alla mia nuova creazione, e ciò costituiva per me una tortura peggiore dello stillicidio. Ogni volta che vi pensavo soffrivo atroci spasimi, ogni parola che dovevo dire in proposito mi costava uno sforzo enorme.

Eravamo a Londra da qualche mese quando ricevemmo dalla Scozia la lettera di un amico che era stato nostro ospite a Ginevra. Egli ci decantava le bellezze del suo paese, e ci chiedeva se non ci sentivamo attratti a spingere il nostro viaggio verso il nord, fino a Perth, dove egli dimorava. Clerval aveva una gran voglia di accettare questo invito, ed io, per quanto rifuggissi dalla compagnia, desideravo rivedere le montagne, i torrenti e tutte quelle meraviglie di cui la natura adorna le sue dimore preferite.

Eravamo arrivati in Inghilterra all'inizio di gennaio, ed era ormai febbraio. Decidemmo di iniziare il nostro viaggio verso nord al termine del mese successivo. In questo giro non avevamo intenzione di seguire la grande strada di Edimburgo, ma di visitare Windsor, Oxford, Matlock, i laghi del Cumberland e di portare a termine il nostro viaggio verso la fine di luglio. Imballai i miei strumenti chimici ed il materiale che avevo raccolto, perché avevo deciso di portare a termine il mio lavoro in qualche angolo remoto degli altipiani settentrionali della Scozia.

Lasciammo Londra il 27 di marzo e ci fermammo qualche giorno a Windsor, a visitare la splendida foresta. Era un paesaggio insolito per noi, abituati alle montagne: le querce maestose, la selvaggina, i branchi di magnifici quadrupedi rappresentavano per noi altrettante novità.

Di lì passammo a Oxford. Entrammo in questa città, compresi del ricordo degli avvenimenti che vi si erano svolti più di un secolo e mezzo addietro. Lì Carlo I aveva radunato le sue forze. Quella città gli era rimasta fedele quando tutta la nazione aveva disertato la sua causa per abbracciare lo stendardo del parlamento e della libertà. La memoria di questo sfortunato re, dei suoi compagni, l'amabile Falkland e l'insolente Gower, della regina e del figlio, dava un interesse particolare ad ogni parte di questa città dove si supponeva avessero abitato. Lo spirito dei vecchi tempi vi aleggiava ancora e noi ci divertivamo a cercarne le tracce. Se questi sentimenti non fossero bastati a soddisfare la nostra fantasia, l'aspetto del luogo aveva in sé sufficiente bellezza per imporsi alla nostra ammirazione. Gli edifici erano antichi e pittoreschi, le strade magnifiche, e l'Isis, che sfiora la città fra prati di un verde delizioso, si allarga in placide distese d'acqua che riflettono, circondate dagli alberi, il maestoso insieme di tetti, delle guglie e delle cupole.

Godevo di questo panorama, ma la mia gioia era amareggiata e dal ricordo del passato e dalle prospettive per il futuro. Io ero nato per una tranquilla felicità. Durante i miei anni giovanili, mai lo scontento era penetrato nel mio animo; se mai mi ero lasciato vincere dall'*ennui*, lo spettacolo di ciò che è bello in natura o lo studio di ciò che l'uomo ha fatto di eccelso bastava a interessare e soddisfare il mio spirito. Ma io sono un albero sdradicato; la folgore aveva colpito la mia anima e io sentivo che sarei sopravvissuto solo per mostrare quello che presto cesserò di essere: un miserabile relitto umano, oggetto di pietà per gli altri e di orrore per se stesso.

Ci fermammo abbastanza a lungo a Oxford, e girammo per i suoi dintorni, cercando di identificare i posti che potevano aver rapporto con l'epoca più turbolenta della storia inglese. I nostri piccoli viaggi di scoperta venivano spesso prolungati dagli obiettivi che via via ci si presentavano. Visitammo la tomba dell'illustre Hampden e il campo su cui questo patriota cadde. Per un momento la mia anima si elevò al disopra delle sue vili e miserabili paure, per contemplare i divini concetti di libertà e di sacrificio di cui questi spettacoli erano l'esaltazione e il ricordo. Per un momento osai scuotere le mie catene e guardarmi attorno con animo libero e nobile; ma il ferro aveva bruciato la mia carne, ed io, tremante e senza speranza, ripiombai nel mio miserabile stato.

Lasciammo Oxford con rimpianto e raggiungemmo Matlock, che rappresentava la nostra tappa successiva. Lì il paesaggio ricorda molto da vicino la Svizzera; ma ogni cosa è su scala più piccola, e le verdi colline mancano della corona delle Alpi, bianche e distanti, che sempre incombono sulle montagne coperte di pini della mia patria. Visitammo la grotta meravigliosa ed i piccoli musei di storia naturale dove le curiosità erano disposte come nelle raccolte di Servox e di Chamonix. Quest'ultimo nome mi faceva tremare quando Enrico lo pronunciava, ed io mi affrettai a lasciare Matlock, che si ricollegava in tal modo a quel terribile incontro.

Da Derby, sempre dirigendoci verso nord, passammo due mesi nel Cumberland e nel Westmoreland. Potevo quasi immaginare di trovarmi fra le montagne della Svizzera. Le piccole strisce di neve che ancora indugiavano sui pendii settentrionali dei colli, i laghi, i torrenti impetuosi e pieni di sassi erano per me spettacoli amati e familiari. Stringemmo anche qualche amicizia che mi costrinse ad assumere un'aria di spensieratezza. La gioia di Clerval era di gran lunga superiore alla mia; il suo animo aveva modo di manifestarsi in compagnia di uomini di talento, ed egli si accorse di avere capacità e risorse maggiori di quelle che aveva immaginato di possedere quando frequentava persone a lui inferiori. — Potrei passare qui tutta la vita, — mi diceva, — e fra queste montagne non rimpiangerei la Svizzera né il Reno.

Ma si accorse che quella del viaggiatore è una vita che, fra le gioie, nasconde qualche pena. I suoi sensi sono sempre all'erta, e quando comincia a calmarsi si vede costretto a lasciare il luogo in cui soggiorna, per qualcosa di nuovo che esige la sua attenzione e che sarà a sua volta cancellato da altre novità.

Non avevamo ancora finito di visitare i laghi del Cumberland e del Westmoreland e già stavamo stringendo amicizia con qualche abitante di quei luoghi, quando venne il tempo del nostro appuntamento con l'amico scozzese, e riprendemmo il nostro viaggio. Per parte mia, la cosa non mi spiacque. Avevo trascurato per qualche tempo la mia promessa, e temevo le conseguenze della collera del demone. Poteva essere rimasto in Svizzera a sfogare la vendetta sui miei cari. Quest'idea mi ossessionava e tormentava in tutti quei momenti in cui avrei potuto altrimenti trovare riposo e tranquillità. Attendevo le lettere con febbrile impazienza; se ritardavano, mi sentivo infelice e turbato da mille timori; quando arrivavano e vedevo la calligrafia di mio padre o di Elisabetta, quasi non osavo leggerle, per tema di conoscere il mio destino. Qualche volta pensavo che il mio nemico mi seguisse e che tramasse di punire la mia trascuratezza uccidendo il mio compagno. Quando una simile idea si impossessava di me, non lasciavo Enrico per un solo momento, ma lo seguivo come un'ombra per proteggerlo dall'ira del suo distruttore. Mi sembrava di aver commesso un grave crimine, il cui rimorso mi perseguitasse. Pur senza colpa, mi ero attirato sul capo una maledizione terribile come per un delitto.

Visitai Edimburgo con occhi e mente assenti; pure la città avrebbe potuto interessare l'essere più infelice. A Clerval Edimburgo non piacque come Oxford, la cui atmosfera era molto più consona a lui. Ma la bellezza e la regolarità della città nuova, il suo romantico castello, i suoi dintorni fra i più belli del mondo, il Trono di Arthur, il Pozzo di San Bernardo, le Pentland Hills lo compensarono ad usura e lo riempirono di allegria e di ammirazione. Ma io ero impaziente di raggiungere la meta del nostro viaggio.

Lasciammo Edimburgo dopo una settimana, e, per Coupar, St. Andrew e lungo le rive del Tay, raggiungemmo Perth, dove il nostro amico ci aspettava. Ma non ero in vena di ridere o chiacchierare con estranei, o di accettare i loro punti di vista e i loro progetti con quella cortesia che si aspetta da un ospite; di conseguenza dissi a Clerval che desideravo compiere da solo il giro della Scozia. — Divertiti, — dissi, — e fissiamo qui il nostro luogo di appuntamento. Starò assente un paio di mesi, ma tu non interessarti ai miei spostamenti, te ne scongiuro. Lasciami per qualche tempo alla pace ed alla solitudine; al mio ritorno spero di avere il cuore più leggero e più consono al tuo carattere.

Enrico cercò di dissuadermi, ma, vedendomi ben deciso nella mia risoluzione, non insistette. Mi pregò di scrivergli spesso. — Avrei preferito accompagnarti nei tuoi vagabondaggi, — disse, — piuttosto che rimanere con questi scozzesi che non conosco: torna in fretta, amico caro, sì che possa sentirmi in un certo modo a casa, cosa che mi è impossibile in tua assenza.

Dopo essermi separato dal mio amico, decisi di visitare qualche angolo remoto della Scozia e di terminare il mio lavoro in solitudine. Ero certo che il mostro mi aveva seguito e che, quando avessi finito la mia opera, si sarebbe presentato a me per reclamare la sua compagna.

Presa questa decisione, attraversai gli altopiani settentrionali e fissai il teatro dei miei lavori in una delle più remote delle isole Orkneys. Era un luogo adatto ai miei scopi, poco più di una roccia sui cui fianchi a picco le onde venivano a infrangersi di continuo. Il suolo, arido, offriva scarso foraggio alle poche mucche striminzite e un poco di farina d'avena agli abitanti, cinque in tutto, che con le loro membra scarne ed ossute davano a vedere quanto misero fosse il loro sostentamento. Verdure, pane, quando si permettevano simili lussi, e persino l'acqua dolce provenivano dalla terra ferma, che distava cinque miglia circa.

Su tutta l'isola c'erano appena tre miserabili tuguri, ed uno di questi era vuoto quando io arrivai. Lo presi in affitto. Era composto di due camere soltanto, che mostravano lo squallore della miseria più nera. La paglia del tetto era caduta, i muri non avevano più intonaco, la porta era scivolata dai cardini. Ordinai che tutto fosse riparato, acquistai qualche mobile e presi possesso della mia dimora, avvenimento, questo, che avrebbe senza dubbio destato un certo stupore, se tutti i sensi degli isolani non fossero stati ottenebrati dal bisogno é dalla più squallida povertà. Così come stavano le cose, vivevo senza che nessuno mi osservasse o mi molestasse; quasi neppure mi ringraziavano per le elemosine che distribuivo sotto forma di cibo o di abiti, tanto le sofferenze rendono ottuse anche le più elementari sensazioni umane.

In questo rifugio dedicavo il giorno al lavoro; ma la sera, quando il tempo lo permetteva, passeggiavo sulla riva sassosa del mare, ascoltando il fragore delle onde che venivano a infrangersi ai miei piedi. Era una scena monotona e pur sempre mutevole. Pensavo alla Svizzera: era ben diversa da questo panorama desolato e sconvolgente. Le sue colline sono coperte di vigne, le sue pianure disseminate di villette, le une vicine alle altre. I suoi bei laghi riflettono un cielo azzurro e sereno, e, quando il vento li sconvolge, il loro tumulto è il gioco di un fanciullo vivace se lo si paragona al ruggito del possente oceano.

In questo modo distribuii le mie occupazioni al mio arrivo; ma, a mano a mano che procedeva, il mio lavoro si faceva sempre più orribile e arduo. Qualche volta per diversi giorni non riuscivo a decidermi ad entrare nel laboratorio; altre volte invece mi affaticavo giorno e notte per condurre a termine la mia opera. Mi ero accinto a qualcosa di veramente spaventoso. Durante il mio primo esperimento, una specie di entusiasmo frenetico mi aveva reso cieco all'orrore di ciò che stavo facendo: la mia mente era fissa ai progressi del mio lavoro, i miei occhi erano chiusi ad ogni procedimento repellente. Ora invece lavoravo a sangue freddo, e il mio cuore spesso si ritraeva disgustato dinanzi all'opera delle mie mani.

In questa situazione, occupato nel più odioso dei lavori, immerso in una solitudine dove nulla poteva distrarre per un solo istante la mia attenzione dalla parte che stavo recitando, divenni di umore mutevole; mi feci irrequieto e nervoso. Temevo ogni momento di incontrare il mio persecutore. Qualche volta sedevo con gli occhi fissi a terra, e non osavo sollevarli per paura di vederlo davanti a me. Non osavo vagare lungi dallo sguardo dei miei simili, perché egli non approfittasse della mia solitudine per venire a reclamare la sua compagna.

Continuavo intanto a lavorare, e la mia opera era già a buon punto.

Guardavo al suo compimento con una speranza trepida ed ansiosa, che non mi fidavo però a interrogare, ma a cui si univano oscuri presentimenti che mi stringevano il cuore.

CAPITOLO XIX

Sedevo una sera nel mio laboratorio; il sole era tramontato e la luna saliva lentamente dal mare. La luce non era sufficiente per il mio lavoro, e stavo indugiando pigramente a considerare se mi convenisse sospendere le mie fatiche durante la notte o affrettarne il compimento con una applicazione incessante. Poi le mie riflessioni mi portarono a considerare gli effetti di ciò che stavo facendo. Tre anni addietro mi ero occupato allo stesso fine e avevo creato un nemico che, con la sua barbarie, mi aveva devastato il cuore e causato amari rimorsi. Stavo ora per dar vita a un'altra creatura di cui nulla sapevo: avrebbe potuto essere mille volte più maligna del suo compagno, avrebbe potuto trovare la sua gioia nell'assassinio e nella perversità. Egli aveva giurato di fuggire la vicinanza dell'uomo e di nascondersi nei deserti; ma ella non aveva giurato, e, poiché con ogni probabilità, sarebbe stata un essere pensante e ragionante, avrebbe potuto rifiutare di attenersi a un patto concluso prima della sua creazione. Avrebbero anche potuto odiarsi a vicenda; la creatura che già viveva provava ribrezzo per la propria deformità: non avrebbe forse potuto concepire per l'altra un disgusto ancor maggiore quando se la fosse trovata dinanzi agli occhi, sotto forma femminile? E la nuova creatura non avrebbe potuto, per odio a lui, rivolgersi alla superiore bellezza dell'uomo e abbandonarlo? Egli sarebbe di nuovo rimasto solo, esasperato dal nuovo insulto ricevuto da una creatura della sua stessa specie.

Anche se avessero lasciato l'Europa ed eletto la loro dimora nei deserti del nuovo mondo, una delle prime conseguenze di quella simpatia, cui il demone pareva aspirare con tanta ansia, sarebbero stati dei figli, e sulla terra si sarebbe propagata una progenie diabolica che avrebbe potuto rendere precaria e piena di terrore la esistenza dell'uomo. Avevo il diritto, per un interesse personale, di infliggere una simile condanna alle generazioni future? Già mi ero lasciato vincere dai sofismi dell'essere che avevo creato, mi ero lasciato scioccamente scuotere dalle sue diaboliche minacce; ma ora, per la prima volta, mi colpì la malvagità della mia promessa; rabbrividii al pensiero che le età future avrebbero potuto maledirmi come la loro rovina, come colui che, nel suo egoismo, non aveva esitato ad acquistare la propria pace a prezzo, forse, dell'esistenza dell'intera razza umana.

Tremai, e il cuore mi venne meno quando, alzando gli occhi, vidi, al chiarore della luna, il demone accanto alla finestra. Un ghigno diabolico gli contraeva le labbra alla vista di me, suo creatore, intento a condurre a termine il compito che mi aveva affidato. Sì, mi aveva seguito nei miei viaggi: aveva indugiato nelle foreste, si era nascosto nelle caverne, rifugiato nelle lande desolate, ed ora era venuto ad accertarsi dei miei progressi, ed a reclamare l'adempimento della mia promessa.

Mentre lo guardavo, il suo viso si atteggiò a una espressione di subdola malizia. Con una sensazione di pazzia, pensai alla mia promessa di creare un altro essere simile a lui, e, tremando di furore, feci a pezzi ciò che mi ero impegnato di condurre a termine. Il mostro mi vide distruggere la creatura dalla cui futura esistenza egli faceva dipendere la sua felicità, e, con un ululato di disperazione e di vendetta, scomparve.

Uscii dalla stanza e, chiudendo la porta, feci in cuor mio solenne promessa di non riprendere mai più il mio lavoro; poi, con passi tremanti, andai su e giù per la mia camera. Ero solo: non avevo nessuno che dissipasse la mia tristezza, che mi distraesse dalle terribili fantasticherie che mi opprimevano.

Passarono alcune ore, ed io rimasi alla finestra a guardare il mare: era quasi immobile, perché i venti si erano placati e tutta la natura riposava sotto l'occhio tranquillo della luna. Poche barche da pesca soltanto solcavano le acque, ed ogni tanto una lieve brezza recava il suono delle voci dei naviganti che si chiamavano l'un l'altro. Avvertivo il silenzio, ma mi resi conto di quanto fosse profondo, solo quando il mio orecchio fu colpito da un rumor di remi accanto alla spiaggia. Una persona sbarcò vicino alla mia casa.

Pochi minuti dopo udii la porta scricchiolare, come se qualcuno cercasse di aprirla cautamente. Tremai dalla testa ai piedi: presentivo chi fosse, ed ebbi la tentazione di destare uno dei contadini che dimorava in una capanna non lungi dalla mia; ma cedetti a senso di impotenza - quel senso che spesso si prova negli incubi, quando si tenta invano di sfuggire a un pericolo incombente - e rimasi immobile, quasi fossi radicato al punto dove mi trovavo.

Poi udii un rumore di passi nel corridoio; la porta si aprì ed apparve il mostro. Chiuse l'uscio, mi si avvicinò e disse con voce soffocata:

— Tu hai distrutto l'opera che avevi iniziato; che intendi fare? Oseresti rompere la tua promessa? Ho sopportato fatiche e affanni; ho lasciato la Svizzera con te; ho costeggiato il Reno, fra le isole coperte di salici e sulla sommità delle colline. Ho dimorato a lungo fra le brughiere dell'Inghilterra ed i deserti della Scozia. Ho sofferto fatiche indicibili, freddo e fame; ed ora tu oseresti distruggere le mie speranze?

— Vattene! Ritiro la mia promessa; non creerò mai creatura deforme e perversa come te.

— Schiavo, ho cercato di ragionare con te, ma tu ti sei dimostrato indegno della mia generosità. Ricordati che la forza è dalla mia parte; tu ti credi infelice, ma io posso farti diventare così sciagurato da renderti odiosa la luce del giorno. Tu sei il mio creatore, ma io sono il tuo padrone: obbedisci!

— L'ora della mia debolezza è passata, — risposi — ed è giunto il momento della tua forza. Ma le tue minacce non possono spingermi a un atto di malvagità; esse non fanno altro che confermarmi nella decisione di non darti una compagna nei tuoi vizi. Dovrei forse, a sangue freddo, scatenare sulla terra un demone, che trae godimento dalla morte e dalla distruzione? Vattene! Ho deciso, e le tue parole non potrebbero che esasperare la mia ira.

Il mostro lesse nel mio viso la fermezza della determinazione presa e, in un impeto di collera impotente, digrignò i denti. — Ogni uomo trova una moglie per il suo affetto, — gridò, — ogni bestia trova la sua compagna, soltanto io devo essere solo? Anch'io ho sentimenti di affetto, ed essi non incontrano che odio e disprezzo. Puoi detestarmi, uomo; ma, bada! le tue ore trascorreranno in terrore ed angoscia, e presto cadrà la folgore che ti priverà per sempre di ogni gioia. Puoi negarmi ogni altra passione, ma mi rimane la vendetta... la vendetta che da questo momento mi è più cara della luce o del cibo. Può darsi che muoia, ma prima tu, mio tiranno e mio torturatore, maledirai il sole che sarà testimone della tua angoscia. Bada! non ho paura e sono quindi onnipossente. Ti sorveglierò con l'astuzia di un serpente, per poterti pungere con il mio veleno. Uomo, ti pentirai delle umiliazioni che mi infliggi.

— Basta, demone! Non avvelenare l'aria con queste parole malvage. Ti ho comunicato la mia decisione, e non sono tanto vile da piegarmi a minacce. Lasciami: sono inesorabile.

— Va bene, vado. Ma ricòrdati: sarò con te nella tua notte nuziale.

Balzai in avanti esclamando: — Miserabile! Prima di firmare la mia condanna a morte, bada a salvare te stesso.

Cercai di afferrarlo, ma egli mi evitò ed uscì precipitosamente dalla casa: pochi istanti dopo lo vidi solcare le acque con la barca veloce come una freccia. In breve si perdette nell'oscurità.

Tutto fu di nuovo silenzio, ma le sue parole continuarono a echeggiarmi negli orecchi. Ardevo dal desiderio di inseguire il distruttore della mia pace e di precipitarlo nell'oceano. Camminavo sù e giù per la stanza, a passi rapidi ed eccitati, mentre, nella mente, mille immagini passavano a tormentarmi e a ferirmi. Perché non lo avevo inseguito e non avevo ingaggiato con lui una lotta mortale? Avevo lasciato che si allontanasse, ed egli si era diretto verso la terraferma. Rabbrividii al pensiero di chi avrebbe potuto essere la prossima vittima della sua insaziabile vendetta. E allora mi ritornarono alla mente le sue parole: « Sarò con te nella tua notte nuziale ». Quello, dunque, sarebbe stato il momento in cui il mio destino si sarebbe compiuto. In quell'ora sarei morto, soddisfacendo e saziando a un tempo la sua crudeltà. Questa prospettiva non mi atterriva; ma quando pensai alla mia diletta Elisabetta, al suo pianto, al suo dolore quando si sarebbe vista strappare, in maniera così barbara, il suo innamorato, un flusso di lacrime, le prime che spargessi da molti mesi, mi salì agli occhi, e decisi di non soccombere dinanzi al mio nemico senza aver prima lottato ferocemente.

La notte passò e il sole sorse dall'oceano; le mie emozioni si calmarono, se calma si può chiamare la disperazione profonda che segue a un parossismo di rabbia. Lasciai la casa, sperando di dimenticare lo spaventoso colloquio notturno, e presi a passeggiare sulla riva del mare, che consideravo quasi una barriera insuperabile fra me ed i miei simili; forse provai per un attimo il desiderio che così fosse in realtà. Ebbi la tentazione di passare il resto della mia vita su quello scoglio nudo: una vita monotona, è vero, ma non turbata da improvvise catastrofi. Se tornavo, tornavo per essere sacrificato, o per vedere coloro che più amavo, morire sotto la stretta di un demone che io stesso avevo creato.

Camminai per l'isola come un fantasma inquieto, diviso da ciò che ama e infelice per questa lontananza.

Quando fu giorno e il sole prese a salire, mi stesi sull'erba e fui vinto da un sonno profondo. Ero rimasto sveglio tutta la notte; avevo i nervi scossi, gli occhi infiammati per la veglia e per l'angoscia. Il sonno in cui piombai mi ristorò, e quando mi destai sentii di appartenere ancora a una razza di esseri simili a me e presi a riflettere con maggior calma su quanto era accaduto. Le parole del demone mi risuonavano all'orecchio come una campana a morto.

Il sole aveva cominciato a tramontare, ed io ancora sedevo sulla spiaggia calmando il mio appetito, che si era fatto spasmodico, con una focaccia di avena, quando vidi una barca da pesca prender terra vicino a me. Uno dei marinai venne a portarmi un pacchetto: conteneva lettere da Ginevra, ed uno scritto di Clerval, che mi scongiurava di raggiungerlo. Diceva che già era trascorso un anno da quando avevamo lasciato la Svizzera, e che ci rimaneva ancora da visitare la Francia. Mi pregava quindi di lasciare la mia isola solitaria e di raggiungerlo a Perth di lì a una settimana, perché potessimo assieme fissare i nostri futuri spostamenti. Questa lettera mi richiamò in un certo senso alla vita, e decisi di lasciare l'isola nel giro di due giorni.

Pure, prima della partenza, dovevo compiere una cosa che mi faceva fremere al solo pensarla: dovevo imballare i miei strumenti chimici, e per questo era necessario che entrassi nella stanza, teatro del mio odioso lavoro, e che maneggiassi quegli utensili, la cui semplice vista mi dava ribrezzo. La mattina seguente, all'alba, feci appello a tutto il mio coraggio ed aprii la porta del laboratorio. I resti della creatura finita a mezzo giacevano sparpagliati sul pavimento, ed io ebbi quasi l'impressione di aver fatto a brani un essere vivente. Mi arrestai un momento per riprendermi, poi entrai nella stanza. Con mani tremanti portai fuori gli strumenti, poi pensai che non potevo lasciare là i resti del mio lavoro, a suscitare l'orrore e il sospetto dei contadini: li raccolsi quindi in un cesto assieme a una grande quantità di pietre e li misi da parte, deciso a buttarli in mare quella stessa notte. In attesa di quell'ora, sedetti sulla spiaggia, a pulire e a riordinare i miei apparecchi chimici.

Dalla notte in cui il demone mi era apparso, i miei sentimenti erano del tutto mutati. Prima avevo considerato la mia promessa con cupa disperazione, quasi si trattasse di una cosa che doveva essere adempiuta, quali ne fossero le conseguenze; ora invece avevo l'impressione che un velo mi fosse stato tolto dagli occhi e che per la prima volta vedessi chiaramente. Neppure per un istante mi venne l'idea di riprendere il mio lavoro; la minaccia che mi era stata fatta pesava su di me, ma non pensavo neppure di scongiurarla con un atto volontario da parte mia. Ero ormai fisso nella convinzione che creare un altro mostro simile a quello che avevo già fatto, sarebbe stato un atto del più vile e del più atroce egoismo, e bandivo dalla mia mente ogni pensiero che potesse portare a una conclusione diversa.

Fra le due e le tre del mattino si levò la luna, ed allora, posto il mio cesto in un piccolo legno, mi allontanai quattro miglia circa dalla spiaggia. Il mare attorno a me era assolutamente deserto; alcune barche stavano tornando a terra, ma io mi tenni lontano. Avevo l'impressione di essere sul punto di commettere un delitto, ed evitavo con trepida ansia ogni incontro con i miei simili. A un certo momento la luna, che aveva fino allora brillato in tutto il suo splendore, fu velata da una grossa nuvola, ed io approfittai di questo momento di oscurità per gettare in mare il cesto; tesi l'orecchio al gorgoglio che esso produceva sprofondando, poi mi allontanai. Il cielo si rannuvolò, ma l'aria era limpida, anche se resa pungente dalla brezza di nord-est che si stava levando. Quel soffio di vento mi rinfrescò e fece sorgere in me sensazioni così piacevoli, che decisi di rimanere più a lungo al largo e, bloccato il timone, mi stesi sul fondo della barca. Le nubi celavano la luna, tutto era immerso nelle tenebre, ed io sentivo soltanto lo sciacquio delle onde tagliate dalla prua; questo mormorio mi cullò, e dopo poco mi addormentai profondamente.

Non so quanto tempo rimasi in quello stato, ma quando mi svegliai mi accorsi che il sole era già abbastanza alto. Il vento si era rinforzato, e le onde minacciavano di continuo la sicurezza del mio piccolo legno. Notai che il vento veniva da nord-ovest e doveva avermi spinto lontano dalla costa dove mi ero imbarcato. Cercai di mutar rotta, ma mi resi conto che, se avessi insistito nel mio tentativo, subito la barca si sarebbe riempita d'acqua. In questa situazione, non mi restava altra risorsa all'infuori di quella di farmi trasportare dal vento. Debbo confessare che provai una certa paura. Non avevo bussola con me, e conoscevo così poco la geografia di quella parte del mondo, che il sole mi era di ben scarsa utilità. Avrei potuto essere spinto nell'Atlantico sconfinato e provare tutte le torture della fame, o essere inghiottito dalle acque sterminate che ruggivano e si scontravano attorno a me. Ero già al largo da molte ore, ed avvertivo il tormento di una sete bruciante, preludio di altre sofferenze. Guardai il cielo, coperto di nubi, che correvano dinanzi al vento solo per lasciare il posto ad altre nubi; guardai il mare... che presto sarebbe stato la mia tomba. — Benone, — esclamai, — la tua missione è già compiuta! — Pensai a Elisabetta, a mio padre, a Clerval, e mi abbandonai ad una fantasticheria così tormentosa ed orribile, che ancor oggi tremo ripensandovi, anche se la scena del mondo sta per chiudersi per sempre dinanzi a me.

Passarono in questo modo alcune ore; poi a poco a poco, mentre il sole declinava verso l'orizzonte, il vento si mutò in una brezza lieve ed i marosi scomparvero dalla superficie delle acque. Ai cavalloni subentrò un rollio accentuato; mi sentivo terribilmente male e a stento riuscivo a reggere il timone, quando a un tratto vidi verso sud la linea di una costa scoscesa.

Ero sfinito dalla stanchezza e dalla tensione cui ero in preda da diverse ore, ma questa certezza di vita mi fece affluire al cuore un'ondata di calda gioia, e gli occhi mi si riempirono di lacrime.

Quanto mutevoli sono i nostri sentimenti, e come è strano questo amore esclusivo che portiamo alla vita anche in mezzo al dolore! Apprestai un'altra vela, con una parte dei miei abiti, e, ansioso, diressi la mia rotta verso terra. La costa aveva un aspetto selvaggio e roccioso, ma, come fui più vicino, notai chiare tracce di coltivazione. Vidi imbarcazioni vicino alla spiaggia, e, di colpo, mi trovai di nuovo trasportato nella società dell'uomo civile. Seguii attentamente le insenature della costa, e salutai alla fine un campanile che vidi spuntare dietro un piccolo promontorio. Data l'estrema debolezza in cui mi trovavo, decisi di far vela direttamente verso l'abitato, dove mi sarebbe riuscito più facile procurarmi di che mangiare. Per fortuna avevo danaro con me. Doppiato il promontorio, scorsi una linda cittadina ed un buon porto, nel quale entrai, il cuore esultante di gioia

per l'insperato salvataggio. Mentre mi davo da fare per ancorare la barca ed accomodare le vele, diverse persone si radunarono attorno al posto dove mi trovavo. Sembravano molto sorprese del mio arrivo, ma, invece di offrirmi aiuto, bisbigliavano fra loro con gesti che, in ogni altro momento, mi avrebbero procurato un vago senso di allarme. Mi limitai invece ad osservare che parlavano inglese, e mi rivolsi quindi loro in questa lingua.
— Miei buoni amici, — chiesi, — volete essere così buoni da dirmi il nome di questa città, così che possa sapere dove sono?

— Lo saprete fin troppo presto, — rispose un uomo dalla voce rauca. — Forse siete capitato in un luogo che non si adatta troppo al vostro gusto; comunque vi assicuro che non vi si chiederà dove volete andare ad abitare.

Fui molto sorpreso di ricevere una risposta così brusca da uno sconosciuto, e il mio sconcerto aumentò, quando notai l'espressione accigliata ed irosa dei suoi compagni. — Perché mi rispondete così aspramente? — ribattei. — Non è certo abitudine degli inglesi ricevere gli stranieri in modo tanto poco ospitale.

— Non so quali siano le abitudini degli inglesi, — rispose l'uomo; — ma è costume degli irlandesi odiare i miserabili.

Mentre questo strano colloquio continuava, mi accorsi che la folla andava aumentando rapidamente. I visi esprimevano un misto di curiosità e d'ira che mi urtava e in qualche misura mi allarmava. Chiesi la strada per raggiungere una locanda, ma nessuno mi rispose. Mi mossi allora per andarmene, e un mormorio sorse dalla folla che mi seguì e mi si chiuse attorno; poi un uomo dall'aspetto sinistro mi si avvicinò e, battendomi una mano sulla spalla, disse: — Venite, signore, dovete accompagnarmi dal signor Kirwin per dare qualche informazione sul vostro conto.

— Chi è il signor Kirwin? Perché devo dare qualche informazione sul mio conto? Non è forse questo un paese libero?

— Sì, signore, abbastanza libero per la gente onesta. Il signor Kirwin è un magistrato, e voi dovete render conto della morte di un gentiluomo che è stato trovato assassinato qui la notte scorsa.

Questa risposta mi fece sussultare, ma subito mi ripresi. Ero innocente, ed avrei potuto facilmente dimostrarlo; seguii perciò in silenzio la mia guida, e fui condotto in una delle migliori case della cittadina.

Ero sul punto di venir meno per la stanchezza e per la fame, ma, circondato com'ero dalla folla, giudicai più opportuno fare appello a tutte le mie energie, perché una improvvisa debolezza fisica non potesse venire interpretata come un indizio di ansia o di colpevolezza. Ero ben lungi dall'attendermi la sciagura che mi avrebbe travolto di lì a pochi istanti e che avrebbe soffocato nell'orrore e nella disperazione ogni mio timore di ignominia e di morte.

Debbo qui fare una pausa: mi occorre infatti tutta la mia forza per rievocare il ricordo degli eventi spaventosi che sto per narrare in tutti i loro particolari.

CAPITOLO XX

Fui presto introdotto alla presenza del magistrato, un vecchio benevolo dai modi calmi e cortesi. Pure mi guardò con una certa severità, poi, volgendosi a chi mi accompagnava, chiese chi doveva presentarsi come testimone in quella circostanza.

Si fecero avanti una mezza dozzina d'uomini, e quello scelto dal magistrato depose che, mentre era in mare a pescare la sera precedente con suo figlio e suo cognato Daniele Nugent, aveva visto un grosso temporale che si stava avvicinando da nord, e si era quindi diretto verso terra. Era una notte molto scura, e la luna non si era ancora levata; essi erano approdati non al porto, ma, secondo la loro abitudine, in una insenatura a circa due miglia di distanza. Dopo lo sbarco, egli si era messo in testa al gruppetto, portando una parte degli attrezzi da pesca, ed i suoi compagni lo avevano seguito a una certa distanza. Mentre camminava lungo la spiaggia, aveva urtato il piede contro qualcosa, ed era caduto a terra lungo e disteso. I suoi compagni erano corsi ad aiutarlo, ed alla luce della loro lanterna si erano accorti che egli aveva inciampato nel corpo di un uomo che sembrava morto.

In un primo tempo supposero che si trattasse di persona annegata e buttata a riva dalle onde; ma, dopo un esame sommario, si erano accorti che i suoi abiti non erano bagnati e che il cadavere non era ancora freddo. Subito lo avevano trasportato nella vicina capanna di una vecchia, ed avevano cercato, ma invano, di richiamarlo a vita. Si trattava di un giovane di bell'aspetto e di venticinque anni circa. Pareva fosse stato strangolato, perché non recava segno di violenza all'infuori di un'impronta scura di dita attorno al collo.

La prima parte di questa deposizione non destò in me il minimo interesse; ma quando si accennò all'impronta delle dita ricordai l'assassinio di mio fratello e fui preso da una grandissima agitazione: le membra cominciarono a tremarmi, e una nebbia mi calò dinanzi agli occhi, tanto che, per reggermi, fui costretto ad appoggiarmi ad una sedia. Il magistrato mi osservava con occhio penetrante, e naturalmente ebbe dal mio contegno una impressione sfavorevole.

Il figlio del pescatore confermò la deposizione del padre; Daniele Nugent, invece, quando fu chiamato, affermò con sicurezza di aver visto, un istante prima che il suo compagno cadesse, una barca montata da un sol uomo, a poca distanza dalla spiaggia: per quanto era possibile giudicare alla luce delle poche stelle, si trattava della stessa barca con la quale io avevo poco innanzi preso terra.

Una donna che abitava vicino alla spiaggia disse che, mentre si trovava sulla porta di casa in attesa del ritorno dei pescatori, un'ora circa prima di sapere della scoperta del cadavere, aveva visto una barca montata da un solo uomo allontanarsi da quel punto della costa dove era poi stato rinvenuto il corpo.

Un'altra donna confermò la deposizione del pescatore: il corpo era stato portato nella sua casa, e non era ancora freddo. Lo avevano messo nel letto e lo avevano massaggiato; Daniele era andato a cercare un medico in città, ma ormai la vita era fuggita da quel corpo.

Altre persone furono interrogate a proposito del mio sbarco, e tutte furono d'accordo nell'affermare che, con il forte vento di nord levatosi la notte, io potevo essere andato alla deriva per molte ore, per vedermi poi costretto a tornare press'a poco allo stesso punto dal quale ero partito. D'altra parte, osservarono, sembrava che io avessi trasportato il cadavere da qualche altra località, ed era probabile che, non conoscendo evidentemente la costa, fossi entrato nel porto senza sapere la distanza della città di *** dal luogo in cui avevo abbandonato il corpo.

Dopo aver ascoltato queste deposizioni, il signor Kirwin volle che fossi condotto nella locanda dove la salma giaceva in attesa di sepoltura, per osservare le reazioni che quella vista avrebbe prodotto su di me.

L'idea gli era stata probabilmente suggerita dall'agitazione che avevo mostrato quando si era descritto in qual modo la vittima fosse stata assassinata. Fui quindi accompagnato alla locanda dal magistrato e da diverse altre persone.

Non potevo a meno di essere colpito dalle strane coincidenze che si erano verificate in quella notte fatale; ma, sapendo di aver parlato con diverse persone nell'isola dove abitavo press'a poco alla stessa ora in cui il cadavere era stato rinvenuto, ero perfettamente tranquillo sulle conseguenze dell'incidente.

Entrai nella camera dove la salma giaceva e fui condotto accanto alla bara. Come posso descrivere quello che provai guardandola? Ancora mi sento raggelare dall'orrore, né posso pensare a quel terribile istante senza un brivido d'angoscia. Il processo, la presenza del magistrato e dei testimoni mi si cancellarono come un sogno dalla memoria quando vidi, steso dinanzi a me, il corpo senza vita di Enrico Clerval. Il respiro mi si mozzò, e, lasciandomi cadere sul cadavere, esclamai: — Anche te, carissimo Enrico, hanno privato della vita le mie macchinazioni assassine? Due creature ho già distrutto; altre vittime attendono: ma tu, Enrico, il mio amico, il mio benefattore...

Il fisico umano non può sopportare a lungo un'angoscia straziante come quella che mi torturava, e fui trasportato fuori dalla stanza in preda a forti convulsioni.

Poi sopraggiunse la febbre. Rimasi per due mesi in punto di morte; i miei deliri, come seppi in seguito, erano spaventosi: mi proclamavo assassino di Guglielmo, di Giustina e di Clerval. Qualche volta pregavo i miei infermieri di aiutarmi a distruggere il nemico dal quale ero perseguitato; altre volte sentivo le dita del mostro stringermi la gola e gettavo urla di terrore e di angoscia. Per fortuna parlavo nella mia lingua natale, e solo il signor Kirwin capiva; ma i miei gesti e i miei gridi erano sufficienti a spaventare gli altri testimoni.

Perché non morii? Perché non scivolai nell'oblio dell'eterno riposo, io, il più miserabile degli uomini? La morte si porta via molti bimbi in fiore, le uniche speranze dei loro genitori. Quante giovani spose, quanti innamorati oggi pieni di salute e di speranze, saranno domani preda dei vermi e ceneri nelle tombe! Di che cosa ero fatto io per resistere a tanti colpi che, come il girare di una ruota, rinnovavano di continuo la tortura?

Ma ero condannato a vivere, e due mesi dopo mi ritrovai disteso su un misero lettuccio e circondato da carcerieri, secondini, catenacci e da tutto lo sciagurato apparato di un carcere. Era mattina, ricordo, quando mi risvegliai alla realtà: avevo dimenticato i particolari di ciò che era accaduto, ed avevo soltanto la sensazione di essere stato a un tratto travolto da qualche grande disgrazia; ma quando girai attorno lo sguardo e vidi le inferriate e la squallida stanza in cui mi trovavo, tutto mi balenò alla memoria, e gemetti penosamente.

Questo suono disturbò una vecchia che stava dormendo su una sedia accanto a me. Era un'infermiera a pagamento, la moglie di uno dei secondini, e il suo volto esprimeva tutte le cattive qualità che di solito caratterizzano questa categoria di persone. I tratti del suo viso erano duri e rozzi, come quelli di chi è abituato a guardare la miseria, senza provare per essa simpatia alcuna. Il suo tono esprimeva l'indifferenza più completa; si rivolse a me in inglese, ed io riconobbi la voce che avevo sentito durante le mie sofferenze.

— State meglio, signore? — chiese.

Risposi nella stessa lingua, con voce flebile: — Credo di sì; ma se tutto è vero, se non si tratta di un sogno, mi spiace di essere ancora vivo a sopportarne l'angoscia.

— Quanto a questo, — rispose la vecchia, — se intendete parlare del gentiluomo che avete assassinato, credo che davvero sarebbe meglio per voi essere morto, perché immagino che non riuscirete a cavarvela: sarete impiccato all'aprirsi della prossima sessione. Ma questo non è affar mio: ho l'incarico di assistervi e di farvi guarire; adempio al mio dovere con coscienza tranquilla, e sarebbe bene che tutti facessero come me.

Distolsi con ribrezzo lo sguardo dalla donna che poteva parlare in maniera così cinica a chi si era a stento salvato dalla morte; ma mi sentivo debole e incapace di riflettere su ciò che era accaduto. Tutta quanta la mia vita mi appariva come un sogno; qualche volta mi chiedevo se si trattava di cose realmente avvenute perché mai esse si presentavano alla mia mente con la forza della realtà.

Come le immagini che mi fluttuavano dinanzi si fecero distinte, ritornò la febbre; le tenebre mi stringevano da ogni parte; non c'era nessuno accanto a me a consolarmi con la voce gentile dell'amore, nessuna mano cara mi sosteneva. Venne il medico e mi ordinò alcune medicine che la vecchia mi preparò; ma nel primo era visibile un'assoluta noncuranza, e l'espressione di brutalità era più che mai evidente sul viso della seconda. Chi può interessarsi al destino di un assassino, se non il boia che deve guadagnarsi il suo stipendio?

Queste furono le mie prime riflessioni; ma presto seppi che il signor Kirwin aveva mostrato nei miei riguardi una singolare gentilezza. Aveva voluto che fosse apprestata per me la miglior stanza della prigione (ben misera davvero, per essere la migliore!), ed era stato lui a procurarmi un medico ed un'infermiera. Veniva a visitarmi raramente, è vero; ma, per quanto desiderasse soccorrere le sofferenze di ogni creatura umana, non assisteva volentieri alle angosce ed ai miseri vaneggiamenti di un assassino. Ogni tanto, tuttavia, veniva ad assicurarsi che non fossi troppo trascurato, ma le sue visite erano brevi e poco frequenti.

Un giorno, mentre mi andavo a mano a mano rimettendo, me ne stavo seduto su una sedia, gli occhi socchiusi, le guance livide come quelle di un morto; preda della tristezza e dello sconforto, pensavo spesso che meglio sarebbe stato morire, piuttosto che trascinarsi innanzi miseramente solo per perdersi in un mondo pieno di cattiveria. Qualche volta consideravo se non mi convenisse dichiararmi colpevole ed affrontare i rigori della legge, dato che ero meno innocente di quanto non lo fosse stata Giustina. Ero immerso in questi pensieri quando la porta della mia stanza si aprì ed entrò il signor Kirwin. Il suo viso esprimeva simpatia e compassione; avvicinò una sedia alla mia e si rivolse a me in francese.

— Temo che questo posto vi riesca terribilmente odioso; posso fare qualcosa per mettervi più a vostro agio?

— Vi ringrazio, ma tutto ciò non ha per me importanza alcuna: non c'è nulla che mi possa confortare.

— So che la simpatia di un estraneo dev'essere di ben poco sollievo a chi, come voi, è vittima di una così strana sventura. Ma voi lascerete presto, spero, questa melanconica dimora, perché, senza dubbio, sarà facile addurre prove che vi scagioneranno da ogni accusa.

— Questo è il mio ultimo pensiero; per una strana concatenazione di eventi, io sono diventato il più misero dei mortali. Perseguitato e torturato come sono e come sono stato, può la morte essere un male per me?

— Davvero, in questa circostanza siete stato oggetto di una singolare sfortuna. In seguito a qualche strano incidente, siete stato spinto su queste spiagge, famose per la loro ospitalità, e subito fatto prigioniero ed accusato di assassinio. Il primo spettacolo che si è presentato ai vostri occhi è stato il cadavere del vostro amico, assassinato in circostanze inspiegabili, e posto, a quanto pare, sul vostro cammino da qualcuno che vi odia.

Mentre il signor Kirwin pronunciava queste parole. nonostante il turbamento provocato in me dalla rievocazione delle mie sciagure, provai una certa sorpresa per tutto ciò che egli sembrava sapere nei miei riguardi. Probabilmente il mio viso dimostrò un certo stupore, perché il signor Kirwin si affrettò a dire:

— Solo quando eravate infermo da un paio di giorni pensai di ispezionare i vostri vestiti e riuscii a trovare indizi che mi permisero di mettere al corrente i vostri parenti della vostra disavventura e della vostra malattia. Trovai diverse lettere, e, fra le altre, una che, come mi accorsi dall'inizio, proveniva da vostro padre. Subito scrissi a Ginevra: sono trascorsi quasi due mesi dalla partenza della mia lettera... Ma voi siete malato; anche ora tremate: non siete in grado di sopportare agitazione alcuna.

— Questa attesa è mille volte peggiore del più terribile degli eventi: ditemi quale tragedia si è svolta e quale nuovo assassinio debba io ora piangere.

— La vostra famiglia è in perfetta salute, — disse il signor Kirwin con gentilezza, — e qualcuno, un amico, è venuto a visitarvi.

Non so per quale concatenazione di pensieri mi venisse quest'idea, ma subito mi balenò alla mente che l'assassino fosse venuto a prendersi gioco della mia angoscia ed a tormentarmi con la morte di Clerval per incitarmi ad acconsentire nuovamente ai suoi infernali desideri. Mi coprii gli occhi con una mano e gridai, terrorizzato:

— Oh, tenetelo lontano! Non posso vederlo! Per l'amor di Dio, non lasciatelo entrare!

Il signor Kirwin mi guardò con espressione inquieta, Non poté a meno di considerare la mia esclamazione come un indizio di colpevolezza, e disse, in tono piuttosto severo:

— Pensavo, giovanotto, che la presenza di vostro padre vi sarebbe riuscita gradita, invece di ispirarvi una così profonda repugnanza.

— Mio padre! — esclamai, mentre il mio viso, in luogo dell'ansia di poco prima, esprimeva gioia. — Davvero è venuto mio padre? Oh, quanta bontà, quanta bontà da parte sua! Ma dov'è? Perché non viene?

Il mutamento dei miei modi sorprese e impressionò favorevolmente il magistrato; forse pensò che la mia esclamazione precedente fosse stata un momentaneo ritorno del delirio, e subito riprese il suo atteggiamento benevolo di poco prima. Si alzò ed uscì dalla stanza assieme all'infermiera; un istante dopo entrò mio padre.

Nulla, in quel momento, avrebbe potuto farmi più felice dell'arrivo di mio padre. Gli tesi la mano ed esclamai:

— Sei salvo dunque! E Elisabetta? E Ernesto?

Mio padre mi calmò, assicurandomi che stavano bene, e, indugiando su questi argomenti così cari al mio cuore, cercò di sollevare il mio spirito abbattuto; ma subito si accorse che una prigione non può essere la dimora della letizia. — In quale posto ti trovi, figlio mio! — disse, fissando tristemente la finestra a sbarre ed il misero aspetto della stanza. — Viaggiavi per trovare la felicità, e un triste destino sembra perseguitarti. E il povero Clerval...

Il nome del mio sciagurato amico era un'emozione troppo grande perché potessi sopportarla nello stato di debolezza in cui mi trovavo; scoppiai in lacrime.

— Ahimè! sì, padre mio, — risposi, — un orribile destino grava su di me, ed io devo vivere per compirlo, o, certo, avrei dovuto morire sulla bara di Enrico.

Non ci fu concesso di parlare a lungo, perché lo stato della mia salute rendeva necessaria ogni misura intesa a assicurarmi la tranquillità. Venne il signor Kirwin, ed insistette perché le mie energie non fossero sottoposte ad uno sforzo eccessivo. Ma l'apparizione di mio padre fu per me come quella di un angelo buono, e la mia salute migliorò gradatamente.

Man mano che mi ristabilivo, cadevo preda di una cupa melanconia, che nulla valeva a dissipare. L'immagine di Clerval era sempre dinanzi a me, come uno spettro macchiato di sangue. Più volte l'agitazione generata da questi pensieri fece temere ai miei amici una pericolosa ricaduta. Ahimè! perché mi avevano salvato una vita così miserabile e odiata? Certo perché adempissi al mio destino, che ora sta per compiersi. Presto, oh, molto presto, la morte placherà queste ansie e mi solleverà dal mio grave fardello; dopo che avrò fatto giustizia, mi abbandonerò al riposo. Allora la speranza della morte era distante, anche se il desiderio di essa era sempre presente al mio spirito; e spesso rimanevo seduto per ore, muto e immobile, nell'assurda speranza che qualche grandioso sommovimento terrestre potesse seppellire fra le rovine me e il mio distruttore.

Il periodo delle Assise si avvicinava. Avevo trascorso in prigione tre mesi; e, per quanto fossi ancora debole ed esposto al continuo pericolo di una ricaduta, fui costretto a compiere un viaggio di quasi cento miglia fino al capoluogo dove aveva sede la Corte. Il signor Kirwin si incaricò di raccogliere con la massima cura le testimonianze in mio favore e di apprestare la mia difesa. Mi fu risparmiata la sciagura di apparire in pubblico come un criminale, perché il caso non fu portato dinanzi alla Corte che decide della vita e della morte. Il gran giurì respinse l'imputazione, perché risultò che, nell'ora in cui il corpo del mio amico era stato rinvenuto, io mi trovavo alle isole Orkneys; quindici giorni dopo l'assoluzione venni liberato dal carcere.

Mio padre fu lietissimo quando seppe che io ero sollevato da ogni accusa, che potevo respirare di nuovo l'aria libera e che mi era permesso di tornare in patria. Io non condividevo questi suoi sentimenti: per me le mura di una prigione e quelle di un palazzo erano egualmente odiose. La coppa della vita era avvelenata per sempre, e sebbene il sole brillasse su di me, come su coloro che avevano il cuore gaio e felice, pure io ero come circondato da una fitta tenebra, dalla quale mi fissavano due occhi fiammeggianti. Talvolta erano gli occhi di Enrico, stravolti dalla morte, appena dischiuse le palpebre dalle lunghe ciglia nere; tal altra erano gli occhi tenebrosi e liquidi del mostro, come li avevo visti la prima volta nella mia camera di Ingolstad.

Mio padre cercava di risvegliare in me sentimenti di affetto. Mi parlava di Ginevra - che presto avrei rivisto - di Elisabetta e di Ernesto, ma le sue parole non facevano che strapparmi gemiti profondi. Qualche volta, invece, avvertivo un desiderio di felicità, e pensavo, con melanconico piacere, alla mia diletta cugina, o, con una divorante *maladie du pays*, bramavo di rivedere ancora una volta il lago azzurro e il rapido Reno, che erano stati così cari alla mia prima infanzia. Ma in genere mi abbandonavo a un torpore, per il quale non c'era differenza fra una prigione ed un incantevole paesaggio. Ogni tanto questo stato d'animo era interrotto da parossismi di angoscia e di disperazione. Più di una volta avevo cercato di mettere fine a un'esistenza che odiavo, e si era resa necessaria una vigilanza assidua per impedirmi di commettere qualche fatale atto di violenza.

Mentre lasciavo la prigione, ricordo di aver sentito dire da uno dei carcerieri: — Può darsi che sia innocente di questo delitto, ma certo non ha la coscienza tranquilla. — Queste parole mi colpirono. Non avevo la coscienza tranquilla, certo! Guglielmo, Giustina e Clerval erano morti in seguito alle mie infernali macchinazioni. — E con la morte di chi, — esclamai, — finirà la tragedia? Ah, padre mio, non restiamo in questo paese maledetto! Portami dove possa dimenticare me stesso, la mia esistenza e il mondo.

Mio padre accondiscese subito al mio desiderio, e, dopo esserci accomiatati dal signor Kirwin, ci recammo a Dublino. Mi parve di sentirmi sollevato da un peso immane quando la nave si allontanò a vele spiegate dalla costa dell'Irlanda, ed io lasciai per sempre il paese che era stato teatro di così grave sciagura.

Era mezzanotte. Mio padre dormiva in cabina, ed io rimasi sul ponte a guardare le stelle e ad ascoltare lo sciacquio delle onde. Salutai le tenebre che celavano ai miei occhi l'Irlanda, e il polso mi batté di gioia febbrile quando pensai che presto avrei rivisto Ginevra. Il passato mi appariva come un sogno spaventoso; ma la nave su cui mi trovavo, il vento che mi spingeva lontano dalle odiate coste dell'Irlanda, il mare che mi circondava, mi dicevano in maniera fin troppo chiara che non si era trattato di una visione, che Clerval, il mio più caro amico e compagno, era caduto vittima mia e del mostro che io avevo creato. Passai in rassegna tutta quanta la mia vita: la tranquilla felicità di quando abitavo con la famiglia a Ginevra, la morte di mia madre e la partenza per Ingolstad. Ricordai, fremendo, il folle entusiasmo che mi aveva spinto alla creazione del mio orribile nemico, la notte nella quale egli era venuto in vita. Incapace di seguire oltre simile corso di pensieri, piansi amaramente.

Da quando ero guarito dalla febbre, avevo contratto l'abitudine di prendere ogni notte una piccola quantità di laudano: questa droga, infatti, era l'unico mezzo che avessi per concedermi il riposo necessario alla vita. Oppresso dal ricordo delle mie sciagure, ne versai allora dose doppia, e subito mi addormentai profondamente. Ma il sonno non diede tregua alla mia angoscia: nei sogni trovai motivi di tortura. Verso mattino ebbi una specie di incubo: mi pareva di sentire attorno al collo la stretta del demone e di non potermene liberare; gemiti e grida risuonavano alle mie orecchie. Mio padre, che vegliava su di me, si accorse della mia agitazione e mi destò; poi mi indicò il porto di Holyhead nel quale stavamo entrando.

CAPITOLO XXI

Avevamo deciso di non passare per Londra, ma di attraversare il paese fino a Portsmouth e di imbarcarci là per Le Havre. Preferivo questo piano soprattutto perché temevo di rivedere i luoghi dove avevo assaporato qualche momento di tranquillità con il mio diletto Clerval. Rifuggivo con orrore al pensiero di ritrovarmi con persone che eravamo soliti visitare assieme e che avrebbero potuto rivolgermi domande che avrebbero rinnovato il mio strazio.

Quanto a mio padre, egli desiderava soltanto vedermi recuperare la salute e la tranquillità di spirito. Le sue premure e le sue attenzioni erano continue; il mio dolore e la mia tristezza erano ostinati, ma egli non disperava. Qualche volta pensava che io soffrissi per l'umiliazione di essere stato chiamato a rispondere di un'accusa di omicidio, e si studiava di dimostrarmi la futilità dell'orgoglio.

— Ahimè! padre mio, — rispondevo, — quanto poco mi conosci. Gli uomini, i loro sentimenti e le loro passioni sarebbero davvero degradanti, se un miserabile par mio nutrisse orgoglio. Giustina, la povera e infelice Giustina, era innocente come me, ed è stata oggetto della stessa mia accusa; è morta per questo, e la colpa è mia: io l'ho assassinata. Guglielmo, Giustina ed Enrico... tutti sono morti per mia mano.

Spesso durante la mia prigionia mio padre aveva udito da me affermazioni simili; quando mi accusavo a questo modo, egli sembrava talvolta desiderare una spiegazione, tal altra invece pareva considerare tutto ciò come la conseguenza di un delirio. Io evitavo di dare spiegazioni e mantenevo il più stretto silenzio sul mostro che avevo creato. Temevo di essere preso per pazzo, e ciò incatenava la mia lingua, mentre avrei dato il mondo, per poter confidare il mio segreto.

Quella volta mio padre chiese, con un'espressione di sconfinato stupore: — Che cosa vuoi dire, Vittorio? Sei pazzo? Mio carissimo figlio, ti prego di non ripetere mai più una cosa simile.

— Non sono pazzo, — esclamai con energia. — Il sole e il cielo, che hanno seguito le mie azioni, sono testimoni della mia sincerità. Sono l'assassino di quelle vittime innocenti: esse sono morte per colpa delle mie macchinazioni. Mille volte avrei sparso il mio sangue, a goccia a goccia, per salvare le loro vite; ma non potevo, padre mio, non potevo sacrificare l'intera razza umana.

La conclusione di questo discorso convinse mio padre che le mie idee dovevano essere confuse, e subito egli mutò l'argomento della nostra conversazione e cercò di deviare il corso dei miei pensieri.

Egli voleva, per quanto era possibile, cancellare il ricordo di ciò che era accaduto in Irlanda, e mai vi faceva allusione né permetteva che io parlassi delle mie sventure.

Con il passare del tempo divenni più calmo: l'angoscia dimorava sempre nel mio cuore, ma io non parlavo più, nella stessa maniera incoerente, dei miei delitti; mi era sufficiente averne coscienza. Con il più stretto controllo di me stesso, imponevo il silenzio a quella voce imperiosa che qualche volta manifestava il desiderio di confessarsi al mondo; i miei modi erano più tranquilli e più composti di quanto non lo fossero mai stati, dal tempo della mia escursione alla « Mer de Glace ».

Arrivammo a Le Havre l'8 di maggio, e subito proseguimmo per Parigi, dove mio padre aveva alcuni affari che ci trattennero qualche settimana. In quella città ricevetti da Elisabetta la lettera seguente:

A VITTORIO FRANKENSTEIN

Ginevra, 18 maggio 17...

« Mio carissimo amico,

« la lettera dello zio, datata da Parigi, mi ha dato una gioia grandissima: non sei più così terribilmente lontano, e posso sperare di rivederti fra una quindicina di giorni. Mio povero cugino, quanto devi avere sofferto! Mi attendo di trovarti ancora più malato di quando sei partito da Ginevra. Quest'inverno è trascorso in terribile angoscia, torturata com'ero da un'ansiosa attesa; pure spero di leggere pace sul tuo viso e di vedere che calma e serenità non sono totalmente scomparse dal tuo cuore.

« Temo tuttavia che persista ancora lo stato d'animo che ti rendeva infelice un anno addietro, e che il trascorrere del tempo non abbia fatto che accentuarlo. Non vorrei turbarti nel momento in cui tante sciagure gravano su di te, ma un colloquio che ho avuto con lo zio prima della sua partenza, rende necessaria qualche spiegazione prima del nostro incontro.

« Forse tu dirai: che spiegazione può volere Elisabetta? Se davvero dici questo, non parliamone più, ed altro non mi resta che firmarmi la tua affezionatissima cugina. Ma tu sei lontano da me, ed è possibile che tu tema questa spiegazione, pur desiderandola. Se così stanno le cose, non oso esimermi dallo scriverti quello che, durante la tua assenza, ho spesso desiderato di esprimerti, senza mai trovare il coraggio di cominciare.

« Sai, Vittorio, che il progetto della nostra unione, è stato accarezzato dai tuoi genitori fin dalla nostra infanzia. Ne abbiamo sentito parlare quando eravamo bimbi, e abbiamo imparato a considerare questo evento come inevitabile. Eravamo affettuosi compagni di gioco durante la fanciullezza, e, credo, siamo rimasti buoni e teneri amici anche quando ci siamo fatti adulti. Ma fratello e sorella nutrono spesso un profondo affetto reciproco senza desiderare un'unione più intima; non può essere questo il nostro caso? Dimmelo, carissimo Vittorio. Rispondimi sinceramente, te ne scongiuro, in nome della nostra reciproca felicità: non ami qualcun'altra?

« Tu hai viaggiato, hai trascorso molti anni della vita a Ingolstad, e ti confesso, amico mio, che, quando ti ho visto tanto infelice lo scorso autunno, tanto desideroso di solitudine e tanto alieno dalla compagnia di ogni creatura, non ho potuto fare a meno di pensare che forse ti rammaricavi della nostra vagheggiata unione, e ti credevi costretto dall'onore ad adempiere ai desideri dei tuoi genitori, per quanto tali desideri fossero contrari alla tua inclinazione. Ma forse questo è un ragionamento che non regge. Ti confesso, cugino mio, che ti amo e che, nei miei fantastici sogni sul futuro, tu sei sempre stato il mio amico e il mio compagno. Tuttavia non esito a dirti che il nostro matrimonio mi renderebbe eternamente infelice se non fosse dettato dalla tua libera scelta. Desidero tanto la tua felicità quanto la mia. Anche ora piango al pensiero che, sconvolto come sei dalle più crudeli sventure, tu possa soffocare, per la parola *onore*, ogni speranza di quell'amore e di quella felicità che, soli, potrebbero farti rientrare in te stesso. Io, che ti porto un affetto così disinteressato, potrei aumentare mille volte le tue miserie ponendomi come ostacolo ai tuoi desideri. Ah, Vittorio, sii pur sicuro che la tua cugina e compagna di giochi ha un affetto troppo profondo per te per non sentirsi infelice a questa supposizione.

« Non lasciarti turbare da questa lettera; non rispondere domani, o dopodomani, non rispondere fino al tuo ritorno, se ciò può procurarti dolore. Sii lieto, amico mio, e se obbedisci a questa mia richiesta, puoi essere sicuro che nulla al mondo potrà togliermi la mia tranquillità.

« Lo zio mi darà notizie della tua salute, e se, quando ci incontreremo, vedrò solo un sorriso sulle tue labbra, motivato da questa o da altre mie congetture, non chiederò altra felicità.

« Elisabetta Lavenza ».

Questa lettera mi richiamò alla memoria ciò che avevo dimenticato, la minaccia del demone: « Sarò con te nella tua notte nuziale! ». Era questa la mia condanna. In quella notte il mostro avrebbe ricorso a ogni sua arte per distruggermi e per strapparmi quel barlume di felicità, che solo avrebbe potuto alleviare in parte le mie sofferenze. Quella notte egli era deciso a concludere, con il mio assassinio, la serie dei suoi delitti. Bene, che così fosse; si sarebbe ingaggiata fra noi una lotta mortale, e se la vittoria fosse toccata a lui, io avrei riposato in pace e il suo potere su di me sarebbe finito. Se invece fosse stato lui il vinto, io sarei diventato un uomo libero. Ahimè! quale libertà? Quella di cui gode un contadino che si è visto massacrare sotto gli occhi la famiglia, bruciare la casa, devastare i campi e sia costretto a vagare senza meta, senza danaro, libero ma solo. Tale sarebbe stata la mia libertà. Ma avrei posseduto la mia Elisabetta, un tesoro, avvelenato, ahimè! dagli orrori del rimorso che mi avrebbero perseguitato fino alla morte.

Dolce ed amata Elisabetta! Lessi e rilessi la sua lettera; un po' di dolcezza mi si insinuò nel cuore, ed osai formulare sogni paradisiaci di amore e di gioia; ma il frutto era già stato colto, e il braccio dell'angelo mi sbarrava la via a ogni speranza. Pure sarei morto per farla felice. Se il mostro mandava a effetto la sua minaccia, la morte era inevitabile. Tuttavia non ero ancora sicuro che il matrimonio avrebbe affrettato il mio destino. La mia distruzione avrebbe potuto avvenire alcuni mesi prima; ma se il mio torturatore avesse sospettato che io rimandavo il mio matrimonio per effetto delle sue minacce, certo avrebbe trovato altri, e forse più terribili, mezzi di vendetta. Mi aveva giurato di « essere con me nella mia notte nuziale », ma certo non si sentiva tenuto da questa minaccia a lasciarmi in pace fino a quando non fosse giunto quel momento. Infatti, per mostrarmi di non essere ancora sazio di sangue, aveva assassinato Clerval subito dopo aver manifestato i suoi funesti propositi. Giunsi quindi alla conclusione che un immediato matrimonio con mia cugina avrebbe fatto la felicità di lei e di mio padre, senza ritardare di una sola ora le trame del mio avversario a danno della mia vita.

In questo stato d'animo scrissi a Elisabetta. La mia lettera era calma ed affettuosa. « Temo, mia fanciulla diletta », dicevo, « che poca felicità rimanga per noi sulla terra; pure tutta quella di cui potrò un giorno godere si concentrerà in te; a te sola consacro la mia vita, ed ogni mio sforzo è teso alla tua felicità. Ho un segreto, Elisabetta, un terribile segreto; se te lo rivelassi, raggeleresti di orrore, e, lungi dall'essere sorpresa per la mia angoscia, ti meraviglieresti soltanto che io abbia potuto sopravvivere a ciò che ho sopportato. Ti confiderò questo racconto di miseria e di orrore il giorno successivo al nostro matrimonio, perché, mia dolce cugina, ci dev'essere fra noi una confidenza perfetta. Ma fino allora non farne il benché minimo cenno, te ne scongiuro. È una vera e propria preghiera che ti rivolgo, e so che tu l'esaudirai ».

Una settimana circa dopo l'arrivo della lettera di Elisabetta tornammo a Ginevra. Mia cugina mi accolse con sincero affetto; pure, le lacrime le riempirono gli occhi quando vide il mio aspetto emaciato e le mie guance smunte dalla febbre. Anch'io notai un mutamento in lei. Si era fatta più sottile, ed aveva perduto molta di quella celestiale vivacità che mi aveva una volta stregato; ma la sua bontà e i suoi dolci sguardi di compassione facevano di lei una compagna ancora più adatta per un miserabile disgraziato quale io ero.

La tranquillità di cui allora godevo non durò. Il ricordo portava con sé la follia, e quando pensavo a ciò che era accaduto, mi sentivo invadere da una vera smania: ora ero furibondo e ardevo d'ira, ora ero abbattuto e depresso. Non parlavo né guardavo, ma sedevo immobile, sconvolto dalla moltitudine di dolori che mi soverchiava.

Elisabetta soltanto aveva il potere di scuotermi da questi accessi: la sua voce gentile mi calmava quando mi lasciavo vincere dall'angoscia e mi ispirava sentimenti umani quando piombavo nel torpore. Piangeva con me e per me. Quando tornavo in me stesso, mi rimproverava e si sforzava di ispirarmi la rassegnazione. Ah, la rassegnazione è una buona cosa per chi non ha fortuna; ma non c'è pace per chi è in colpa. Le angosce del rimorso avvelenano quella specie di gioia che qualche volta si prova abbandonandosi al dolore.

Subito dopo il nostro arrivo, mio padre parlò con mia cugina del matrimonio imminente. Io rimasi in silenzio.

— Non hai dunque altri legami?

— Nessuno al mondo. Amo Elisabetta, e considero con gioia la nostra unione. Fissiamo il giorno, e da allora mi consacrerò, in vita e in morte, alla felicità di mia cugina.

— Mio caro Vittorio, non parlare così. Gravi sciagure ci hanno colpito, ma stiamo più vicini a coloro che rimangono, e fissiamo maggiormente il nostro amore su chi ancora vive. La nostra cerchia sarà piccola, ma tenuta assieme da vincoli di affetto e di mutua sfortuna. E quando il tempo avrà placato la nostra disperazione, nuovi oggetti d'amore saranno venuti a sostituire coloro di cui siamo stati così crudelmente privati.

Tali erano i consigli di mio padre. Ma per me il ricordo della minaccia era un continuo tormento, né dovete meravigliarvi che, onnipotente come era stato il mio nemico nelle sue imprese sanguinarie, io lo ritenessi quasi invincibile. Dal momento che aveva pronunciato le parole: « Sarò con te nella tua notte nuziale », io consideravo inevitabile ciò che mi era stato minacciato. Ma la morte non era per me un gran male, messa a confronto con la perdita di Elisabetta; di conseguenza, con aspetto lieto e quasi gioioso, decisi con mio padre che, se mia cugina avesse acconsentito, la cerimonia avrebbe avuto luogo di lì a dieci giorni, e in questo modo credetti di aver messo il suggello al mio destino.

Buon Dio! se per un solo istante avessi sospettato le diaboliche intenzioni del mio acerrimo avversario, avrei preferito mettermi per sempre al bando dal mio paese natale e vagare per il mondo come un reietto senza amici piuttosto che consentire a quel disgraziato matrimonio. Ma, quasi possedesse poteri magici, il mostro mi aveva reso cieco sulle sue vere intenzioni: pensavo di preparare la mia morte, ed invece non facevo altro che affrettare quella di una vittima che mi era di gran lunga più cara di me stesso.

A mano a mano che il tempo fissato per il matrimonio si avvicinava, fosse per viltà o per virtù profetica, sentivo il cuore stringermisi nel petto. Ma nascondevo questi miei sentimenti sotto un'apparenza di allegria che, se illuminava di sorrisi di soddisfazione il volto di mio padre, non ingannava l'occhio sempre attento e più acuto di Elisabetta. Ella considerava la nostra unione con una tranquilla contentezza cui non andava disgiunto un poco di timore: le trascorse sciagure le avevano insegnato che quella che appariva una felicità certa e tangibile, poteva presto trasformarsi in un sogno, e non lasciare altra traccia all'infuori di un profondo e durevole rimpianto.

Si fecero i preparativi per la cerimonia, si ricevettero le visite d'augurio: tutto aveva un aspetto sorridente. Tenni chiusa in cuore, come meglio potei, l'ansia che mi torturava, e finsi di interessarmi ai progetti di mio padre, per quanto essi potessero servire soltanto da sfondo alla mia tragedia. Si acquistò per noi una casa nei dintorni di Cologny, perché potessimo godere dei piaceri della campagna, ed essere nel contempo tanto vicini a Ginevra da poter vedere mio padre ogni giorno; il mio genitore infatti avrebbe continuato a risiedere in città, di modo che Ernesto potesse continuare i suoi studi.

Nel frattempo io presi ogni precauzione per difendermi nel caso che il mio nemico dovesse attaccarmi apertamente. Portavo sempre con me pistole e pugnale, ed ero sempre all'ertà per evitare tranelli; in questo modo conseguii una certa tranquillità. Anzi, tanto più il periodo stabilito si avvicinava, tanto più la minaccia mi appariva priva di fondamento, qualcosa che non avrebbe dovuto turbare la mia tranquillità, mentre sempre più certa mi appariva la felicità che mi ripromettevo dal mio matrimonio, via via che il giorno stabilito per la celebrazione si faceva più prossimo, ed io ne sentivo parlare come di un evento che nulla avrebbe potuto impedire.

Elisabetta sembrava felice; il mio contegno tranquillo contribuiva grandemente a placare il suo animo. Ma il giorno in cui doveva unirsi al mio destino ella fu melanconica, e si lasciò pervadere da un triste presentimento: pensava forse al terribile segreto che avevo promesso di rivelarle l'indomani? Mio padre era al colmo della felicità, e, nella foga dei preparativi, vide nella melanconia della nipote solo la ritrosia di una giovane sposa.

Dopo la cerimonia, una gran folla si raccolse nella casa di mio padre; ma fu deciso che Elisabetta ed io avremmo passato il pomeriggio e la notte a Evian per ritornare a Cologny il mattino seguente. Era una bella giornata, il vento spirava favorevole, e decidemmo di raggiungere la nostra meta attraverso il lago.

Furono, quelli, gli ultimi momenti di felicità della mia vita. Navigavamo a una discreta velocità: il sole era caldo, ma una specie di baldacchino ci riparava dai suoi raggi. Noi godevamo della bellezza del paesaggio; da una parte avevamo dinanzi agli occhi il Salêve, le belle pendici di Montalègre e, in distanza, troneggiante, il Monte Bianco e il gruppo di montagne coperte di neve che si sforza di emularlo, dall'altra il possente Giura, che oppone il suo nero dirupo all'ambizione di chi vuole evadere dal paese natale e che rappresenta una quasi insormontabile barriera per l'invasore che abbia il desiderio di farlo schiavo.

Presi una mano di Elisabetta. — Tu sei triste, amor mio. Ah! se tu sapessi quanto ho sofferto e ancora soffro, mi lasceresti gustare la quiete e la pace che questo giorno, almeno, mi permette di godere.

— Sii lieto, mio caro Vittorio, — rispose Elisabetta. — Nulla, spero, ti preoccupa, e sta' pur certo che il mio cuore è contento, anche se non reco dipinta sul volto una gioia esuberante. Qualcosa mi sussurra di non fidarmi troppo dell'avvenire che ci si apre dinanzi, ma non voglio dar retta a una voce così sinistra. Osserva con quanta rapidità avanziamo, e come le nuvole, che ora celano e ora rivelano la cupola del Monte Bianco, rendano ancor più bello questo spettacolo. Guarda anche quanti pesci guizzano nelle acque, tanto limpide che possiamo vedere ogni pietra sul fondo del lago. Che giornata divina! Come appare lieta e serena la natura!

Così Elisabetta cercava di distogliere i suoi e i miei pensieri da ogni idea che sapesse di melanconia. Ma il suo umore era incerto: la gioia brillava per qualche istante nei suoi occhi, ma solo per cedere di continuo alla distrazione ed alla fantasticheria.

Il sole si fece più basso nel cielo; superammo il fiume Drance, e scorgemmo i sentieri che costeggiano gli abissi dell'alta montagna e le valli apriche lungo le colline minori. Le Alpi si erano fatte più prossime al lago, e stavamo avvicinandoci all'anfiteatro di montagne che, del lago, forma il limite orientale.

Il campanile di Evian scintillava fra i boschi che lo circondano e l'ininterrotta catena di monti che lo domina.

Il vento, che ci aveva fino allora sospinto con prodigiosa rapidità, si mutò, al tramonto, in una lieve brezza; l'aria increspava appena la superficie dell'acqua e scuoteva dolcemente gli alberi mentre ci avvicinavamo alla riva, da cui giungeva fino a noi un delizioso profumo di fiori e di fieno. Il sole affondava dietro l'orizzonte quando sbarcammo, e come posi piede sulla spiaggia, sentii rinascere in me quegli affanni e quei timori che presto mi avrebbero afferrato per non lasciarmi mai più.

CAPITOLO XXII

Erano le otto di sera quando sbarcammo; passeggiammo un poco sulla spiaggia per godere dell'ultima luce, poi ci ritirammo nella locanda ed ammirammo il meraviglioso panorama delle acque, dei boschi e delle montagne che, pur velate dalle tenebre, stagliavano ancora contro il cielo i loro neri contorni.

Il vento, che era caduto da sud, si levò allora con gran violenza da nord. La luna aveva raggiunto il sommo del cielo e cominciava a discendere; le nubi le passavano dinanzi più veloci del volo di uno sparviero, ottenebrandone i raggi, mentre il lago rifletteva un cielo burrascoso, reso ancor più inquieto dall'agitarsi delle onde che cominciavano a rinforzare. All'improvviso cadde un violento scroscio di pioggia.

Mi ero mantenuto calmo per tutto quel giorno, ma, non appena la notte calò sulle cose, mille timori sorsero nel mio animo. Mi feci trepidante e guardingo, e con la destra stringevo una pistola che recavo celata in petto. Ogni suono mi atterriva, ma ero deciso a vender cara la vita e a non ritirarmi dall'imminente lotta, se non quando o io o il mio nemico fossimo morti.

Elisabetta osservò per qualche tempo la mia agitazione, in un silenzio timido e rispettoso, poi disse: — Che cosa ti rende inquieto, mio caro Vittorio? Che cosa temi?

— Oh, taci, taci, amor mio, — risposi. — Ancora questa notte e saremo salvi. Ma questa notte è terribile, terribile davvero.

Da un'ora ero in questo stato d'animo, quando a un tratto pensai quanto spaventosa sarebbe stata per mia moglie la lotta che mi attendevo da un momento all'altro; la pregai allora ansiosamente di ritirarsi, deciso a non raggiungerla fino a quando non avessi saputo qualcosa sulle intenzioni del mio nemico.

Ella mi lasciò, ed io continuai per qualche tempo a passeggiare sù e giù per i corridoi della casa, spiando ogni angolo che potesse offrire un nascondiglio al mio avversario. Ma non vidi traccia di lui, e già cominciavo a pensare che qualche fortunata circostanza gli aveva impedito di mandáre a effetto la sua minaccia, quando a un tratto udii un urlo acuto e terribile. Veniva dalla camera nella quale Elisabetta si era ritirata. Come lo udii, la verità mi balenò alla mente, le braccia mi caddero, ogni muscolo e ogni fibra mi si paralizzarono: sentivo il sangue scorrere nelle vene e formicolare all'estremità delle membra. Questo stato di impotenza durò un istante: il grido si ripeté ed io mi precipitai nella stanza.

Gran Dio! Perché non morii allora? Perché sono qui a narrare la distruzione della più bella speranza, della più pura creatura di questa terra? Ella era là, immota e senza vita, stesa di traverso sul letto, il capo rovesciato verso il basso, il viso pallido ed alterato coperto a mezzo dai capelli. Dovunque mi giri vedo la stessa cosa: le sue braccia esangui ed il suo corpo abbandonato dall'assassino sul catafalco nuziale. Come potei vedere una cosa simile, e rimanere in vita? (Ahimè! la vita è ostinata, e si abbarbica là dove più è invisa). Ressi un momento e poi perdetti conoscenza.

Quando mi ripresi, mi trovai circondato dalla gente della locanda; i loro volti esprimevano un terrore senza nome: ma il terrore degli altri era solo una beffa, un'ombra dei sentimenti che opprimevano me. Fuggii da loro e corsi nella stanza dove giaceva il corpo di Elisabetta, del mio amore, di mia moglie, di colei che, viva fino a pochi istanti prima, era stata così degna di devozione. Era stata mossa dalla posizione in cui l'avevo vista; così come giaceva ora, con il capo appoggiato ad un braccio ed un fazzoletto steso sul viso e sul collo, avrei potuto credere che dormisse. Mi precipitai verso di lei e l'abbracciai appassionatamente; ma il languore mortale e il gelo delle sue membra mi dissero che quella che ora stringevo fra le braccia aveva cessato di essere l'Elisabetta da me amata e prediletta. Sul suo collo c'erano le tracce della stretta assassina del demone, ed il respiro aveva cessato di uscire dalle sue labbra.

Mentre mi abbandonavo su di lei nell'impeto della disperazione, mi accadde di alzare gli occhi. Le finestre della stanza erano chiuse poco prima, e perciò provai una specie di panico nel vedere la pallida luce lunare che illuminava la camera. Le imposte erano state spalancate, e con un senso di terrore che non si può descrivere, scorsi alla finestra aperta la più repugnante ed odiosa delle figure. C'era una smorfia sul viso del mostro; egli sembrava schernirmi mentre accennava con il dito puntato al cadavere di mia moglie. Mi precipitai verso di lui e, cavata la pistola dal petto, feci fuoco; ma egli mi evitò, balzò via dal luogo dove si era appostato e, correndo con la velocità della folgore, si tuffò nel lago.

La detonazione richiamò una gran folla nella camera. Indicai il punto dove era scomparso; lo inseguimmo con barche, gettammo reti, ma invano. Dopo alcune ore, ritornammo senza speranza; la maggior parte dei miei compagni credeva si trattasse di un fantasma creato dalla mia fantasia. Come sbarcammo, presero tuttavia a battere il paese, ed i gruppi si sparpagliarono in direzioni diverse, fra i boschi e le vigne.

Non mi accompagnai a loro; ero esausto, un velo mi copriva gli occhi e il calore della febbre mi rendeva arida la pelle. In questo stato mi distesi sul letto, senza quasi rendermi conto di ciò che era accaduto; il mio sguardo vagava per la stanza, come a cercare qualcosa che avevo perduto.

Ricordai alla fine che mio padre avrebbe atteso con ansia il ritorno di Elisabetta e mio, e che io avrei dovuto presentarmi a lui solo. Questo pensiero mi riempì gli occhi di lacrime, e piansi a lungo. La mia mente vagava da un argomento all'altro, riflettendo sulle mie sventure e sulla loro causa. Mi trovai avvolto in una nube di sbalordimento e di orrore. La morte di Guglielmo, l'esecuzione di Giustina, l'assassinio di Clerval e poi quello di mia moglie; in quel momento non sapevo neppure se i cari che ancora mi rimanevano fossero al sicuro dalla malvagità del mostro: forse proprio allora mio padre si stava torcendo nella sua stretta, forse Ernesto giaceva morto ai suoi piedi. Quest'idea mi fece rabbrividire e mi spinse all'azione. Balzai in piedi e decisi di tornare a Ginevra il più presto possibile.

Era impossibile procurarsi cavalli, e dovevo ritornare per lago; ma il vento era contrario, e la pioggia cadeva a torrenti. Pure era appena mattino, ed io potevo ragionevolmente sperare di raggiungere la mia meta prima di sera. Assoldai alcuni uomini per la voga e presi io stesso un remo, perché sempre la fatica fisica mi aveva dato sollievo dalle torture della mente. Ma la terribile angoscia che mi pervadeva e la spaventosa agitazione che dovevo sopportare mi rendevano impossibile ogni movimento coordinato. Gettai il remo e, appoggiata la testa sulle mani, diedi libero corso alle cupe idee che mi turbinavano per il capo. Se alzavo gli occhi, vedevo scene che mi erano state familiari in tempi più felici e che solo il giorno prima avevo contemplato in compagnia di colei che ora era soltanto un'ombra e un ricordo. Lacrime mi sgorgarono dagli occhi. La pioggia era cessata per un momento, ed io vedevo i pesci guizzare nell'acqua come avevano fatto poche ore addietro, quando Elisabetta li aveva notati. Nulla è più penoso all'animo umano di un mutamento decisivo e repentino. Il sole poteva risplendere, le nuvole potevano abbassarsi: nulla mi sarebbe apparso quale era stato il giorno precedente. Un nemico mi aveva tolto ogni speranza di felicità; nessuna creatura era mai stata sciagurata quanto lo ero io; un evento così terrificante era unico nella storia dell'uomo.

Ma perché indugiare su ciò che seguì quell'avvenimento atroce più di tutti gli altri? La mia storia è stata una storia d'orrore; ho raggiunto l'acme e ciò che ora mi rimane da narrare non potrà che annoiarvi. Sappiate che, a uno a uno, i miei cari mi furono strappati; rimasi solo. Le mie forze sono esauste, e in poche parole voglio narrarvi la conclusione del mio spaventoso racconto.

Arrivai a Ginevra. Mio padre ed Ernesto erano in vita; ma il primo piegò sotto il colpo delle notizie che gli portai. Anche ora mi pare di vederlo, eccellente e venerabile vecchio! I suoi occhi avevano un'espressione vacua, privi com'erano ormai di luce e di gioia. La morte della nipote, colei che egli amava più di una figlia, colei sulla quale concentrava tutto l'affetto di un uomo che, sul finire della vita, si lega ancor più strettamente ai pochi cari che gli rimangono, lo annientò. Maledetto, maledetto sia il demone che curvò il suo capo bianco e lo condannò a uno straziante dolore. Non poté sopravvivere agli orrori che si erano accumulati attorno a lui: fu vittima di un colpo apoplettico, e pochi giorni dopo spirò fra le mie braccia.

Che avvenne di me? Non lo so. Perdetti la percezione di quanto mi avveniva attorno: ero come circondato da tenebre. Qualche volta, è vero, sognavo di camminare per prati in fiore e vallette deliziose, con gli amici della mia gioventù; ma mi svegliavo e mi trovavo in una prigione. Caddi allora nella più tetra melanconia. A poco a poco però riuscii a farmi un'idea più chiara delle mie sciagure e della mia situazione, e fui alla fine liberato dalla cella. Ero stato dichiarato folle, e per quattro mesi, come seppi poi, la stanza solitaria di un manicomio era stata la mia abitazione.

Ma la libertà sarebbe stata per me un dono inutile se, assieme alla ragione, non si fosse destato in me il desiderio della vendetta. Come mi tornò il ricordo delle mie passate sciagure, presi a riflettere su ciò che stava alla loro origine: il mostro che io avevo creato, il miserabile demone che io avevo scatenato per il mondo perché mi distruggesse. Mi sentivo invadere da un'ira folle quando pensavo a lui, e bramavo e pregavo ardentemente di poterlo avere un giorno in mia mano per trarre una terribile vendetta sul suo capo maledetto.

Né il mio odio si limitò ad inutili desideri. cominciai a riflettere sul modo migliore di catturarlo, e, a questo fine, circa un mese dopo che ero stato rimesso in libertà, mi recai da un giudice penale della città e gli dissi che avevo un'accusa da presentare: sapevo chi era il distruttore della mia famiglia, e chiedevo che egli mettesse in opera tutta la sua autorità per la cattura dell'assassino.

Il magistrato mi ascoltò con attenzione e gentilezza.
— State sicuro, signore, — disse, — che non risparmierò spese e fatiche per scoprire il miserabile.

— Vi ringrazio, — risposi. — Ascoltate dunque la deposizione che devo fare. È una storia strana, alla quale voi, temo, non prestereste fede, se non fosse in essa qualcosa che, per quanto fuori del comune, ha un suono di verità. La mia narrazione è troppo coerente per essere scambiata per un sogno, né d'altra parte io ho motivo di affermare il falso. — I miei modi, mentre così mi rivolgevo a lui, erano tali da impressionare, ma calmi. Avevo deciso in cuor mio di perseguitare il mio distruttore fino alla morte, e ciò valeva a placare la mia angoscia ed a riconciliarmi alla vita. Narrai quindi la mia storia, brevemente ma con fermezza e precisione, citando le date e senza mai indulgere a invettive o a esclamazioni.

Sulle prime il magistrato parve assolutamente incredulo; ma, a mano a mano che continuavo, mostrò maggior attenzione e maggior interesse: ora lo vedevo rabbrividire per l'orrore, ora un vivo stupore, senza ombra di incredulità, si dipingeva sul suo viso.

Giunto al termine del mio racconto, dissi: — Questo è l'essere che accuso; vi chiedo di esercitare tutto il vostro potere per catturarlo e punirlo. È il vostro dovere come magistrato, e credo e spero che, in questa circostanza, i vostri sentimenti di uomo non vi tratterranno dall'adempiere le funzioni che la vostra carica comporta. — Questa esortazione provocò un notevole mutamento nella fisionomia del mio interlocutore. Egli aveva ascoltato il mio racconto con quella specie di credito che si concede a una storia di spiriti o di eventi soprannaturali: ma quando gli chiesi di agire in conseguenza, in veste ufficiale, tutta la marea della sua incredulità tornò a sollevarsi. Rispose tuttavia cortesemente: — Vi concederei volentieri ogni aiuto possibile nelle vostre ricerche; ma la creatura di cui parlate sembra possedere poteri tali da rendere inefficaci tutte le mie risorse. Chi può seguire un animale in grado di traversare la « Mer de Glace » e di abitare in caverne e tane dove l'uomo neppure potrebbe avventurarsi? Inoltre sono trascorsi alcuni mesi da quando egli ha commesso i suoi delitti, e chi può congetturare in quale località si sia spinto o in quale regione possa ora celarsi?

— Egli vaga nei pressi del luogo dove abito io, ne sono certo; e se poi si fosse rifugiato sulle Alpi, si potrebbe cacciarlo come un camoscio e distruggere come un animale da preda. Ma vedo quali sono i vostri pensieri: voi non credete al mio racconto e non intendete dare la caccia al mio nemico per infliggergli la punizione che si merita.

Mentre così parlavo, i miei occhi si accesero d'ira, e il magistrato ne fu intimidito. — Vi sbagliate, — disse. — Farò del mio meglio, e se è in mio potere catturare il mostro, state pur certo che gli sarà inflitta una punizione proporzionata ai suoi crimini. Ma, da ciò che voi mi avete detto sulle sue doti malefiche, temo che la cosa riesca impossibile, e che, mentre si prenderà ogni misura necessaria, voi dobbiate cercare di rassegnarvi a uno smacco.

— Non è possibile; ma tutto quello che io dico non ha importanza. La mia vendetta non conta per voi, mentre, pur sapendo che si tratta di un peccato, debbo confessare che essa è la passione dominante della mia anima. Indicibile è la mia ira quando penso che l'assassino, da me scatenato fra gli uomini, è ancora in vita. Voi respingete la mia legittima richiesta; non mi resta che una risorsa: dedicarmi, in vita o in morte, alla sua distruzione.

Pronunciando queste parole tremavo di collera: c'era nel mio contegno un che di frenetico e qualcosa, credo, di quella fierezza che si attribuisce ai martiri. Ma agli occhi di un magistrato di Ginevra, occupato in ben altre idee che non fossero devozione ed eroismo, questa esaltazione dell'animo doveva apparire molto simile alla pazzia.

Si sforzò di calmarmi, come avrebbe potuto fare una nutrice con un bimbo, ed attribuì la mia storia ad effetto di delirio.

— Uomo, — esclamai, — quanto ignorante sei, nella tua presunzione. Smettila dunque, tu non sai quello che ti dici.

Mi precipitai fuori di quella casa furibondo e disgustato, e mi ritirai a meditare qualche altro piano d'azione.

CAPITOLO XXIII

Il mio stato d'animo era tale, da impedire e annullare ogni pensiero ragionevole. Mi sentivo sospinto dal furore: l'idea della vendetta soltanto mi dava forza e costanza; essa modellava i miei sentimenti e mi permetteva di essere calmo e calcolatore in un momento in cui mi sarei altrimenti abbandonato alla follia o alla morte.

La mia prima decisione fu di abbandonare Ginevra. Il paese, che mi era stato così caro quando ero felice e amato, ora, nelle avversità, mi riusciva odioso. Raccolsi una somma di danaro e alcuni gioielli che mia madre mi aveva lasciato e partii.

Cominciarono allora i miei vagabondaggi che cesseranno solo al termine della mia vita. Ho traversato gran parte della terra e ho sopportato tutti quei disagi che i viaggiatori devono di necessità incontrare nei deserti e nelle contrade barbare. Non so come abbia potuto sopravvivere; molte volte mi sono lasciato cadere esausto, su una distesa di sabbia, a invocare la morte. Ma il desiderio di vendetta mi tenne in vita: non volevo scomparire lasciando che il mio avversario continuasse a esistere. Quando lasciai Ginevra, mi preoccupai innanzi tutto di ottenere qualche indizio che mi mettesse sulle tracce del mio diabolico nemico. Ma non avevo un piano ben definito, e vagai molte ore nei dintorni della città, incerto sulla strada da prendere. All'approssimarsi della notte, mi trovai all'ingresso del cimitero dove riposavano Guglielmo, Elisabetta e mio padre. Entrai, e mi avvicinai alle tombe che segnavano il luogo della loro sepoltura. Tutto taceva, salvo le foglie degli alberi, mosse da una lieve brezza; la notte era molto scura, e la scena sarebbe apparsa solenne e suggestiva anche a uno spettatore disattento. Lo spirito dei trapassati sembrava aleggiare tutto attorno e proiettare sul capo del dolente un'ombra che si avvertiva, pur senza essere visibile.

Il profondo dolore che questa scena aveva, sulle prime, suscitato in me, cedette presto all'ira e alla disperazione. Essi erano morti, e io vivevo; viveva anche il loro assassino, e per distruggerlo io dovevo sottostare a una miserabile esistenza. Mi inginocchiai sull'erba, baciai la terra e, con labbra tremanti, esclamai: — Per la sacra terra su cui poso le ginocchia, per le ombre che mi vagano accanto, per il dolore profondo ed eterno che provo, io giuro; per te, Notte, e per gli spiriti che a te presiedono, giuro di perseguitare il demone che ha causato tanta miseria, fino a quando uno di noi non soccomba nella lotta mortale. Per questo resterò in vita: per portare a termine la mia vendetta, vedrò ancora il sole e batterò ancora i verdi campi della terra, che altrimenti sparirebbero per sempre ai miei occhi. E prego voi, spiriti dei morti, e voi, errabondi ministri della vendetta, di aiutarmi e di guidarmi nella mia missione. Che beva profondamente alla coppa dell'angoscia il maledetto e diabolico mostro, che provi la disperazione che ora tormenta me.

Avevo incominciato la mia invocazione con solennità e con un timore reverenziale tale da assicurarmi che le ombre dei miei cari assassinati mi ascoltavano e mi approvavano; ma, sul punto di concludere, le furie si impossessarono di me, e l'ira rese incerte le mie parole.

Nel silenzio della notte mi rispose una risata diabolica e fragorosa. Mi risuonò alle orecchie, lunga e massiccia; le montagne la riecheggiarono, ed ebbi l'impressione che tutto l'inferno mi circondasse di scherno e di risa. Certo in quel momento mi sarei abbandonato a un accesso di frenesia e mi sarei privato della mia miserabile esistenza, se il mio giuramento non fosse stato udito e io non mi fossi dedicato alla vendetta. La risata si spense, poi una voce ben nota e aborrita, che sembrava vicina al mio orecchio, si rivolse a me in un bisbiglio appena percettibile: — Sono soddisfatto, miserabile sciagurato! Tu hai deciso di vivere, e io sono soddisfatto.

Mi precipitai verso il luogo donde giungeva la voce; ma il demone evitò la mia stretta. A un tratto si levò il gran disco della luna che illuminò in pieno la forma diabolica e contorta del mio nemico, mentre egli si allontanava a velocità sovrumana.

Lo inseguii, e per molti mesi questo è stato il mio compito. Guidato da una lieve traccia, discesi il corso sinuoso del Rodano, ma invano. Apparve l'azzurro Mediterraneo, e per uno strano caso, una notte, vidi il mio nemico salire e nascondersi su una nave diretta al Mar Nero. Mi imbarcai sulla stessa nave, ma egli mi sfuggì, non so come.

Sempre seguii le sue tracce fra i deserti della Tartaria e della Russia, anche se sempre egli riuscì a sfuggirmi. Qualche volta i contadini, atterriti dalla sua apparizione, mi indicavano la strada che egli aveva preso; qualche altra volta egli stesso, temendo che mi abbandonassi alla disperazione e morissi se perdevo le sue tracce, lasciava qualche indizio per guidarmi. La neve cadde sul mio capo, e io vidi le sue enormi impronte sulla bianca distesa della pianura. Come potete capire quello che provai e che ancora provo, voi che entrate ora nella vita, voi che siete nuovo agli affanni e che ignorate l'angoscia? Freddo, inedia e stanchezza erano il meno fra ciò che ero destinato a sopportare. Ero maledetto da un demone, e portavo chiuso in me l'inferno. Pure uno spirito benigno mi seguiva e dirigeva i miei passi; quando più disperavo, mi faceva vincere improvvisamente le difficoltà in apparenza più insormontabili. Qualche volta, quando il fisico, vinto dalla fame, piegava sotto il peso dell'inedia, nel mezzo del deserto mi veniva preparato un pasto che valeva a ridarmi energia e volontà. Il cibo era rozzo, certo, simile a quella che mangiavano i contadini del paese; ma, non ne dubito, mi veniva apprestato dagli spiriti che avevo invocato in aiuto. Spesso, quando tutto era arido, il cielo terso, e io venivo tormentato dalla sete, una piccola nube oscurava la volta celeste, lasciava cadere qualche goccia che mi rianimava, poi svaniva.

Seguivo, quando potevo, il corso dei fiumi; ma il demone in genere li evitava, perché lungo i fiumi soprattutto prendeva dimora la popolazione di quei paesi. In altri luoghi raramente si vedevano esseri umani, e io di solito mi cibavo di animali selvatici che traversavano il mio cammino. Avevo danaro con me, e mi guadagnavo l'amicizia degli abitanti dei villaggi distribuendolo; oppure portavo con me la preda che avevo ucciso, e, dopo averne prelevata una piccola parte, ne facevo dono a coloro che mi fornivano il fuoco e quanto era necessario ad apprestare il pasto.

La mia vita, che così trascorreva, mi era odiosa, e solo durante il sonno potevo gustare la gioia. Oh, benedetto il sonno! Spesso, quando mi sentivo troppo infelice, mi sdraiavo a terra a riposare, ed i sogni mi cullavano, con qualcosa di simile al rapimento. Gli spiriti che mi custodivano mi concedevano questi momenti, o meglio queste ore, di felicità, perché potessi trovare la forza di condurre a termine il mio pellegrinaggio. Privato di questo ristoro, le fatiche mi avrebbero piegato. Nel corso del giorno, ero sostenuto ed incoraggiato dall'attesa della notte: durante il sonno, infatti, vedevo i miei cari, mia moglie e il mio diletto paese, vedevo il volto benevolo di mio padre, udivo la voce argentina della mia Elisabetta, scorgevo Clerval nel pieno vigore della salute e della giovinezza. Spesso, prostrato da qualche lunga marcia, mi persuadevo di sognare durante il giorno, mentre la notte avrei veramente vissuto fra le braccia dei miei cari. Quale passione torturante provavo per loro! Come mi abbarbicavo alle loro care immagini, che qualche volta mi ossessionavano anche durante le ore di veglia, e come mi persuadevo che essi ancora vivevano! In quei momenti il sentimento di vendetta che mi ardeva in cuore svaniva, e io proseguivo nella mia strada verso la distruzione del demone, non spinto da un desiderio imperioso della mia anima, ma come si trattasse di un compito che mi era stato affidato dal Cielo, dall'impulso meccanico di qualche forza di cui ero inconscio.

Quali fossero i sentimenti di colui che inseguivo, non so. Qualche volta egli lasciava, scritte sulle cortecce degli alberi o incise sulla pietra, parole che mi guidavano o suscitavano la mia ira. « Il mio regno non è ancora finito », (così si leggeva, in una di queste iscrizioni): « Tu vivi, e il mio potere è assoluto. Seguimi; mi sto dirigendo verso i ghiacci eterni del nord, dove tu soffrirai le torture del freddo e del gelo a cui io sono insensibile. Se mi segui abbastanza dappresso, troverai qui vicino una lepre morta; mangiala e rimettiti in forze. Vieni, mio nemico; dobbiamo ancora lottare per la nostra esistenza; ma, prima che quel momento arrivi, dovrai sopportare ancora molte ore durissime e angosciose ».

Demone beffardo! Ancora giuro vendetta, ancora, miserabile nemico, ti prometto tortura e morte. Non desisterò dalla mia ricerca, fino a quando uno di noi due muoia; e allora raggiungerò con giubilo la mia Elisabetta e coloro che già ora mi stanno apprestando la ricompensa della mia lunga fatica e del mio orribile peregrinare!

Via via che proseguivo il viaggio verso il nord, la neve si faceva più spessa ed il freddo aumentava, fino a diventare quasi insopportabile. I contadini restavano chiusi nelle loro capanne, e solo pochi ardimentosi si avventuravano a uscire per catturare gli animali che la fame spingeva fuori dei nascondigli in cerca di preda. I fiumi erano coperti di ghiaccio, ed era impossibile procurarsi pesce; venni così privato della fonte principale di sostentamento.

Il trionfo del mio nemico aumentava con il crescere delle mie difficoltà. Un'iscrizione da lui lasciata recava queste parole: « Preparati! Le tue fatiche sono solo all'inizio. Copriti di pellicce e fa' scorta di cibo, perché presto daremo inizio a un viaggio, nel corso del quale le tue sofferenze soddisferanno il mio odio perenne ».

Queste note beffarde davano nuovo vigore al mio coraggio ed alla mia costanza; deciso com'ero a non fallire il mio scopo, invocai il cielo in mio aiuto e continuai con inesausto vigore a traversare deserti immensi, fino a quando, in distanza, non apparve l'oceano che si stendeva fino all'estremo limite dell'orizzonte. Oh, quanto era diverso dai mari azzurri del sud! Coperto di ghiaccio, si distingueva dalla terra solo perché era più impervio e irregolare. I greci piansero di felicità quando scorsero il Mediterraneo dalle colline dell'Asia, e salutarono con gioia il termine delle loro peripezie. Io non piansi, ma mi inginocchiai e, con cuore riconoscente, ringraziai il mio spirito-guida di avermi condotto sano e salvo là dove speravo di cogliere il mio avversario, nonostante la sua astuzia, e di farla finita con lui.

Alcune settimane prima mi ero procurato slitta e cani, ed in tal modo viaggiavo sulla neve a velocità straordinaria. Non sapevo se il mio nemico possedeva una eguale risorsa, ma mi accorsi che, mentre prima perdevo ogni giorno terreno nel mio inseguimento, ora invece ne guadagnavo; quando vidi l'oceano, egli aveva un solo giorno di vantaggio su di me, ed io sperai di raggiungerlo prima che toccasse la spiaggia. Con rinnovato coraggio, dunque, mi spinsi avanti, e due giorni dopo arrivai a un misero tugurio sulla riva del mare. Chiesi agli abitanti notizie del mio nemico, ed ebbi informazioni precise. Un mostro gigantesco, mi dissero, era giunto la sera precedente, armato di un fucile e di numerose pistole, e, con il terrore che il suo orribile aspetto ispirava, aveva messo in fuga gli abitanti di una casa solitaria. Aveva portato fuori tutti i viveri che essi avevano accumulato per l'inverno, li aveva posti su una slitta, aveva aggiogato le mute di cani addestrati, di cui si era impadronito per potersi servire del suo nuovo mezzo di trasporto. Quella sera stessa, con gran gioia degli atterriti abitanti del luogo, aveva continuato il suo viaggio attraverso l'oceano, in una direzione che non portava verso terra alcuna: essi pensavano che presto sarebbe stato inghiottito dai crepacci del ghiaccio o assiderato dai geli eterni.

Nell'udire questa notizia, mi abbandonai a un momentaneo accesso di disperazione. Mi era sfuggito, ed io dovevo iniziare un viaggio disperato e quasi senza fine, tra le montagne di ghiaccio dell'oceano, esposto ad una temperatura che pochi uomini potevano sopportare a lungo, e a cui io, nato in un clima temperato, non potevo sperare di sopravvivere. Pure, all'idea che il mio nemico dovesse vivere e trionfare, ira e desiderio di vendetta rinacquero in me e, come una possente marea, travolsero ogni altro sentimento. Dopo un breve riposo, durante il quale gli spiriti dei morti mi si strinsero attorno e mi incitarono a intensificare gli sforzi e a conseguire il mio scopo, mi accinsi al viaggio.

Mutai la mia slitta da terra con un'altra adatta alle ineguaglianze dell'oceano ghiacciato, e, dopo aver acquistato una buona riserva di viveri, lasciai la costa.

Non so immaginare quanti giorni siano passati da allora; ma ho sopportato travagli che solo il sentimento della giusta vendetta che mi arde in cuore può avermi messo in grado di superare. Immense e aspre montagne di ghiaccio sbarravano spesso il mio cammino, e spesso ho sentito sotto i miei piedi il rombo delle profondità del mare che minacciava di distruggermi. Poi il gelo tornava di nuovo a rendere sicure le vie dell'oceano.

A giudicare dalla quantità di provviste consumate, credo di aver viaggiato in questo modo per tre settimane; e il continuo differirsi della speranza, torturandomi il cuore, mi strappava spesso dagli occhi lacrime di scoraggiamento e di dolore. La disperazione si era quasi completamente impadronita della mia anima e io avrei ceduto presto sotto il peso di questa angoscia, quando un giorno, dopo che i poveri animali che mi trascinavano ebbero raggiunto con incredibile fatica, che costò la vita a uno di essi, la cima di una scoscesa montagna di ghiaccio, esplorando con ansia la distesa che mi si apriva dinanzi, notai a un tratto una macchia sulla pianura fosca. Aguzzai lo sguardo per scoprire di che cosa si trattasse, e levai un selvaggio urlo di gioia, quando scorsi una slitta e, in essa, la ben nota figura dall'aspetto contorto. Oh, con quale impeto bruciante mi si ridestò in cuore la speranza! Calde lacrime mi riempirono gli occhi, cercai di frenarle perché non mi impedissero la visione del demone, ma la vista mi venne offuscata da gocce ardenti, e infine, dando libero sfogo all'emozione che mi opprimeva, scoppiai in un pianto dirotto.

Ma non era il momento di indugiare. Liberai i cani

del loro compagno morto, diedi loro una buona razione di cibo, e, dopo un'ora di riposo assolutamente necessaria, anche se per me insopportabile, mi rimisi in cammino. La slitta era ancora visibile, e io la perdevo d'occhio solo per brevi istanti, quando qualche montagna di ghiaccio la celava. Guadagnavo impercettibilmente terreno, e quando, dopo quasi due giorni di viaggio, scorsi il mio nemico a non più di un miglio di distanza, il cuore mi palpitò di gioia. Già pareva che egli fosse in mio potere, ma a un tratto le mie speranze svanirono e io perdetti ogni traccia di lui in maniera ancor più completa di quanto non fosse mai capitato prima. Il mare si fece sentire sotto il ghiaccio sul quale correva la mia slitta: il suo rombo aumentò, mentre le onde passavano e si gonfiavano sotto di me, levandosi via via sempre più sinistre e spaventose. Accelerai l'andatura, ma invano. Si levò il vento, l'oceano ruggì e, con la possente scossa di un terremoto, spaccò e divise, fra rombi tremendi e assordanti, la crosta di ghiaccio che mi univa al mostro. Tutto finì in breve: pochi minuti dopo un mare in tempesta danzava fra me e il mio nemico, e io andavo alla deriva su una lastra di ghiaccio che perdeva di continuo in superficie, preparandomi così una morte spaventosa.

Passarono in questo modo alcune ore d'angoscia; molti cani morirono, e anch'io ero sul punto di soccombere alla disperazione, quando la vista del vostro naviglio all'ancora fece rinascere in me speranze di soccorso e di vita. Non sapevo che le navi si spingessero tanto a nord, e quello spettacolo mi riempì di meraviglia. Distrussi in fretta parte della mia slitta per apprestarmi dei remi; così mi riuscì, con infinita fatica, di dirigere la mia zattera di ghiaccio verso il vostro legno. Se voi eravate diretto verso sud, ero deciso ad affidarmi alla mercé del mare, piuttosto che desistere dalla mia impresa. Speravo di indurvi a concedermi una scialuppa, con la quale avrei ancora potuto inseguire il mio nemico. Ma voi eravate diretto verso nord. Mi raccoglieste a bordo quando le mie forze erano all'estremo, e presto, sotto il peso di molteplici difficoltà, sarei scivolato in una morte che ancora temo, perché la mia missione non è compiuta.

Oh, quando lo spirito che mi guida mi condurrà dinanzi al demone e mi concederà il riposo che tanto desidero? O devo forse morire mentre egli continuerà a vivere? In questo caso, giuratemi, Walton, che egli non potrà scampare, chè voi lo cercherete e compirete con la sua morte la mia vendetta. Pure, come oso chiedervi di continuare il viaggio da me intrapreso, di affrontare le fatiche alle quali ho dovuto sottostare? No, non sono tanto egoista. Ma se, quando sarò morto, egli dovesse apparirvi, se i ministri della vendetta dovessero condurlo davanti a voi, giuratemi che non vivrà, giuratemi che non trionferà sul cumulo dei miei dolori e che non continuerà a restare al mondo per rendere qualcun altro infelice come me. Egli è eloquente e persuasivo, e una volta le sue parole hanno esercitato un certo fascino persino sul mio cuore; ma non fidatevi di lui. La sua anima è diabolica come il suo aspetto, è tutta tradimento e subdola malignità. Non ascoltatelo: pronunciate i nomi di Guglielmo, di Giustina, di Clerval, di Elisabetta, di mio padre e dello sciagurato Vittorio, e immergetegli la vostra spada nel cuore. Io vi sarò accanto e guiderò diritto l'acciaio.

CAPITOLO XXIV

WALTON: CONTINUAZIONE

20 agosto 17...

Ora, Margherita, che hai letto questa storia strana e terribile, non ti senti, come me, raggelare il sangue dall'orrore? A volte, vinto da un'improvvisa angoscia, egli non riusciva a continuare il suo racconto; altre volte la sua voce, rotta ma chiara, pronunciava con difficoltà parole di dolore. I suoi occhi belli e gentili, ora si accendevano di indignazione, ora esprimevano il più cupo scoraggiamento e una sconfinata tristezza. A volte controllava il suo viso e il suo tono, e riferiva gli incidenti più orribili con voce tranquilla, dominando ogni segno di agitazione; poi, come un vulcano scosso da una improvvisa eruzione, il suo volto si atteggiava a un tratto a un'espressione d'ira selvaggia, ed egli imprecava all'indirizzo del suo persecutore.

Il suo racconto è coerente, ed è stato narrato con l'apparenza della più semplice verità; pure debbo confessarti che le lettere di Felice e di Safie che egli mi ha mostrato e la visione del mostro che abbiamo avuto dalla nostra nave hanno contribuito a convincermi della verità di ciò che mi ha detto, assai più delle sue asserzioni, per quanto precise e coerenti. Un mostro tale, allora, esiste realmente? Non posso dubitarne, anche se la cosa desta in me stupore ed ammirazione profonde. Talvolta cerco di ottenere da Frankenstein qualche particolare circa l'origine della sua creatura, ma su questo punto egli è impenetrabile.

— Siete pazzo, amico mio? — mi ha detto. — Dove vuole condurvi la vostra insensata curiosità? Volete forse creare per voi e per il mondo un nemico demoniaco? A che cosa tendono le vostre domande? Calma, calma! Imparate dalle mie miserie, e non cercate di aumentare le vostre.

Frankenstein ha scoperto che io ho preso appunti sulla sua storia; mi ha chiesto di vederli, e li ha corretti e ampliati in molti punti, specie per quanto riguarda le conversazioni che egli ha avuto con il suo nemico. — Dal momento che avete conservato la mia narrazione, — ha detto, — non voglio che essa giunga ai posteri mutilata.

Così è passata una settimana, mentre io ascoltavo il racconto più strano che mai immaginazione abbia creato. Il mio animo è colmo di simpatia per il mio ospite, simpatia dovuta tanto alla sua storia quanto ai suoi modi educati e gentili. Vorrei dargli sollievo, ma come si può consolare chi prova simile angoscia, chi ha perduto ogni speranza? La sola gioia che può ancora attendere è quella di comporre il suo animo straziato nella pace della morte. Pure gode di un conforto che nasce dalla solitudine e dal delirio: quando parla in sogno con i suoi cari e da questa comunione gli viene un balsamo per i suoi dolori e nuovo incentivo alla vendetta, crede che essi non siano evocazioni della sua fantasia, ma esseri vivi che vengono a visitarlo dalle regioni di un mondo remoto. Questa fede dà alle sue fantasticherie una solennità che gliele rende reali e interessanti, come cose vere.

Le nostre conversazioni non si limitano sempre alla storia delle sue sciagure. Su ogni argomento, egli dimostra una conoscenza profonda e una comprensione acuta e pronta. La sua eloquenza è forbita e toccante: non posso ascoltarlo senza lacrime, quando narra un incidente patetico o si sforza di suscitare sentimenti di amore o di pietà. Quale meravigliosa creatura deve essere stata nei giorni della sua prosperità, se così nobile appare nella rovina! Sembra conscio del proprio valore e dell'altezza da cui è caduto!

— Quando ero giovane, — ha detto, — pensavo di essere destinato a qualche grande impresa. I miei sentimenti erano profondi, ma ad essi si accoppiava una freddezza di giudizio che mi metteva in grado di raggiungere mete meravigliose. Questo sentimento del mio valore mi sosteneva in luogo di opprimermi, come capita agli altri, perché giudicavo criminale consumare in inutile dolore quei talènti che avrebbero potuto risultare utili ai miei simili. Quando pensavo al lavoro che avevo compiuto, niente di meno che la creazione di un essere sensibile e razionale, non potevo mettermi nel gregge dei comuni inventori. Ma questo sentimento, che mi sorreggeva agli inizi della mia carriera, non fa ora che precipitarmi nella polvere. Tutte le mie indagini e le mie speranze si sono ridotte a nulla, e, come l'angelo che aspirava all'onnipotenza, io sono incatenato in un inferno perpetuo. La mia immaginazione era fertile, le mie capacità di analisi e di applicazione grandissime; dall'unione di queste qualità concepii l'idea di creare un uomo, e raggiunsi il mio scopo. Neppure ora posso ricordare spassionatamente le fantasticherie alle quali mi abbandonavo quando l'opera era ancora incompleta. Mi sentivo al settimo cielo, ed ora esultavo per le mie capacità, ora mi infiammavo all'idea di ciò che avrei saputo conseguire. Fin dall'infanzia avevo nutrito alte speranze e grandi ambizioni; ma quanto sono caduto ora!

« Oh, amico mio, se mi aveste conosciuto una volta, non mi riconoscereste in questo stato di degradazione. Raramente lo scoraggiamento visitava il mio cuore; un alto destino sembrava spingermi innanzi, fino a quando sono caduto, per non rialzarmi mai più.

Debbo dunque perdere quest'essere ammirevole? Sempre ho desiderato un amico, ho cercato chi potesse comprendermi e amarmi. Ora, su questi mari deserti, ho trovato una simile creatura; ma temo di averla avvicinata solo per conoscere il suo valore e per perderla. Vorrei riconciliarlo con la vita, ma egli respinge questa idea.

— Grazie, Walton, — ha detto, — per le vostre attenzioni verso uno sciagurato par mio; ma quando parlate di nuovi legami e di nuovi affetti, credete davvero che qualcosa possa sostituire quelli che più non ci sono? Può qualche uomo essere per me quello che era Clerval o qualche donna essere una nuova Elisabetta? Anche quando gli affetti sono dovuti a una spontanea elezione, i compagni d'infanzia hanno sempre sul nostro animo una certa presa, che gli amici di data più recente non possono avere. Essi conoscono il nostro carattere originale che, per quanto modificato, non si cancella mai completamente: essi possono giudicare le nostre azioni con conclusioni più certe, circa la rettitudine dei nostri moventi. Un fratello e una sorella non possono mai sospettarsi l'un l'altro di frode o di falsità, a meno che tali sintomi non si siano manifestati fin dall'inizio, mentre un amico, per quanto affezionato, può, suo malgrado, avvertire questo sospetto. Ma io ho avuto amici che mi erano cari non per la lunga abitudine e per la vicinanza, ma per i loro meriti, e, dovunque sia, sempre mi sentirò nell'orecchio la dolce voce di Elisabetta e il chiacchierio di Clerval. Essi sono morti, e in tanta solitudine un solo movente può persuadermi a continuare a vivere. Se avessi da condurre a termine qualche alta missione o qualche piano tale da riuscir utile ai miei simili, allora potrei vivere per raggiungere il mio scopo. Ma questo non è il mio destino: io devo inseguire e distruggere l'essere a cui ho dato esistenza; poi il mio compito sulla terra sarà terminato, ed io potrò morire.

2 settembre

Mia cara sorella,
ti scrivo in una situazione di grave pericolo, e non so se la sorte mi concederà mai di rivedere la mia amata Inghilterra e i carissimi amici che vi dimorano. Sono circondato da montagne di ghiaccio che sbarrano ogni via d'uscita e che minacciano ad ogni momento di stritolare la mia nave. I bravi uomini che ho persuaso a essermi compagni mi guardano quasi a cercare aiuto, ma io non so che fare. C'è qualcosa di spaventoso nella nostra situazione, ma coraggio e speranze non mi vengono meno. Riusciremo a sopravvivere? In caso contrario, ripeterò la lezione del mio Seneca e morirò di buon animo.

Ma quale sarà, Margherita, il tuo stato d'animo? Tu non saprai della mia morte, e aspetterai con ansia il mi ritorno, Passeranno gli anni, la disperazione ti sarà accanto, eppure sarai torturata dalla speranza. Mia diletta sorella, la terribile angoscia della tua ansiosa attesa mi appare peggiore della mia stessa morte. Ma hai un marito e bimbi adorabili; puoi essere felice: il Cielo ti benedica e ti renda tale.

Il mio sventurato ospite mi guarda con la più tenera compassione. Cerca di infondermi speranza, e parla come se la vita fosse cosa che ancora lo interessa. Mi ricorda quante volte gli stessi incidenti sono toccati ad altri navigatori, che si sono avventurati in questi mari, e, mio malgrado, mi schiude dinanzi agli occhi liete prospettive. Anche i marinai sentono il potere della sua eloquenza: quando parla, essi non disperano più; sa suscitare le loro energie, e, quando ascoltano la sua voce, si convincono che queste enormi montagne di ghiaccio sono piccoli ostacoli destinati a sparire di fronte all'assalto dell'uomo. Ma sono sentimenti transitori; ogni giorno che la speranza viene delusa, il loro panico aumenta, e io temo che la disperazione provochi un ammutinamento.

5 settembre

Si è svolta or ora una scena di tanto interesse, che non posso a meno di registrarla, anche se è molto probabile che queste carte non giungano mai fino a te.

Siamo ancora circondati da montagne di ghiaccio, e sempre ci sovrasta il pericolo di venir stritolati nella loro morsa. Il freddo è intensissimo, e molti dei miei poveri compagni hanno già trovato la loro tomba in questa scena di desolazione. La salute di Frankenstein declina di giorno in giorno; un fuoco febbrile gli accende ancora gli occhi, ma è esausto e, al minimo sforzo che gli viene richiesto, piomba in uno stato di incoscienza.

Ho fatto cenno nella mia ultima lettera al timore che avevo di un possibile ammutinamento. Questa mattina, mentre osservavo il pallido aspetto del mio amico - i suoi occhi semichiusi, il suo corpo abbandonato e immobile - fui chiamato da una mezza dozzina di marinai che desideravano entrare nella mia cabina. Li ricevetti, e il loro capo si rivolse a me. Mi disse di essere stato scelto assieme ai suoi compagni da altri marinai per venire a rivolgermi una domanda cui, in coscienza, non potevo esimermi dal rispondere. Eravamo bloccati nel ghiaccio, e, con ogni probabilità, non ci sarebbe riuscito di scampare; ma essi temevano che, se, come era possibile, il ghiaccio si fosse sciolto e avesse offerto un passaggio, io sarei stato così avventato da continuare il mio viaggio e da condurli in nuovi pericoli. Qualora essi avessero avuto la fortuna di superare felicemente la situazione disperata nella quale in quel momento si trovavano, sarebbe stata pazzia il proseguire.

Desideravano, quindi, che io mi impegnassi con solenne promessa a volgere subito la rotta verso il sud, nel caso che la nave riuscisse a liberarsi.

Questo discorso mi turbò. Mai avevo disperato, e mai avevo concepito l'idea di ritornare, se mi fossi liberato dai ghiacci. Pure, potevo, in coscienza, respingere quella domanda, anche se si trattava solo di un'ipotesi? Esitai prima di rispondere; a un tratto Frankenstein, rimasto fino allora in silenzio e che pareva non aver la forza di prestare un minimo di attenzione, si scosse; i suoi occhi scintillarono e le sue guance si accesero per un momentaneo vigore. Volgendosi verso gli uomini, disse:

— Che cosa intendete? Che cosa chiedete al vostro capitano? Vi lasciate distogliere così facilmente dai vostri progetti? Non avete chiamato, questa, una spedizione gloriosa? E perché gloriosa? Non certo perché la via sarebbe stata calma e placida come nei mari del sud, ma perché sarebbe stata piena di pericoli; perché, a ogni nuovo ostacolo, avreste dovuto fare appello alla vostra energia e mostrare il vostro coraggio; perché pericolo e morte vi avrebbero circondato, e voi tutto avreste vinto e superato. Per questo era un'impresa gloriosa, per questo era un'impresa onorevole. Sareste stati in seguito salutati come benefattori della vostra razza; i vostri nomi sarebbero stati onorati come quelli di uomini coraggiosi che erano andati incontro alla morte per il progresso dell'umanità. E ora invece, alla prima prospettiva di pericolo, o, se preferite, di fronte alla prima terribile prova del vostro coraggio, indietreggiate, e volete essere trattati come uomini che non hanno energia sufficiente per sopportare freddo e rischio. Povere anime! avevano freddo e sono ritornate ai loro focolari domestici! Bene, non si è certo fatta tanta preparazione per un simile risultato; era inutile che vi spingeste tanto lontano per esporre il vostro capitano alla vergogna di un insuccesso, e per dimostrarvi dei vili. Siate uomini, e più che uomini! Siate decisi nelle vostre risoluzioni, e fermi come roccia! Questo ghiaccio non è della stessa materia di cui possono essere formati i vostri cuori; esso è mutevole, e non può resistervi, se voi vi opporrete. Non ritornate alle vostre famiglie, recando sulla fronte i segni della sconfitta. Ritornate come eroi che hanno combattuto e vinto, che non sanno che cosa sia voltare le spalle al nemico.

Parlò con voce così adatta ai diversi sentimenti che le sue parole esprimevano, con occhi così accesi di alto sentire e di eroismo, che non vi è da meravigliarsi se quegli uomini si lasciarono scuotere. Si guardarono l'un l'altro e non seppero che cosa rispondere. Dissi loro di ritirarsi e di riflettere su ciò che era stato detto. Non li avrei condotti più a nord, se essi avessero voluto il contrario, ma speravo che, ripensandoci, potessero ritrovare il loro coraggio.

Si ritirarono, ed io mi volsi al mio amico; egli era ripiombato di nuovo nel suo languore e appariva quasi privo di vita.

Come tutto ciò andrà a finire, non so; ma preferirei morire piuttosto che tornare vergognosamente, senza aver conseguito il mio scopo. Pure temo che tale sarà il mio destino: uomini che non siano sostenuti dall'idea della gloria e da quella dell'onore, non possono continuare a sopportare volontariamente difficoltà come quelle che ora ci travagliano.

7 settembre

Il dado è gettato: ho consentito a ritornare, se non saremo distrutti. Così le mie speranze si sono infrante, contro la debolezza e l'indecisione: ritorno deluso, senza nulla sapere. Per sopportare con pazienza una simile ingiustizia, occorre più filosofia di quanto io ne possegga.

12 settembre

Tutto è finito: torno in Inghilterra. Ho perduto ogni speranza d'onore e di gloria, ho perduto il mio amico. Ma cercherò di narrarti in tutti i loro particolari queste amare circostanze, cara sorella; e, mentre navigo verso l'Inghilterra, verso te, non voglio disperare.

Il 1° settembre il ghiaccio cominciò a tremare, e udimmo in distanza rombi simili a tuoni, mentre i blocchi si spaccavano e scricchiolavano per ogni dove. Il pericolo ci sovrastava, ma potevamo solo restare passivi, e io concentrai ogni mia attenzione sul mio sventurato ospite, la cui malattia si era talmente aggravata, che era costretto a rimanere a letto. Il ghiaccio si spaccò dinanzi a noi e fu spinto alla deriva verso nord; venne un vento da ovest, e l'11 il passaggio verso sud era perfettamente libero. Come i marinai se ne accorsero e come il ritorno alla terra natale parve sicuro, si levarono tumultuose e prolungate grida di gioia. Frankenstein, che si era appisolato, si svegliò e chiese la causa di tutto quel chiasso. — Gridano, — dissi, — perché presto ritorneranno in Inghilterra.

— Tornate dunque davvero?

— Ahimè, sì! Non posso oppormi alle loro richieste. Non posso condurli incontro al pericolo, contro la loro volontà, e devo ritornare.

— Tornate pure, se volete; io non tornerò. Voi potete rinunziare al vostro scopo, ma io non oso, perché il mio mi è stato assegnato dal Cielo. Sono debole, ma certo gli spiriti che mi assistono nella vendetta mi daranno energia sufficiente. — Ciò dicendo, cercò di scendere dal letto, ma lo sforzo fu eccessivo per lui, e ricadde svenuto.

Passò molto tempo prima che si riprendesse, e più volte pensai che in lui ogni vitalità si fosse estinta. Alla fine aprì gli occhi; ma respirava con difficoltà e non riusciva a parlare. Il medico gli somministrò una pozione calmante e ci ordinò che non lo si disturbasse. Poi mi disse che certo al mio amico restavano solo poche ore di vita.

La sentenza era stata pronunciata: io non potevo altro che piangere. Sedetti accanto al letto a vegliarlo. Aveva gli occhi chiusi e credevo dormisse; ma poco dopo egli mi chiamò con voce debole, mi fece cenno di avvicinarmi e disse:

— Ahimè! le forze su cui facevo assegnamento sono svanite; sento che presto morirò, e il mio nemico potrà continuare a vivere. Non pensate, Walton, che in questi ultimi momenti della mia esistenza io provi l'odio bruciante e il desiderio ardente di vendetta di cui vi ho parlato; pure mi sento giustificato nel bramare la morte del mio avversario. Ho trascorso questi ultimi giorni a esaminare la mia passata condotta, e nulla ho trovato in essa di biasimevole. In un impeto di entusiastica pazzia ho creato un essere ragionevole, ed ero vincolato nei suoi riguardi, per quanto era in mio potere, ad assicurare la sua felicità e il suo benessere. Questo era il mio dovere; ma un altro dovere c'era, ancor più importante. I miei obblighi verso i miei simili avevano maggior diritto alla mia attenzione, perché implicavano una somma più grande di felicità e di dolore. Spinto da questa convinzione, rifiutai, giustamente, di dare una compagna alla mia prima creatura. Egli dimostrò nel male una malignità e un egoismo senza precedenti: distrusse i miei cari, si dedicò allo sterminio di esseri dotati di sentimenti squisiti, di felicità e di saggezza, e non so dove questa sua sete di vendetta potrà ancora condurlo. Miserabile com'è, morirebbe se non potesse rendere infelice qualcun altro. Mio era il compito di distruggerlo, ma ho fallito lo scopo. Spinto dall'egoismo e da bassi moventi, vi ho chiesto di portare a termine la mia missione rimasta incompiuta; ora rinnovo questa domanda, indotto solo dalla ragione e dalla virtù.

« Pure non posso chiedervi di rinunciare al vostro paese e ai vostri cari per adempiere a questa missione; e ora che state per ritornare in Inghilterra, avete ben poche probabilità di incontrarlo. Ma lascio a voi di riflettere su questa eventualità e di decidere ponderatamente quali possono essere i vostri doveri; le mie facoltà di giudizio sono già ottenebrate dall'appressarsi della morte. Non oso chiedervi di fare ciò che io stimo giusto, perché la passione potrebbe avermi condotto a conclusioni errate.

« Mi turba il pensiero che egli possa vivere per essere strumento di male; d'altra parte quest'ora, in cui attendo da un momento all'altro la mia liberazione, è la sola felice che abbia goduto da molti anni in qua. Le ombre dei miei cari morti aleggiano attorno a me, e io mi affretto fra le loro braccia. Addio, Walton! Cercate la felicità nella pace, ed evitate l'ambizione, anche se si tratta dell'ambizione, apparentemente innocente, di distinguervi nella scienza e nelle scoperte. Ma perché dico una cosa simile? Io sono stato deluso nelle mie speranze, ma un altro potrebbe avere successo.

La sua voce si fece via via più debole, e alla fine, esausto dallo sforzo, egli tacque. Mezz'ora più tardi cercò ancora di parlare, ma non vi riuscì; mi strinse la mano, adagio, poi chiuse gli occhi per sempre, mentre l'ombra di un sorriso gli passava sulle labbra.

Margherita, che posso dire di fronte al prematuro trapasso di questo grande spirito? Come posso farti comprendere la profondità del mio dolore? Ogni mia espressione non sarebbe che debole e inefficace. Piango a calde lacrime; il mio animo è immerso nel dolore. Ma sono in viaggio verso l'Inghilterra, e forse là potrò trovare consolazione.

Mi interrompo. Che cosa è questo rumore? È mezzanotte: la brezza spira lieve e la vedetta sul ponte si muove appena. Ancora: è un suono simile a quello della voce umana, ma più rauco: viene dalla cabina dove ancora giacciono le spoglie del povero Frankenstein. Devo alzarmi e andare a vedere. Buona notte, sorella.

Gran Dio! Quale scena si è svolta poco fa! Rabbrividisco ancora al ricordo. Non so se sarò in grado di descriverla; pure la storia che ho riferito sarebbe incompleta senza la sua tragica conclusione.

Entrai nella cabina dove giacevano le spoglie del mio disgraziato e ammirevole amico. Su di lui era china una forma che non posso descrivere: gigantesca di statura, ma grottesca e contorta nelle sue proporzioni. Mentre si piegava sulla bara, il suo viso era celato da lunghi ricci di ruvidi capelli; ma era visibile una mano enorme, simile per colore e, apparentemente, per consistenza a quella di una mummia. Come udì il suono dei miei passi, cessò di emettere esclamazioni di dolore e di orrore e balzò verso il finestrino. Mai vidi cosa più orribile del suo volto, di una bruttezza che, pur nella sua repugnanza, affascinava. Chiusi involontariamente gli occhi e cercai di ricordare quali fossero i miei doveri nei riguardi di quel bruto. Gli gridai di rimanere.

Egli si fermò, guardandomi con stupore, poi, volgendosi verso il corpo inanimato di colui che gli aveva dato l'esistenza, parve dimenticare la mia presenza, e ogni suo lineamento e ogni suo gesto sembrarono ispirati dalla più selvaggia e sfrenata disperazione.

— Ecco la mia ultima vittima, — esclamò; — in questo delitto è il compimento dei miei crimini. La mia miserabile esistenza volge al termine. Oh, Frankenstein, creatura generosa e devota! A che vale ora che io ti chieda di perdonarmi? Io, che ti ho implacabilmente distrutto, uccidendo tutto quello che tu amavi. Ahimè! È freddo; non può rispondermi.

La sua voce pareva soffocata, e il mio primo impulso, suggeritomi dal dovere di obbedire alla richiesta del mio amico morente annientando il suo nemico, trovò ostacolo in un sentimento che era a un tempo compassione e curiosità. Mi avvicinai a quell'essere terribile: non osavo levare nuovamente lo sguardo al suo viso, perché nella sua bruttezza c'era qualcosa di terrificante e di soprannaturale. Tentai di parlare, ma le parole mi morirono sulle labbra. Il mostro continuava a mugolare rimproveri selvaggi e incoerenti contro se stesso. Alla fine, in una pausa del suo tumultuoso sfogo, trovai il coraggio di rivolgermi a lui. — Il tuo pentimento, — dissi, — è ora inutile. Se, prima di spingere la tua diabolica vendetta fino a questo estremo, avessi ascoltato la voce della coscienza e ceduto agli stimoli del rimorso, Frankenstein sarebbe ancora in vita.

— E immagini tu forse, — disse il demone, — credi tu forse che io fossi insensibile all'angoscia ed al rimorso? Egli, — continuò, indicando il cadavere, — non ha sofferto più di me nel tentativo di condurre a termine la sua impresa. Non ha sofferto neppure la millesima parte dello strazio che mi ha torturato nell'esecuzione delle mie gesta. Un orgoglio sterminato mi spingeva avanti, mentre il mio cuore era avvelenato dal rimorso. Credi forse che i gemiti di Clerval fossero musica per le mie orecchie? Il mio cuore era fatto per rispondere all'amore e alla simpatia; spinto dal dolore al peccato e all'odio, non sopportò la violenza di questo mutamento senza torture che tu nemmeno puoi immaginare.

« Dopo l'assassinio di Clerval, tornai in Svizzera mortalmente abbattuto. Avevo pietà di Frankenstein, una pietà che si tramutava in orrore: orrore di me stesso. Ma quando seppi che egli, la causa della mia esistenza e dei miei tormenti, aspirava alla felicità, quando seppi che, mentre accumulava miseria e disperazione sul mio capo, cercava di godere di sentimenti e passioni dai quali io ero escluso, allora una folle invidia e un'amara indignazione alimentarono in me un'insaziabile sete di vendetta. Ricordai la mia minaccia e decisi di mandarla a effetto. Sapevo che mi stavo preparando una tortura mortale; ma ero lo schiavo, non il padrone di un impulso che detestavo, ma che non potevo contrastare. Pure, quando ella morì... bene, non mi sentii infelice allora. Avevo bandito ogni buon sentimento, fatto tacere ogni rimorso, per abbandonarmi all'impeto della mia disperazione. Da allora il male divenne per me un bene. Giunto a questo punto, non mi restava altro che adattare la mia natura a un elemento che avevo liberamente scelto. Il compimento del mio piano demoniaco divenne per me una passione insaziabile. Ora tutto è finito: questa è la mia ultima vittima!

Fui dapprima commosso dalle espressioni della sua angoscia, ma quando ricordai quello che Frankenstein aveva detto delle sue risorse di eloquenza e di persuasione, e quando ebbi gettato un altro sguardo al corpo inanimato del mio amico, la collera tornò a ribollire in me. — Miserabile! — dissi. — È bene che tu venga qui a piangere sulla desolazione che tu stesso hai provocato. Tu getti una torcia accesa su un gruppo di case, e, quando esse sono distrutte, siedi fra le rovine e ti lamenti del tuo peccato. Miserabile ipocrita! Se colui che tu piangi vivesse ancora, ancora sarebbe l'oggetto, ancora sarebbe la preda della tua vendetta. Non è pietà quella che tu senti; tu piangi solo perché la vittima della tua malignità si è sottratta al tuo potere.

— Oh, non è vero, non è vero, — interruppe il mostro, — anche se tale può essere la tua impressione. Pure, non cerco chi possa comprendere la mia miseria. Mai potrò trovare simpatia. Quando la cercai, desideravo essere partecipe di quell'amore per la virtù, di quel senso di felicità e di quell'affetto di cui tutto il mio essere traboccava. Ma ora che la virtù non esiste per me, ora che felicità e affetto si sono trasformati in amara disperazione, a chi dovrei cercare simpatia? Sono contento di esser solo a soffrire e sono lieto che, quando sarò morto, orrore e obbrobrio peseranno sulla mia memoria. Una volta i miei sogni erano allietati da visioni di virtù, di fama e di gioia. Una volta mi illudevo di incontrare esseri che, perdonandomi il mio aspetto esteriore, potessero amarmi per le qualità che ero in grado di dimostrare. C'erano in me pensieri di onore e di devozione. Ma ora il peccato mi ha messo più in basso del più spregevole animale. Non si possono trovare crimini, errori, malignità, miserie paragonabili ai miei. Quando passo in rassegna la serie spaventosa delle mie imprese, non posso credere di essere colui il cui animo era una volta pieno di sublimi aneliti alla bellezza e alla bontà. Ma così è: l'angelo caduto si è trasformato in un demone maligno. Pure, anche quel nemico di Dio ha amici e compagni nella sua desolazione: io invece sono solo.

« Tu hai chiamato Frankenstein tuo amico, e sembra che tu sappia dei miei delitti e delle mie sciagure. Ma, nel resoconto che egli te ne ha dato, non può aver fatto la somma delle ore e dei mesi di angoscia che io ho dovuto sopportare, torturandomi in passioni impotenti. Perché, distruggendo le mie speranze di bene, non davo soddisfazione ai miei desideri. Sempre essi erano vivi e ardenti: bramavo amore e amicizia, e ogni volta ero ripudiato. Non era ingiusto tutto ciò? Solo io debbo essere giudicato criminale, quando tutta l'umanità ha peccato nei mie confronti? Perché non esecri il vile che ha cercato di annientare colui che aveva salvato sua figlia? Ma forse quelli sono esseri virtuosi e senza macchia, mentre io, miserabile e reietto, sono qualcosa di immondo, da respingersi, da prendere a calci, da calpestarsi. Anche ora il sangue mi ribolle al ricordo di questa ingiustizia.

« Ma è vero che sono un miserabile. Ho assassinato creature buone e inoffensive, ho strangolato innocenti mentre dormivano, ho stretto fino a cavarne la vita la gola di chi non aveva mai fatto male a me o ad anima viva. Ho condannato alla disperazione il mio creatore, prototipo di tutto ciò che fra gli uomini è degno d'amore e di ammirazione; l'ho perseguitato fino alla morte. Eccolo che giace là, bianco e freddo. Tu mi odii, ma il tuo disprezzo non può eguagliare quello con cui io considero me stesso. Guardo le mani che hanno eseguito questi misfatti, penso al cuore che li ha concepiti, e bramo il momento in cui i miei occhi non potranno più vedere le mie mani, in cui il mio cuore non ossessionerà più i miei pensieri.

« Non temere che io possa essere lo strumento di futuri misfatti. La mia opera è quasi compiuta. Né la morte tua né quella altrui è necessaria a coronare la mia esistenza e ad adempiere il destino: basta solo la mia morte. E non credere che sarò lento nel compiere questo sacrificio. Lascerò la tua nave sul banco di ghiaccio che mi ha portato fin qui e raggiungerò l'estremità più settentrionale del globo; drizzerò il mio rogo funebre e ridurrò in cenere questo mio miserabile corpo perché i miei resti non possano illuminare il curioso insensato che avesse in animo di creare un altro essere come me. Morirò. Non soffrirò più, non sarò più preda di passioni insoddisfatte e inestinguibili. Morto è colui che mi ha messo in vita, e quando anch'io non sarò più, il nostro ricordo svanirà rapidamente. Non vedrò più il sole e le stelle, non sentirò più il vento alitare sulle mie guance. Luce, passioni, sensi scompariranno, e allora può darsi che io trovi la felicità.

« Qualche anno addietro, quando le immagini che questo mondo offre si schiusero dinanzi a me, quando avvertii il vivificante tepore dell'estate e udii il frusciare delle foglie e il cinguettio degli uccelli, quando queste cose erano tutto per me, avrei pianto al pensiero di morire; ora la morte è la mia unica consolazione. Macchiato di orrendi delitti e straziato da ancor più orrendi rimorsi, dove posso trovare riposo se non nella morte?

« Addio, ti lascio, e in te scorgo l'ultimo essere umano che i miei occhi vedranno. Addio, Frankenstein! Se tu ancora fossi in vita e nutrissi desiderio di vendetta contro di me, meglio soddisferesti la tua brama lasciandomi a questo mondo, in luogo di distruggermi. Ma così non è stato; tu hai cercato la mia morte perché io non potessi provocare maggiori sciagure; pure, se in qualche mondo sconosciuto a me, non hai ancora cessato di pensare e di volere, tu non puoi desiderare la mia vita per la mia maggior angoscia. Per sciagurato che tu sia stato, i miei tormenti furono maggiori dei tuoi, perché gli amari stimoli del rimorso non cesseranno di tormentare le mie ferite, fino a quando la morte non le chiuderà per sempre.

« Ma presto morirò, — gridò, con triste e solenne entusiasmo, — presto non soffrirò più quello che ora soffro. Presto queste angosce brucianti si placheranno. Salirò trionfalmente il mio rogo funebre, ed esulterò nello strazio delle fiamme che mi divoreranno. La luce di questo incendio svanirà, le mie ceneri saranno disperse in mare dai venti. Il mio spirito riposerà in pace, e, se pure penserà, sarà in modo diverso. Addio.

Così dicendo, balzò dal finestrino sulla lastra di ghiaccio che galleggiava accanto alla nave. In breve fu spinto lontano dalle onde, e si perdette fra le tenebre.

SOMMARIO

Finito di stampare nel giugno 2010 presso
il Nuovo Istituto Italiano d'Arti Grafiche - Bergamo
Printed in Italy

RCS Libri

ISBN 978-88-17-15065-1